关于作者

亚历山德拉·埃瑟德雷德·格兰瑟姆女士,历史学家、汉学家,她身处中国的年代大约是二十世纪初,她对中国悠久的历史,对中华优秀传统文化充满钦佩与敬意,尤其对中国人崇拜祖先、尊重先贤、敬畏自然等传统思想拥有积极且独到的见解。

关于译者

张澜,广西桂林人,北京外国语大学英语笔译专业硕士,对翻译事业充满敬畏与热忱。

走近中国·作家文丛 | 丛书主编 钱林森

北京笔谭

Alexandra Etheldred Grantham

［英］亚历山德拉·埃瑟德雷德·格兰瑟姆 —— 著
张澜 —— 译

Pencil Speakings
from Peking

中央编译出版社
Central Compilation & Translation Press

图书在版编目（CIP）数据

北京笔谭 /（英）亚历山德拉·埃瑟德雷德·格兰瑟姆著；张澜译. -- 北京：中央编译出版社，2025.8.
（走近中国 / 钱林森主编）. -- ISBN 978-7-5117-4867-6

Ⅰ. K921

中国国家版本馆CIP数据核字第2025NR5388号

北京笔谭

出版统筹	张远航
责任编辑	季　珂
责任印制	李　颖
出版发行	中央编译出版社
地　　址	北京市海淀区北四环西路 69 号 (100080)
电　　话	(010)55627391(总编室)　　(010)55625177(编辑室) (010)55627320(发行部)　　(010)55627377(新技术部)
经　　销	全国新华书店
印　　刷	北京印刷集团有限责任公司
开　　本	880 毫米 ×1230 毫米　1/32
字　　数	176 千字
印　　张	9
版　　次	2025 年 8 月第 1 版
印　　次	2025 年 8 月第 1 次印刷
定　　价	75.00 元

新浪微博：@中央编译出版社　　　　微　信：中央编译出版社(ID: cctphome)
淘宝店铺：中央编译出版社直销店 (http://shop108367160.taobao.com) (010)55627331

本社常年法律顾问：北京市吴栾赵阎律师事务所律师　闫军　梁勤
凡有印装质量问题，本社负责调换，电话：(010)55626985

为"走近中国"文化译丛作序

雷米·马修

在古希腊古罗马时代结束了很长时间之后,欧洲世界转向了中国,却丝毫不了解中国之文化何其博大、中国之历史何其流长、中国之疆域何其广袤、中国之人口何其众多。那么,为什么要走近中国?要知道,要不是因为那条自罗马帝国时代以来就闻名天下的丝绸商贸之路,中国对欧洲一直也并未表现出多少兴趣。钱林森教授主持了一项卓越的事业,就是通过主编这套"走近中国"文化译丛,从历史和跨文化的角度,来回答这个宏大而复杂的问题。该译丛收录了丰富多彩的著作(原著多为法文和英文),以帮助人们理解这样一些对中国都充满着热爱,或者最起码充满着浓厚兴趣的欧洲知识分子是如何从自己的旅行记忆、宗教信仰以及各自时代所获得的科学知识出发,自以为是地对中华文明加以解读和诠释的。

在欧洲与远东交往的历史上,起初有三种动机推动着欧洲人去发现中国:宗教、商贸和对未知事物的了解欲。可以说,这样一段发现的历程多少是遵循了这样一个历史演进规律的。在信奉基督的欧洲,人们有一种要引领新的族群皈依"真正信仰"的信念。正是这种信念帮助天主教扩张到了美洲、非洲,当然还有亚洲。尽管欧洲早已有人远赴中国探险,但西方渗入中国的最初尝试,应该算是传教士们(在十六世纪末)的成就。他们甚至还为此设立了一些长期稳定的传教使团,其中大多由耶稣会会士或多明我会会士领导。这些传教使团在中国大陆的存在一直持续到将近1950年时才告终结。所以,欧洲最初获得的有关中国的信息,要归功于这些教士,他们在努力培养信徒的同时,执着地自以为从中国人的思想和信念中发现了属于原始基督教的一些遥远的、变形的元素。当然,我们现在都知道,他们的这些先入为主的观念导致他们在理解中华文明时犯下了多么重大的错误。

紧随传教使团之后,或者说与之同步,掀起了解中国第二波浪潮的,是商人。这波浪潮在十七世纪,也就是路易十四时期,渐渐成为时代的潮流。那时,全欧各国贵族以及从事商贸的资产阶级的家里都充斥着来自中国的丝绸、瓷器和青铜器。资产阶级也希望能在亚洲,尤其是在中国,为自己的商品找到一片广阔的市场,而不需要承受太多的道义负担。这些富裕的家庭以及这些掌权的贵族对这些他们连产地名称都不清楚的"中国货"趋之若鹜。我们都知道,这样一种进攻态势的经济帝国主义发展到十九世纪,就导致了一些政治争端和军事战争,其中的标志就是两次鸦片战争以及随后那些给中国留下如此糟糕记忆的一系列"不平等条约"。无论如何,西方的商人们还是获得了对这个丝绸及牡丹之国的认识,尽管这种认知是以经济利益为基础的,并且因为方法论的缺陷而常常充满了误解。

最后,从十九世纪始直至今日,以西方文人为主体构成的"汉学家"群体一直致力于解读和传播古代传统中国的语言、文学、艺术、社会学和历史……要想理解中国是如何被西方"走近"的,首先就应该向他们求教。虽然不可否认,这些学者中有相当多也曾是传教士或商人,在解读古代和现代中国的运作机制上曾经有过宗教信仰或经济利益上的考量,但从此,欧洲涌现出了众多懂得中华文明的专家。当然,也不要忘记日本的学者,他们对汉字文化的熟悉程度是他们的明显优势所在。

本套丛书收录的著作并不能完整地反映欧洲汉学研究的全貌。要知道,所有的西方国家都曾经从各自的传统、各自的经济利益、各自的地理位置以及各自当时的政治或军事实力出发,来寻找通往中国的道路。葡萄牙、波兰、俄罗斯、荷兰、瑞典……这些国家虽然算不上欧洲汉学研究的大国,也算不上最强大的帝国主义列强,但它们也都曾开辟了自己通向中国的道路。这第一批书目收录的只是一些英文和法文原著的作品,但还是能让中国读者窥见现当代西欧对中国的看法。它也使读者可以重新发现一些伟大的学者,比如洪堡(Alexander von Humboldt, 1769—1859),其研究领域虽然主要集中于自然科学和世界地理,但他其实也是最早关注中国语言的德国科学家之一。他曾和雷慕沙(Jean-Pierre Abel-Rémusat, 1788—1832)合出过一部题为《关于汉语有益而有趣的通讯》(*Lettres édifiantes et curieuses sur la langue chinoise, 1821—1831*)的文集,为法国学院派汉学研究贡献了一块主要基石。

汉语,因其不属于印欧语系并且表现出诸如"单音节""多音调"等与欧洲语言完全不同的特征,而常常成为西方作者进行自我观照的一个选项。本套丛书收录了一些或多或少涉及此类问题的作者及著作。比如白吉尔(Marie-Claire Bergère)和安必诺(Angel Pino)在1995年出版的《巴黎东方语言学院百年汉语教学论集(1840—1945)》(*Un Siècle d'enseignement du chinois à l'École des Langues orientales，1840—1945*）就回顾了东方语言学院汉语教学的历史。而在那之前，在雷慕沙的推动下，巴黎的法兰西公学院（Collège de France）早在1815年就已经开始了大学汉语教学。

在语言方面，中国诗歌在现代出版物中占据重要地位。这在很大程度上要感谢朱笛特·戈蒂耶（Judith Gautier，1845—1917），她把许多中国古诗译介成法语，于1867年编成了一本非常出色的集子《玉书》（*Le Livre de jade*），成为第一位编纂中国诗集的作家。这部作品令法国人了解了从上古至十九世纪的中国诗歌浩瀚的数量和卓越的品质，更让法国的诗人们领略了中国的诗歌艺术。1869年，她又［以其婚后姓名朱笛特·芒代斯（Judith Mendès）］出版了《皇龙》（*Le Dragon impérial*），深刻地影响了那个时代法国的精神世界，受到了维克多·雨果（Victor Hugo）和阿纳托尔·法朗士（Anatole France）的高度赞誉。到了离我们更近的时代，仍有一些法国作者将心血倾注于伟大的中国古诗，或加以研究，或进行译介。正如郁白（Nicolas Chapuis）在其于2001年出版的《悲秋——古诗论情》（*Tristes automnes*）中所出色完成的那样。他所因循的，是葛兰言（Marcel Granet，1884—1940）在一个多世纪前走过的道路。葛兰言曾经出版过一本《中国古代的节庆与歌谣》(Fêtes et chansons anciennes de la Chine),试图通过对《诗经》中许多诗歌的翻译和解读勾勒出古代中国社会的轮廓。走在相似道路上的,还有英国的大汉学家阿瑟·韦利(Arthur Waley,1889—1966),他为欧洲贡献了大量中国和日本诗作的翻译。他之所以被收录于本套丛书,凭借的是他最有名的那部献给伟大诗人李白的著作《李白的生平与诗作》(The Poetry and Career of Li Po, 701-762 A.D.),这部著作迄今依然是西方汉学研究的权威之作。而美国杰出汉学家狄百瑞(William Theodore de Bary,1919—2017)的研究显然更加集中于哲学层面,他于1991年出版了《为己之学》(Learning for One's Self: Essays on the Individual in Neo-Confucian Thought),努力地向好奇的西方读者介绍中国的"理学"思想。他可以算是一位向本国同胞乃至向全世界大力推介远东哲学的学院派汉学家。从一定程度上说,于1924年出版了《盛唐之恋》(La Passion de Yang-Kwé-Feï, favorite impériale)的乔治·苏里耶·德·莫朗(George Soulié de Morant,1878—1955)也是如此,他改编了唐朝杨贵妃等人的历史故事,并借机引述翻译了杜甫的一些诗篇。同一时期有一本题为《论中国文学》(Essai sur la littérature chinoise)的小册子也是他[以笔名乔治·苏里耶(Georges

Soulié)]发表的作品。

许多关于中国的作品,都是西方的学者文人编著的他们在中国旅行或生活的记录,但也有一些出自普通西方旅行者的笔下。他们只是想把自己的印象告诉当时的同胞,让后者了解有关中国这个遥远国度的真实或假想的神秘之处。其中最古老的一部,大约是《曼德维尔游记》(*The Travels of John Mandeville*),该书作者身份不明,应该是生活在十四世纪的欧洲人;他以极尽奇幻绮丽的笔法详细地记载了他远行东方的历程。该书有可能对马可·波罗(Marco Polo,1254—1324)的精彩故事也产生了影响。本套丛书收录了离我们更近的克洛德·法莱尔(Claude Farrère)于1924年出版的《远东行记》(*Mes Voyages: La Promenade d'Extrême-Orient*),令人不由得联想到皮埃尔·洛蒂(Pierre Loti)、亨利·米肖(Henri Michaux)、亚瑟·伦敦(Arthur Londres)等欧洲记者及作家,他们都曾在二十世纪初启程奔赴这个尚不为世人了解的远东国度,然后又都把充斥着令他们感觉奇特的画面、声音和气味的回忆带回到了西方。路易斯·拉卢瓦(Louis Laloy,1874—1944)在1933年出版的《镜观中国》(*Miroir de la Chine: Présages, Images, Mirage*)也属于这一大类。拉卢瓦对中国的音乐着墨颇多,因为他是当时为数不多的对中国音乐颇有钻研的专家之一；他还发表过多项关于中国乐器和中国戏剧的研究成果。值得一提的，还有乔治-欧仁·西蒙（G.-Eugène Simon，1829—1896），他的《中国城》(La Cité chinoise)讲述了自己作为领事的回忆，在欧洲大获成功。许多曾经在中国居住或生活过的法国或英国的作家都用各具风格的文字记述了自己在中国的见闻，他们的作品不仅体现了他们的美学情感、文化体验，而且具有重要的文学价值。其中，值得人们铭记的名字有谢阁兰（Victor Segalen，1878—1919），他创作了大量中国主题的文学作品，包括本套丛书收录的优秀作品《中国书简》(Lettres de Chine)。还有毛姆（William Somerset Maugham，1874—1965），他于1922年发表的《中国屏风上》(On a Chinese Screen)是一部以中国作为背景的旅行日记式短篇小说集。哈罗德·阿克顿爵士（Harold Acton，1904—1994）发表的题为《牡丹与马驹》(Peonies and Ponies)的集子也很有名，那是他在长居北京期间写成的，用一种纯英式的幽默记录了英国人和中国人之间的文化碰撞。从奥古斯特·博尔热（Auguste Borget，1808—1877）的笔下，也能读到同样的文化碰撞，他的《中国和中国人》(La Chine et les Chinois)采用欧洲中心的视角去观照中国文化中"奇丽"的一面，颇受向往异域情调的西方读者们的欢迎。与此观点一致的，还有法国记者保罗-埃米尔·杜朗-福尔格（Paul-Émile Durand-Forgues，1813—1883）以笔名"老尼克"（Old Nick）创作的《开放的中华》（*La Chine ouverte*，1845年首版，2015年再版）。这本书如其书名所示，讲述了在惨烈的鸦片战争之后，中国被迫向西方列强打开大门。但最妙的，还要数儒勒·凡尔纳（Jules Verne，1828—1905）在其1879年的杰作《一个中国人在中国的遭遇》（*Les Tribulations d'un Chinois en Chine*）中虚构的幻想之旅，充满了丰富的创意，后来在法国还被改编成了电影。

雷威安（André Lévy）在1986年翻译推出的《1866—1906年中国士大夫游历泰西日记摘选》（*Les Nouvelles lettres édifiantes et curieuses d'Extrême-Occident par des voyageurs lettrés chinois à la Belle Époque, 1866-1906*）的一大成就，是展现了十九世纪末到欧洲游历的中国旅行者的反应，由此让我们看到了东方人对当时他们极为陌生的欧洲世界的看法。同样属于中国对西方进行见证这一类型的作品，还有陈丰·思然丹（Feng Chen-Schrader）在2004年出版的《中国文书——清末使臣对欧洲的发现》（*Lettres chinoises: Les diplomates chinois découvrent l'Europe, 1866-1894*），让我们

了解到清末中国的来访者在接触到欧洲时的所思所想。要知道，在那个互不了解的时代，中国和欧洲对彼此的认识同样少得可怜。

如前所述，中国艺术对欧洲的渗入始自路易十四时代。在法国，这种渗入在路易十五及路易十六时代进一步增强，这与中国的清朝在十八世纪达到鼎盛时期是一致的。中国艺术在法国登堂入室，对于十九世纪前夕的法国人了解中国文化至为关键。与此同时，中欧之间的商贸交流获得了重大飞跃，渐渐形成了欧洲产品对远东的经济入侵之势。亨利·考狄（Henri Cordier，1849—1925）1910 年发表的名著《18 世纪法国视野中的中国》（*La Chine en France au XVIIIe siècle*）对这种同时出现在艺术和经济两个领域里的现象进行了研究。虽然直到二十世纪初，欧洲人对中国的思想一直不甚了解，但他们对中国的艺术表达却知之颇多，考狄的研究正好能够帮助我们理解这一点。当然，欧洲人对中国文化表达方式的认识并不局限于绘画、雕塑或丝绸艺术。中国的文学，尤其是中国的诗歌也进入了西方知识界，并给予了西方文学家和诗人们许多灵感和启迪。我们之前已经说过，这首先要感谢朱笛特·戈蒂耶。2011 年，岱旺（Yvan Daniel）通过其在《精神对话：法国文学与中国文化（1846—2005）》中出色的研究，对历史这一尚不甚为人所知的方面进行了分析。他考察了约1840年前后的法国文学作品，尤其是保罗·克洛岱尔（Paul Claudel）以及谢阁兰的作品，论证了戈蒂耶译介中国诗歌对他们产生的影响。而在1953年，即新中国成立几年之后，明兴礼（Jean Monsterleet）在其《当代中国文学的高峰》中，对百年之后的中国文学文化重新进行了一番梳理。这种以竭尽全力打倒旧文化为目标的新文化，将中国的一种新面貌呈现在了对中国革命时期（1920—1950）涌现的当代中国作家知之甚少的西方读者眼前。我们还要指出的是，明兴礼是曾经在中国和日本传教的耶稣会士，因而他当然是从天主教的视角来对革命中国的社会政治实践进行考察的。

走近中国，恰如钱林森教授为这套丛书精心遴选的文本所证明的那样，是欧洲历史中一段形式极其丰富、历时极其持久的历程。这些著作既反映了欧洲人认知中国的水准何其之高，也反映了他们认知中国的程度何其局限。这些局限是人所共知的：每个民族都会因其信仰、科学知识以及风俗习惯而在某种程度上视自己为"世界的中心"，从而使自己受到了局限。理解他人、认识他人是困难的，难就难在我们总是顽固地以为我们可以以己度人。这一点，庄子和淮南子等伟大的思想家早已作出过论述。我们也看到，正如清朝文人在游历西方时发表的感言所揭示的那样,中国人在认识欧洲的过程中也存在着同样的现象。尽管如此,还是必须强调,要是没有欧洲的(正面的以及负面的)影响,中国就不可能成为今日之中国,同样,没有中国为欧洲文化和技术带来的贡献,欧洲也不可能成为今日之欧洲。这便是雷米·马修(Rémi Mathieu)在2012年出版的著作《牡丹之辉:如何理解中国》(*L'Éclat de la Pivoine. Comment entendre la Chine*)中所捍卫的观点。他提醒人们不要淡忘中国和欧洲为彼此作出的贡献,以及双方有时都不愿承认的对彼此欠下的债务。这套囊括众多著作的丛书彰显了分处欧亚大陆两端的欧中双方希冀提升相互理解的共同愿望,的确是一件大大的功德。

雷米·马修(Rémi Mathieu)
2020 年 9 月 10 日
(全志钢 译)

理解中国：法兰西的一种热爱
——为"走近中国"丛书作序
郁　白①

中国是一个巨大的存在。她存在着。无视她的存在，是盲目的，况且她的存在日益显要。——夏尔·戴高乐，1964年1月8日

2014年，为纪念法国与中华人民共和国建立外交关系五十周年，法国外交部档案室对有关十八世纪以来曾经代表法国来华的学者、外交官及译者的一系列文献进行了整理汇编，结集成册，以《中国：法兰西的一种热爱》(*La Chine: une passion française*) 为题出版。

钱林森教授在这套"走近中国"丛书中推介的法国学者文人们关于中国著述的中文译本，强化了这样一种认识，即

---

① 当代法国汉学家、翻译家，资深外交家。

法国的知识分子一直和中国保持着一种充满激情的关系。英国大汉学家史景迁（Jonathan Spence，1936—2021）在其于1998年出版的关于西方对中国的想象之作《大汗之国：西方眼中的中国》（*The Chan's Great Continent: China in Western Minds*）中，将此称作"法国人的异国情缘"："当时（十九世纪末）的法国人把他们对中国的体验和见解凝练成了一套颇为严密的整体经验，我称之为'新的异国情缘'。那是一段交织着暴力、魅惑和怀念的异国情缘。皮埃尔·洛蒂（Pierre Loti）、保罗·克洛岱尔（Paul Claudel），还有维克多·谢阁兰（Victor Segalen），他们三人都在1895年至1915年期间在中国生活了一段时间。他们都坚信自己看到了、听到了、感受到了真正的中国。因为他们都是拥有巨大影响力的作家，所以他们把自己对中国的见解刊印出来，既拓展了西方对于中国的想象，同时又遏止了这种想象的泛滥。"

如果确如亚里士多德的名言所说，"理解欲乃人之天性"（《形而上学》），那么走近中国，对于法国而言，曾经是，现在依然常常是这种欲望的升华。正是在这种欲望升华的驱使下，诸多法国人深度地亲身参与到这个进程中，为理解中国投入了大量心力，并为之痴迷。这种痴迷，归根结底，就是受到了一个在众多方面都超乎理解的国度的吸引。中国的读者或许会问，法兰西对中国的这般"激情"是合理的吗？对于他们，我们只要简单地回答说：要想达致真正的理解，就必须先学会爱。

本套丛书辑录的文本所反映的，就是这样一个求索的过程。在中国，有太多人抱持这样一种论调，认定西方"不理解"中国。这些文本应该可以为这样的论调画上句号了。诚然，法国知识分子对中国的印象与中国在不同历史阶段想要向世人展现的印象可能并不一定相符。但在文化关系中，感受与实际同样重要。一味宣称"实际情况不是这样的"，并以此为由去否认另一方的理解，这样的做法不仅毫无建设性，甚至是有害的。更有意义的做法，应该是对两者之间的差异、距离甚至是鸿沟进行测量评估，以便架起新的理解的桥梁。

且以安德烈·马尔罗（André Malraux，1901—1976）的名著《人类的境遇》（*La Condition humaine*，获得1933年龚古尔文学奖）为例。它讲述的是1927年上海工人起义遭镇压的故事。有评论说这部小说"消解了（西方人对中国的）幻想但又不致令人绝望"，而这一效果的达成，虚构在其中起到的作用要比纪实大得多。而且这本书是欧洲第一部预言中国革命的作品。

离我们更近一些的例子，是尼古拉·易杰（Nicolas

Idier，1981—）在 2014 年出版的《石头新记》（*La musique des pierres*）。易杰曾任法国驻中国大使馆文化专员，他笔端流露的对画家刘丹（1953—）的真挚感情令读者感动。他说刘丹"画的是中国（未来）在经历了一段漫长的阴霾后迎来的复兴"。这本书延续了三个世纪以来以中国为题的法国文学的传统，把一段充满个人主观体验的讲述打造成了一份关于艺术及艺术家在当今中国所发挥的作用的证词。

我在这里提及这些并未被钱林森教授收录进这套丛书的作品，目的是吊一下中国读者们的胃口。要知道：对中国的热爱是法国文学的一个鲜明特点。除了在法国，还有哪个国家会有那么多以中国作为核心研究对象的院士？前有阿兰·佩雷菲特（Alain Peyrefitte，1925—1999）和让-皮埃尔·安格雷米（Jean-Pierre Angrémy，1937—2010），今有程纪贤（François Cheng，中文笔名"程抱一"，1929—），他于 2002 年当选法兰西学院院士，是法国历史上第一位华人院士。

这套丛书是钱教授特地为法国的一些汉学家准备的颁奖台。我们要热烈地感谢他记录下法国汉学家们在理解中国的进程中所作出的重大贡献。而且他们的贡献常常超越法语世界的边界。葛兰言（Marcel Granet，1884—1940）、雷维安（André Lévy，1925—2017）、白吉尔（Marie-Claire Bergère，

1933—）和雷米·马修（Rémi Mathieu, 1948—）培养的一代代学生如今已经成为执掌法中两国关系的主力。法国的中国文化教学也从未像今天这样兴旺繁荣，而中文也已经成为法国中学生的一门选修外语。这一切，都为法国在未来更加全面地走近中国打下了基础，为唤醒法国文学的全新使命打下了基础，为法国对中国更深沉的热爱打下了基础。

郁白（Nicolas Chapuis）

2020年5月3日，北京

（全志钢译）

"走近中国"文化译丛主编序言

钱林森

"走近中国"文化译丛书系,是 21 世纪初我主持编译的西方人(欧洲人)"游走中国""观看中国"的小型文化译丛。这套文化译丛的酝酿、构想,始于 20 世纪末与 21 世纪之交,而最终促成其创设、实施的机缘,却源于遐迩闻名的山东画报出版社一位素未谋面的年轻编辑曹凌志先生的一次造访。2002 年 10 月深秋的一天,曹先生手持一部大清帝国时代的法文原版精装书来宁见我,他一见到我,便开门见山地介绍道:这是他们山东画报出版社从西南四川等地,经多处庙堂辗转而得手的一部图文并茂的法语原著。社里领导很想将此书翻译成中文正式面市,但不知它写的什么内容,值不值得翻译出版刊行。所以要请专家评估一下。曹先生庄重地申言:"我们曾首先咨询过北京社科院外文所法国文学大家柳鸣九先生的高见,是柳鸣九先生建议我们来宁登门拜访您的。"——不由分说,便把他手持的法文原版书递过来。受宠于我所敬重的权威学者之举荐,岂容怠慢?我就诚惶诚恐地连忙接过客人递过来的这部精装珍稀读物,认真地翻阅起来,方知这原是19世纪法国一位匿名游记作家老尼克(Old Nick)所撰,并由同时期法国著名画家、旅游家奥古斯特·博尔热(Auguste Borget)作插图的图文并茂的"游记"[①],是西人"游"中国、"看"中国、想象中国、认识中国的时兴文体。初看起来,内中虽不无作者舞笔弄文的杜撰,但其历史文献的意义,却是显而易见的,加之书内附有清朝时期罕见的栩栩如生的写生插图画,其珍贵的文化价值和收藏价值,毋庸置疑,因此,它也就被顺理成章地收进了敝人酝酿有年的"走近中国"文化译丛书系。

"走近中国"文化译丛最初的构想,是想编选"域外人"(包括东洋人和西洋人)"游"中国、"看"中国的大型文化游记书系,而域外的中国游记,浩如烟海,受制于个人精力、能力和出版诸因素,编选者最终只取一瓢饮。选择的标准有二:一是该文本的跨世纪影响力,即这些文本迄今为

[①] 指(法)老尼克著,奥古斯特·博尔热作插图的《开放的中华——一个番鬼在大清国》。

止还时不时地影响着西方人对中国的看法,是西人眼里的经典。二是该文本的文学、历史价值,即这些文本不仅有较强的可读性,且有重要的历史价值和文化意义。首辑仅选法、英两国10部长短不等的中国游记,即(法)老尼克的《开放的中华》(*La Chine ouverte*,1845)、(法)格莱特(*Thomas-Simon Gueullete*,1683—1766)的《达官冯皇的奇遇——中国故事集》(*Les Aventures merveilleuses du Mandarin Fum-Hoam: Contes chinois*,1723)、(法)奥古斯特·博尔热(*Auguste Borget*,1808—1877)的《中国和中国人》(*La Chine et les Chinois*,1842)、(法)绿蒂(*Pierre Loti*,1850—1923)的《在北京最后的日子》(*Les Derniers Jours de Pékin*,1901)等组成一套小型书系,于21世纪头10年间,由山东画报出版社、江苏人民出版社、上海书店出版社出版。首辑译丛正式面世时,我曾就其编选动因和译丛的创意与宗旨作了如下说明:

> 中西方文明的发展与相互认知,经历了极其漫长的道路。两者的相识,始于彼此间的接触,亦可以说,始于彼此间的造访、出游。事实上,自人类出现在地球上,这种察访、出游就开始了,可谓云游四方。"游",是与人类自身文明的生长同步进行的。"游",或漫游、或察访、或

远征，不仅可使游者颐养性情、磨砺心志，增添美德和才气，而且能使游者获取新知，是认识自我和他者，认识世界、改变世界的方式。自古以来，人类任何形式的出游、远游，都是基于认知和发现的需要，出于交流和变革的欲望，都是为了追寻更美好的生活。中西方的互识与了解，正开始于这种种形式的出游、往来与接触，处于地球两端的东西（中西）两大文明的相知相识和交流发展，正由此而起步。最初的西方游历家、探险家、商人、传教士和外交使节，则构筑了这种往来交流的桥梁，不论他们以何种机缘、出于何种目的来到中国，都无一例外地在探索新知、寻求交流的欲望下，或者在一种好奇心、想象力的驱动下，写出了种种不同的"游历中国"的游记（包括日记、通讯、报告、回忆录等）之类的作品，从而构成了中西方相知相识的历史见证，成为西方人认识自我和他者、认识中国、走近中国的历史文献，在中西交流史上具有无可取代的价值和意义。对这些历史文本作一番梳理、介绍，它本身就是研究"西学"和"中学"不可忽略的一环，是深入探讨中西方文化关系无法回避的重要课题。翻译出版"走近中国"文化译丛最初的动因正在于此。

在中西方两大文明进行实质性的接触之初，在西方对东方和中国尚未获得真实的了解和真确的认知之前，西方人——西方旅游家、作家、思想家和传教士，总习惯于将中国视为"天外的版舆"，将这个遥远、陌生而神秘的"天朝"看作不同于西方文明的"异类世界"，他们在其创作的中国游记，以及有关中国题材的其他著作中，总是按照自己的意愿与想象塑造自己心目中的中国形象——一个迥异于西方文化的永远的"他者"形象。在西方不同时代、数量可观的中国游记中所创造的这种知识与想象、真实与虚构相交织的"中国形象"，无疑是中西交通史上一面巨大的镜子，从中显现出的不仅是"中国形象"创造者自身的欲望、理想和西方精神的象征、文化积淀，也是西方视野下色泽斑斓、内涵丰富复杂的"中国面影"。这就决定了，西方的中国游记和相关题材的著作，既是中国学者研究"西学"的重要历史文献，又是西方人研究"中学"的历史文本，其深刻的学术价值是显而易见的。西方的中国游记对中国的描写和塑造，不仅激发了西方作家、艺术家的创作灵感，也为西方哲人提供了哲学思考的丰富素材，启发了他们的思想智慧。一如有些文化史家所指出的，"哲学精神多半形成于旅游家经验的思考之中"①。西

---

① 艾田蒲:《中国之欧洲》（上），许钧、钱林森译，河南人民出版社1992年版，第197页。

方早期的中国游记,虽然多半热衷于异乡奇闻趣事的报道而缺乏哲学的思考,但它们所提供的中国信息、中国知识和中国想象,却给人以思考,为西方哲人,特别是16世纪以降人文主义、启蒙主义思想家提升自己的哲思,建构自己的学说,提供了绝好的思想资源和东方素材,并且成为他们描述中国、思考中国不可或缺的参照。这样看来,西方的中国游记所蕴含的思想价值和哲学意义,也是不言而喻的。我们还注意到,历代西方的中国游记所传递的中国信息、中国知识,不仅使西方哲人深层次地思考中国、认识中国提供了可能,而且也直接地促进西方汉学的生成和发展。西方中国游记和类似的"中国著作",特别是17、18世纪来华耶稣会士的游记和著述,所展示的中国形象、中国信息、中国知识,直接构成了18世纪欧洲"中国热"主要的煽情材料和思想资源,直接助成了19世纪西方汉学生长和自觉发展的重要契机,其文化意义也毋庸置疑。如是,文化译丛"走近中国"的创意,正基于此。

那么,在难以数计的西方游记和相关著述里,中国在西方视野下究竟呈现着怎样的面貌?这难以数计的游记、著述又如何推动西方汉学的生成与发展?它们在西方流布，到底在传播着怎样的中国神话、中国信息、中国知识，从而深化西方人对中国的了解和认识，使之一步步走近真实的中国？这便成了本译丛梳理、择选的线索和依据，以此而为读者提供一幅中西方相知相识、对话交流的历史侧影，正是本译丛的编译宗旨。

新编"走近中国"文化译丛，严格遵循首辑译丛所确立的编译宗旨和编选标准，但在入选作者国别和作品文体、内容方面却有所不同。首辑出版的"走近中国"文化译丛入选作品，主要是法、英旅游家、作家所撰写的中国游记、信札、日记等文类，而新编入选作品，则集中择选法国作家、汉学家（含中国驻法使节、留法学人）所撰写的思考、研究中国文化的著述，除游记、信札、报道类外，还包括散文随笔、传奇、戏剧、哲学对话和学术专论等各类文体在内的著作。这就是说，行将推出的新编"走近中国"文化译丛，不止于西人"游走中国"的游记，着重收入的是法、中两国作者所撰的研究中国文化的著述，包括文学创作和学术研究两类著述，是法、中学人互看互识、对话交流的跨文化学术丛集。"走近中国"文化译丛的编选做这样的变动，实出于编选者能力与知识积累的现实考量，也出于编选者自身研究的实际需要与诉求，因为此时编者也正担负着主编《中外文学交流史》之在研课题。如此面世的文化译丛，必将为源远流长的中西（中法）文化文学关系研究搭建一方坚实、宽阔的跨文化对话平台，也必将为日趋深入拓展的跨文化比较文学研究提供新的学术场域。

新编的"走近中国"文化译丛，以"游记"类和"文库"类两辑，即文学作品之"作家文丛"、学术著述之"学者文库"两辑刊行面世。恪守首创宗旨和选择准则，本译丛精选自17世纪以降，侧重18世纪至20世纪的法国作家、思想家、汉学家（含留法华人学者）研究中国文化有影响力的近20部作品。每部中译本皆有导读性的译者序或译者前言，并且尽可能地附有原著插图，以图文并茂的新风貌展现于世。具体书目为：马塞尔·葛兰言（Marchel Granet，1884—1940）著《中国古代的节庆与歌谣》(*Fêtes et chansons anciennes de la Chine*)，白吉尔（Marie-Claire Bergète）、安必诺（Angel Pino）主编的《巴黎东方语言学院百年汉语教学论集（1840—1945）》(*Un siècle d'enseignement du chinois à l'école des langues orientales，1840-1945*，1995)，岱旺（Yvan Daniel）著《精神对话：法国文学与中国文化（1840—1945）》(*Littérature française et culture chinoise，1846-2005*，2000)，雷米·马修

(Rémi Mathieu)著《牡丹之辉：如何理解中国》(*L'Éclat de la Pivoine. Comment entendre la Chine*，2012)，郁白(Nicolas Chapuis)著《悲秋——古诗论情》(*Tristes Automnes, poétique de l'identité dans la Chine ancienne*，2001)，路易斯·拉卢瓦(Louis Laloy，1874—1944)著《镜观中国》(*Miroir de la Chine: Présages, Images, Mirage*)，乔治·苏里耶·德·莫朗(George Soulié de Morant，1878—1955)著《盛唐之恋》(*La passion de Yang Kwé fei, Mercure de France, revue, septembre-octobre*，1922)，毛姆(W.Somerset Maugham)著《中国屏风上》(*On a Chinese Screen*)等。近20部不同文体的作品与著述，敬献于广大读者，就正于海内外方家。感谢一直与编者一起携手共耕的译者朋友们，感谢始终默默地关注着、支持着本文化译丛的亲朋挚友和学界师长、同仁们。

"走近中国"文化译丛选载的上述作品，皆属18至20世纪法国（含英国）作家、汉学家"游走中国""观看中国""认识中国"、思考和研究中国的各类不同文体的优秀之作，是法（英）国作者，一代接一代，瞭望中国、想象中国、描写中国的色泽斑斓、琳琅满目的集锦荟萃，堪称法、英文苑的奇花异草，构成了一道靓丽的风景线。这些作品的作者们，之所以一代又一代心仪"他乡""远方""别处"，不断地瞭望东方——中国，关注中国、描述中国，并不总是出于一种对异国情调和东方主义的"痴迷"，实出于认知"他者"和反观"自我"的内心需要。"在中国模子中，我只是摆进了我所要表达的思想。"——20世纪法国作家谢阁兰的这句话最好不过地表达了这一代法、英作者关注中国、了解中国、描写中国的真实愿望，旨在借中国这面镜子来反观自己，确立自身的形象。他们之所以一往情深地渴望远方、别处，寻找"他者"，恰恰反映了他们对自己认识的深层需求，一种"时而感受到被倾听的需求，时而（抑或同时）产生倾诉、学习和理解的需求"，一种杂糅了自我抒发与理解他者的"必要"。克洛岱尔将处于地球东西两端的法中两个不同民族、不同文明之间的这种相互瞭望、相互寻找、互证互识的双向运动比作一种自然现象——"海洋潮汐"①。从这个意义上说，他们"瞭望"东方、"游走"中国、"寻找"他者，也许正是另一种方式的寻找自我，或者说，是寻找另一个自我的方式；他者向我们揭示的也许正是我们自身的未知身份，是我们自身的相异性。他者吸引我们走出自我，也有可能帮助我们回归到自我，发现另一个自我。由此可见，即将面世的"走近中国"

---

① Paul Claudel, *La Poésie française et l'Extrême-Orient* (1937), in *Œuvres en prose*, Paris, Gallimard, coll. *Bibliothèque de La Pléiade*, 1965, p.1036.

文化译丛，呈现于诸君面前的这些作品的作者们，之所以如此一代接一代地渴望东方，远眺中国，寻找他者，如此情有所钟地"醉心"于中国风景，采撷中国题材，一部接一部地不断描写中国，抒发中国情怀，认知中国，正是他们认知自身的需要，他们"看"中国，正是反观自己、回归自己的一种需求，一种方式和途径。如此，从跨文化研究的方法论学理层面看，"走近中国"文化译丛所提出的课题，不仅涉及这些法（英）国作家在事实上接受中国文化哪些影响和怎样接受这些影响的实证研究，还应涉及他们如何在自己的心目中构想和重塑中国形象的文化和心理的考察，研究他们的想象和创造；不仅要探讨他们究竟对中国有何看法，持何种态度，还要探讨他们如何"看"，以何种方式、从什么角度"看"中国，涉及互看、互识、互证、误读、变形等这一系列的跨文化对话的理论和实践的话题，是关涉中外（中法）文化和文学交流史研究的基础性工程，其学术价值和意义，毋庸置疑。

采撷域外风景，载运他乡之石，是当年创设"走近中国"文化译丛之动因、初衷，同理同道，广揽域外风景，汇编成集，呈现于国人，不是为了推崇异国情调，追寻异国主义，而是为了向诸君推开一扇窗户，进一步眺望远方，一览窗外的风景，旨在借助外来的镜像来反观自己，认识自己，从而确立自身的形象。众所周知，他山之石，可以攻玉。打开室内窗户，直面窗外景象，一览无余，我们自身的面貌也就清晰地浮现出来，一如有西方学者所言，在天主教"三王来朝"的时候，在我们的对面肯定会有一张毫无掩饰的面孔出现："在面孔中所反映出来的他人，从某种意义上恰恰揭示了他本人的造型特征。就像一个人在打开窗户的时候，他的形象也同时被勾画了出来。"① 我们编译出版"走近中国"文化译丛，希望诸君看到17世纪以降至20世纪，这一时代映现在西方人眼中的中国，这个时代西方人注视中国、想象中国、创造中国的"尤利西斯式"目光。那目光可能不时流露出傲慢与偏见，但其中表现在知识与想象的大格局上的宏阔渊深、细微处的敏锐灵动，也许，无不令人钦佩、击节，甚至震撼。总之，诸君倘能闲来翻书，读到"走近中国"文化译丛，击节称奇，从中感到阅读欢愉，发出会心的微笑，那便是对我们的勉励，倘能借助这面互证的镜像，打开"窗外的风景"，反观自己，审视自己，掩卷长思，从中受到教育，那便是对我们最大的奖励。

---

① （法）埃马纽埃尔·勒维那斯：《他人的人道主义》，袖珍书，图书馆散文集，1972年，第51页。

值此"走近中国"文化译丛付梓刊行之际,我们由衷地感谢出版方中央编译出版社的诸位领导,感谢他们始终坚守契约精神和不离不弃的支持、合作,感谢编译社诸位编辑的悉心编审,感谢翻译团队师友们携手共耕、辛勤付出,感谢法国知名汉学家雷米·马修先生、郁白先生在百忙中欣然赐序,拨冗指教。

钱林森

2023年5月30日,大病未愈,居家养病期间定稿

南京秦淮河西滨,跬步斋陋室

译文序

鲁迅先生在《小杂感》中写道："人类的悲欢并不相通，我只觉得他们吵闹。"以前读到这句话，我曾深以为然。除了先生惯有的犀利与可爱，多少还能体悟到一种对时局的无奈与哀叹。除了家人之间的血脉亲缘和一些"化学作用"下的情爱关系，这世上或许就不存在什么真正意义上的感同身受。

人与人之间的阻隔，像一道道无法逾越的鸿沟，无论是物理上的还是心理上的；大多数人可以产生交集，但是很难做到深层次的彼此感知和相互认同。当下年轻人都讲共情（empathy），这个心理学的名词也常被译为同感、同理心等。具有共情能力的人或被称赞情商高，或被定义在敏感型人格的范畴内。我浅薄地以为，合理的共情是一个具有社会属性的人应当具备的优良品质。本书的作者亚历山德拉·埃瑟德雷德·格兰瑟姆女士在这方面给我留下了极为深刻的印象，她或许比很多中国人还了解中国。

格兰瑟姆女士曾随第二任丈夫挪威人曼德将军在华旅

居多年，她身处中国的年代大约是20世纪初。我泱泱中华历经数千载，国之风骨虽有岁月为证，但在那个军阀连年混战、列强虎视眈眈、国家积贫积弱的时代，人民只能生活在水深火热之中，哪里还顾得上什么风骨不风骨的。那是一个新旧观念碰撞的年代，有人留长辫也有人剃短发，有人穿长衫也有人着西服，有拉黄包车的也有开进口轿车的……回望那时，着实让人感到彷徨和惆怅。

本书首版于1918年，在那个年代，作为一个"洋人"或者一个旁观者，作者格兰瑟姆女士没有以居高临下的视角审视古老的帝国，而是由衷地赞叹中华民族数千年传承下来的传统文化，其描写之细腻，有时不免让人潸然泪下。

她痛恨战争，那些以正义或非正义之名引发的残暴事情，都让她为之不耻。格兰瑟姆女士出生于德国，自小便接受了良好的教育，在一战和二战期间痛失多位亲人，其中包括第一任丈夫英国人弗雷德里克·威廉·格兰瑟姆，以及三个儿子（长子和四子在战争中阵亡，三子系夭折），她的次子或许为不少人熟知——葛量洪（葛亮洪）爵士曾于1947年至1957年出任第22任香港总督，是除麦理浩勋爵外，任职时间最长的港督。我们仅能用葛量洪回忆录中有限的描述，以及一些碎片信息拼凑出一幅格兰瑟姆女士的模糊"画像"。

她是博学的，在中国古代传统典籍方面颇有涉猎，本书多处来自《陈情表》《赤壁赋》《送孟东野序》《论语》《礼记》

等经典的片段引用，丝毫没有突兀之感，对作者所思所感的表达自然、真实、流畅、饱满。

她是敢于表达的具有独立思想的女性。她运用直白描述打破西方作家笔下刻板的中国人形象。她认为中国人热爱祖先、仁义谦卑、敬畏自然，讲求天时、地利、人和。她对所谓西方式的民主与一味追求利益的粗犷式现代文明的批判也一针见血。

她是博爱的，她的文字闪烁着人性的光辉。她刻画了崖山海战的悲壮场景，描写了陆秀夫怀抱幼主壮烈蹈海的场面。在她的笔下，那些字句是有温度的，那些历史人物的命运也让读者跟着揪心。

西方人喜欢把中国比喻为"东方巨龙"，认为它的觉醒会给世界带来震动，甚至是不安。但格兰瑟姆女士深谙中华文明的精髓，认为中国人向往的不是称霸世界，而是高山流水间的风雅、承欢膝下时的笑颜、兼济苍生中的悲悯、胸怀天下的智慧。

最后，将鲁迅先生的一句名言送给本书的读者："无穷的远方，无数的人们，都和我有关。"

本书内容仅为作者个人观点，当下的世界早已"换了人间"，但我们可以从一个外国人的视角去体会那些看似熟悉却又陌生的事物，也不失为一种新的体验。

2025 年 5 月于北京

目 录

第一章 　　　　　　　　　　001

第二章 　　　　　　　　　　024

第三章 　　　　　　　　　　056

第四章 　　　　　　　　　　101

第五章 　　　　　　　　　　127

第六章 　　　　　　　　　　164

第七章 　　　　　　　　　　220

第一章

顺天府——这是北京的正式名称，意为"遵从天命"。

这不仅仅是一个简单的名字。

北京并非没有破烂、肮脏、贪婪、嫉妒、欺骗，以及其他首都所特有的对天命的种种违抗。以上这些，北京都占全了。

但北京的城墙，遭受过太多风吹雨打，也经历了太多辉煌。在它上面，有一种凝重的宿命感。

城中的一棵棵树木、一座座庙宇，打破了人们对世俗建筑的痴迷，取而代之的是不朽和神圣的事物带来的无尽喜悦。

北京有乾清宫和极乐寺；家家户户门口，竟然就有让人们领会存在本质的寺庙！公元 1900 年，外敌入侵北京，他们自诩正义却又带着些许无法控制的暴躁。而在那之前，北京可以说是数代中国艺术成果的宝库。前朝优美的余韵和细微的留痕，流连徘徊在丝绸刺绣的光泽中，在玉器和象牙的微光里，在古玩商店出售的古代珐琅呈现的美妙色彩之间。而现在，北京仍然是地球上最古老帝国之一的行政中心，这个帝国的历史几乎构成完整的链条，它避免沦为至今仍悬而未决的失败案例——拿破仑、成吉思汗和亚历山大军队的旅程，罗马的胜利和衰败，雅典短暂的美丽，巴比伦的辉煌，埃及花岗岩的威严——并在人类生活走向文明的坎坷道路上，率先做出努力尝试。

中国最早的皇帝之中，有一位"有巢氏"，他的名字使人们的想象力飞回到不可思议的遥远年代。那时人类的居所不像现在的宽敞建筑，有门窗和精心设计的供暖和照明系统，它们只不过是人们抵御恶劣天气和野兽掠夺的简陋庇护所。

其他的古代君主、圣贤、祭司、族长，在巍峨孤寂的山顶上，虔诚地崇拜着宇宙的最高统治者，并根据夜晚的星象确定一年中的季节。

还有一些与传说紧密联系的帝王，创造了原始的发明或技术，比如编织渔网、结绳计数、使用火种、用马驱动战车，等等。而现在，这个国家竞选出的总统信奉基督教，并开着防弹汽车——进步的速度真是太快了。

中国人自己计算出来的浩瀚久远的历史，从有人类活动开始到公元 1900 年的整个时期，大约有四十万年。学者们估算，在公元前 2800 年左右，出现了第一段模糊的历史，那时的社会还笼罩在神话传说中。如此久远的开端使中国历史得以跨越四千七百年，在这漫长的岁月中，中华民族历尽兴亡盛衰：黑暗与光明，软弱与坚强，扩张与缩小，如同巨大的潮水，起起落落，随着民族的脉搏一起跳动。

欧洲人习惯了频繁的朝代更迭，每个历史时期也相对短暂，因此，中国给他们留下了静止不动和停滞不前的印象。这并不是因为中国历史上没有任何真正的运动，而是因为这些运动的扩张和发展要花费许多年头。使过分僵化的污名进一步加深的是，中国历史上的日常习俗、宗教仪式、建筑物和手工艺品上的装饰，都通过鲜活的自然记忆保存了下来，而不是像欧洲的历史一样，只剩下一些模糊的回忆，被考古学家们人为地从遗忘中拯救出来。

因此，原始的母系社会制度在母亲的荣誉和权力地位上得以保存。早期游牧阶段的饮食仍然是祭祀神灵的食物。黄河岸边的早期居民看到巨型野兽在原始软泥中打滚时表现出敬畏之情；当古人凝视着浩瀚的天空，注视着湍急水流激起的泡沫时，人们心中充满了惊奇——所有的这些，化作当代中国艺术家笔下无数肆意绽放的龙、云朵和白浪，让先祖的回声在耳边回荡。

散落在城外田野里的家族墓葬中，经常出现圆形坟墓，那是原始围栏的复制品；北京的马车有着防雨顶篷，一根弹簧也不装，在这上面可以看到早期北京人住所的影子——那些人过着游牧生活，会随着羊群的迁徙被迫改变住所。

中国人对自己民族的开端记忆犹新，因为中华文明完全是在自己的根系上发展起来的，没有任何一个庞大的外来文化穿插于中国的现在和过去之间,使中国的文明遭到掩盖和扭曲。她幸免了北欧和中欧部落的命运,那些部落的种族特质在罗马帝国的统治和僧侣文化的双重打击下变得粉碎,几乎完全被另一外来的文化所抹杀——这一文化便是希腊文明,它在文艺复兴期间成为主流。

在中国,祖先崇拜有着深层次的脉络;现代中国人的思想和感情实际上都是拜他们的直系祖先所赐。相反,现代欧洲人,不论是凯尔特血统还是日耳曼血统,都要向一位从巴勒斯坦来的神祈祷,用罗马的风格来塑造法庭,用雅典的风格来创造雕像。欧洲人从血缘上的祖先那里获得的只有肉体,以及肉体的激情,并没有继承祖先的思想和价值观。因此,欧洲人多才多艺,视野开阔,却失去了宁静和尊严。因而,他们越发躁动不安,苦乐参半。而讲汉语的中国人却更容易满足。中国人的思想是一种和谐的发展过程的结果,是对与生俱来的动机不加渲染的阐述,摆脱了自然冲动和后天意识之间的对立,而欧洲人无法治愈的分裂灵魂则备受困扰。

中国人的思想中确有一些外来元素。这些元素来自文明程度极低的国家,因此主要表现为在本土文化中添加的一些新迷信,在刑法典中嫁接的一些野蛮行为。十分幸运的是,纯粹的中国传统核心得以充分确立,不仅使中国人免受土耳其人和鞑靼人信仰的污染,而且起码在官方层面迫使各方接受了自己的信仰。即使佛教经常受到朝廷的青睐，但那也不过是一门宗教罢了，它既没有超越本土宗教，也没有从本质上改变以孔子为主流思想所带来的宏伟伦理和政治思想体系。孔子思想体系的起源可以追溯到公元前三千年，那是三位划时代的统治者——尧、舜、禹——生活的时期；他们或直接掌管人民，或间接地透过虔诚传统的金色迷雾，按照上天的光明法令统治着他们的人民。

究竟是什么样的纪律制度和凝聚力，能让中国人保持这份独特的持久传承呢？有些人这样回答：这是因为他们远离主流历史的潮流与动荡。但是，这种观点是站在一个错误的视角上得出的，认为自己所在土地上发生的事件具有翻天覆地的重要性，而把地球遥远另一端发生的事情降低到几乎可以被忽略的微小程度。

位于巨大半球中心的帝国，周围的大片土地被匈奴、金、契丹和西域各族，以及众多的鞑靼、通古斯部落占据。历史学家们对区分这些部落感到摸不着头脑，因此可能会断言，中国是在宁静的孤立中发展起来的。这无疑比过于仔细地探寻准确信息更为重要，可以使他们免于细究的痛苦。

事实上，纵观历史，中国的边疆一直受到其他民族袭扰，其中一些民族时常全副武装地发起进攻。中国会称他们为蛮人——这是一种给人带来愉悦的人性特征，即当温和的言辞太弱，无法排除所有的恐惧时，人们就会反复地咒骂。

中国经历了相当活跃的商业交往所带来的种种恩惠和争吵,以及邻国之间常见的短暂联盟和长期敌意。

中国经历的战争——在"荣耀"的赞誉之下——几乎和大英帝国涵盖的所有国家经历的战争总和一样多,尽管如此,中国的大部分战争却都是防御性的。很早的时候,中国的士兵就被劝勉要像老虎和黑豹一样威武,要像熊一样可怕!

很久以来,古老的贸易路线就一直将中国与北亚、南亚和西亚联系在一起。诚然,这些路线往往都消失在夏日茂盛的庄稼地中,或是淹没在雨中湿滑的泥泞上翻腾的泡沫里,或是蜿蜒而过的陡峭山路上,从龙门关通往玉门关——那是中原的尽头,在风吹过流沙平原的地方,东方凝视着笼罩着危险灰色的遥远西方。但是,独轮车、骆驼、骡子和牦牛,甚至是"两足驮兽",对道路的宽度要求并不高。虽然走得缓慢,但可以肯定的是,它们足以让那些急于使用剩余农产品换取中国产品的国家与中国保持联系。商品的交换总是伴随着思想的交流。

这些被世俗商人使用了几个世纪的道路,在佛教思想开始广为传播时,也成为印度传教士们赖以旅行的道路。

在我们生活的十八世纪,也就是近代满族人统治的时期之前,中国并没有故意封锁自己的对外贸易;之所以出此下策,可能只是在恐惧的推动下,出于本能,嗅到了世界上最狡猾、最残忍的食肉动物的气味,即现代的制造业者开辟的新市场，它就像披着无瑕羊毛的狼。

因此，孤立并不能解释中华民族持久的生命力。是否正如一些观察家所说，这是由于家族的力量，来源于家族成员之间的紧密联系呢？毫无疑问，当家庭——而不是个人——被视为一个社会单位时，年轻人会受到许多有益的规训，老年人会得到许多善待和尊重，穷人、病人和智力不健全的人都能获得大量的慈善保障。所有这些都是有益的，而祖先崇拜和家庭观念的最高表达，是人类从悲伤和爱中进化出来的最美丽的文明之一。这使最卑微的劳动者明白，过去和未来之间的界限是如此渺茫，他应该虔诚地珍惜那些把他带到世界上来的人，那些人即使死后也控制着他的命运；他应该谨慎地捍卫自己的思想和行为，因为它们不会在坟墓里结束，而是将其间所有的善与恶代代相传，让它们永远长存。

通过这些方式，对家庭的崇拜无疑产生了有益和保守的影响。然而，如果要把以家庭为单位组成国家的传统体系传承下去，仅靠家庭的力量是不够的。如果没有国家，坚持统一的教育标准，让学习四书五经成为通过考试获得官衔的唯一途径，中国人将缺乏最强大的凝聚力。此外，家庭倾向于打压个体性格的独特性和独立性，发展不公平的法律制度，将自家利益置于社会利益之前，这既是力量的来源，也是弱点的根源。

那么，如果说中国持久生命力之谜的关键既不在于绝妙的与世隔绝，也不在于强大的家庭纽带，我们要去何处寻找答案呢？在世界众多国家中，只有中国人用"顺天"为自己的首都命名——这难道不是一个小而深刻的事实吗？

诚然，北京的道德风气并不比那些名字更平庸的首都好多少，甚至更糟。在其皇城那些闪闪发光的庭院里，发生着谋杀、钩心斗角和各种形式的腐败犯罪；在其城墙和堡垒上，是名不副实的放纵无能的军队；在其寺庙和学校门柱内的与世隔绝之处，喧闹中充斥着无知和愚昧。

但一个国家的理想从来都不是它借以停靠的港湾。它们是灯塔，在人类徘徊的黑暗道路上闪烁着短暂的指引；它们是火花，揭示了火的性质——而这正是一个民族获得其主要文明创造灵感的源泉。

中国的理想，不是政治自由、军队荣誉、贸易路线的垄断，也不是任何的骄傲、贪婪或虚荣，而是遵从天命，遵从道，遵从创造的永恒法则，遵从中国人选择的作为他们生活主要方向的理性和正义的原则——这其中难道没有他们惊人生命力的秘密吗？

可以肯定，除非良知不是人类用以感知最高者命令的绝对可靠工具，也不是反映永恒之光的忠实镜子，那么，一个根基深广、仁播四方的国家，应该比所有其他国家都更持久。它建立在刻有神圣启示的岩石上，而不是建立在以自我为中心的野心和暂时利益的流沙上。

在各种各样的动机、掠夺欲、利润欲和名望的驱使下，很多民族逐渐建立起帝国。但是只有少数被选中的人才能仅仅凭借游说的魅力和优越文明的吸引力建立一个帝国，而只有他们的作品才能包含一切接近永恒的元素。其他国家在几年或几个世纪后达到了扩张的极限。蒙古建立的帝国就是一个典型的例子。草原上的匮乏导致了他们对占有的渴望。如果没有战利品，没有迅速而危险地获得财富的可靠前景，即使是成吉思汗的巨大意志力，也不可能成功锻造出一支让世界都不得不服从的高效军队。但当被征服的地区有时间从毁灭性的冲击中恢复过来时，情况又会发生新的变化。

同样，拥有军事天赋的拿破仑利用法国人民的饥渴满足了他对统治和荣誉的渴望，为他自己和他的家族建立了一个大帝国的结构，最终却被英国的革命和仇恨击垮。

但对军事荣誉的追求几乎压倒了文明生活的所有永恒利益。如果把它作为任何一个国家的基石，除了那些以掠夺为生的游牧民族，都是毫无价值的。拿破仑将宝剑堆积起来并称其为帝国，但这样的帝国无法长久，甚至不及他自己的短暂人生。

罗马帝国则更为坚固。对利润的热爱驱使它进行征服，它渴望以尽可能便宜的价格和尽可能快的速度，把世界上最好的农产品和其他国家的最佳劳动成果，收集到自己手中。

但是，由于必须为生产者营造并维持适当的生产条件，并有组织地避免他们的饥饿和不满，银行家和商人——罗马扩张的真正先驱——不可能从生产者那里获得令人满意的回报，因此罗马帝国的贪婪被驯服了。如此一来，相当程度的善政和交通工具的巨大发展成为罗马帝国的特点。但这只满足了物质需求。在整个地中海沿岸，罗马帝国的巩固以知识分子的不断衰落为标志，最终这种衰落达到了一个危险的临界点，无法再维持对一个大国的有效管理。由于不可避免的宿命，罗马的统治走到了尽头。仅仅靠面包生活必然会导致毁灭，同理，以梦为食也必定会让身体垮掉。罗马帝国枯燥死板的规则一定不鼓励人民拥有梦想。即便在被征服的群众中出现一种理想，也找不到合适的空间来容纳它；而本应被证明是团结的纽带和再生源泉的东西，在罗马皇帝奥古斯都的统治下则变成了反叛和解体的标志。

佛教——宗教运动在东方的另一种体现——在中国的接受程度与别国相比简直是天壤之别！人们不会把佛教徒置于野兽的利爪和尖牙下，也不会把虔诚的他们驱赶到潮湿和黑暗的地下墓穴里。中国早期高尚的精神导师站得离天堂如此之近，不认为通往天堂的道路数量有任何硬性的限制，因此在他们的谆谆教诲下，中国的人民变得极其宽容，他们接纳了异国宗教的光芒，并把它当作用以了解鞑靼臣民思想的一座金色桥梁，但对愚钝的鞑靼人来说，儒家思想这股新鲜空气过于高深精妙了。即便如此,中国统治阶级最重要的精神影响莫过于儒学。没错,因为真正伟大的统治者并不会回避在这片土地上的工作,也不会不切实际地渴望超越所有的罪恶、挣扎和悲伤,而是勇敢地接受世界的本来面目,接受人类的本来面目。中国官员翻阅经典著作,便可以读到以下箴言。

> 夫如是,故远人不服,则修文德以来之。既来之,则安之。

> 贤贤易色;事父母,能竭其力;事君,能致其身;与朋友交,言而有信。

> 虽蛮貊之邦,行矣。

> 近者悦,远者来。

这样的教导,展现了最高等级的帝国所具有的素养,因此,中国能成为少数几个靠道德优越感而不是靠军力或商业来发展的帝国之一,这并不奇怪。只有银行家、律师、商人和建筑商才会效仿罗马,以鹰为帜。龙纹横幅通常会同学者、诗人、艺术家一起出现,并作为具有持久价值的礼物。

虽然过程时断时续，但总的来说，中国曾经在她所处的世界上实现了沃尔特·惠特曼所认为的仍有待实现的美国民主的理想，即伟大的道德和宗教文明与伟大的物质文明相互融合，并驾齐驱。

中国的圣贤们非常清楚地认识到压迫人类意识的三种力量，而与之对抗的三者就是天、地、人，或者可以说是精神影响的世界、物质对象的世界、自我和社会的关系。因为这三者都同样坚定频繁地进入意识的领域，因此它们都被赋予了同样的神圣性，个人对它们也赋予极大的关切和崇敬。

随着时间的推移，以上种种已逐渐成为惯例，具有极强的仪式感和严肃性。现代欧洲人以他们实事求是的智慧为荣，因此嘲笑中国人。然而，一个个未知的旋涡——振动、吸引、排斥、亲近、原因和后果——在所有看得见和看不见的事物中不停地转动——连接、切断、建立、溶解；谁敢确切地说出神圣的终点和世俗的起点呢？中国人认为圣洁属于所有人民，他们可能比那些把圣洁放在一本书的书页之间、放在一座建筑的范围内的人更接近真理。对中国人来说，神圣的不仅是他们信奉的神灵，还有他们的父母、逝者、长辈和朋友。皇帝的宫殿和官员的衙门前的石狮子，与守护寺庙神圣的石狮子具有同样的象征意义。他们的建筑设计极其相似，而那些僵化的官员极不情愿地面向尘土卑微磕头，这些礼节同样献给了祖先、皇帝和天神。这些事物与个人之间的纽带不都同样充满神秘、美丽、神圣吗？伟大的大地母亲对中国人来说也无比神圣，她用收成喂养人，用花香抚慰人，用春潮取悦人，用冬日的狂风鞭笞人，最后拥抱并包裹坟墓里的人。

中国人建造出祭坛，放上祭拜的供物，献给孤独的群山、广袤的田野、宽阔的江河。中国人也把这些带到天空、太阳、月亮和星星的光辉中，融入它们无限的运动中。因此，中国人与大自然保持和谐的联系，把自己的生命置于自然母亲宁静的深处，而不是在他们自己的不安和短视理性的浅薄之中。西方人通常评价中国人头脑冷静、务实、缺乏想象力，但中国人对诗歌和自然美的喜爱，对神圣传统和温柔情感的微妙珍视，远远超过了我们头脑中那些沉默寡言的人。

最重要的是，中华民族富有艺术性，充满激情，机智敏捷，这无疑是孔子坚持礼治的另一个原因；但礼治不是最终的目的，而是在冲动和行动之间获得宝贵间隔的一种手段，没有这种间隔，就没有时间进行思考，热血沸腾的种族就会失去获得自我控制和超越野蛮人的机会。对此，欧洲的评论家也加以嘲弄，试图把这位伟大的导师拉低到自己的水平，把他描述成一个自命不凡的学究。

然而，很有可能的是，孔子和百姓一同出生长大，他要比那些只是同中国的百姓生活了几年的外籍传教士更了解自己国家人民的需要，而且那些传教士即使在他们自己的国家也不以视野开阔或见解清晰而著称。孔子从不渴望自己的教义成为一个建立在奇迹之上的超然体系，用宏伟的、只会在未来某个轮回的远方实现的承诺，为人类苦难的乌云镀金。孔子的思想是一套规则、谚语、例子，汇集了一个人强大的智慧、广泛的经验和独特的正直品格，指导他的同胞们在这个平凡的世界上生活。人民需要在周围的环境里——或更近一些——在他们的内心培养和谐，这才是真正的幸福和繁荣的唯一基础。他要求人民公正、诚恳、慈善、诚实、忠诚、勤勉尽责、不计回报、尽忠职守、仁政、博爱、认真学习。他相信完全有可能取得如此多的卓越成就，因为他像大多数伟大的道德导师一样，尽管一生中经历了许多痛苦的失望，但仍然保持着对人性基本美德的信念。然而，孔子从没有忘记，只有天生的圣人、君子才能追随自己内心的每一个冲动而不陷入危险，这种品质极为罕见；对绝大多数人来说，在通往美德的道路上会发现重重困难（其实困难一直都会存在），需要仔细训练，不断警惕，并坚持不懈地加以关注。他意识到，这样一项艰巨的任务是普通人无法企及的，如果要让一个人永远行走在美德之路上，就必须让他养成一套自然倾向于正确行为的习惯。他认为这样的一套习惯，通过精心的礼仪修养很容易养成。因此，孔子的教育计划中时刻强调这些习惯的重要性。结果充分证明，他的方法十分正确。受过教育的中国人有一种行为的优雅、思想的优雅,只有十八世纪法国贵族的庄严魅力才能与其相媲美。

二十世纪的中国人放弃了尊重礼仪的优良传统,他们失去的远不止表面上的礼貌,更可怕的是,他们自律的支柱被动摇了。也许不仅仅是东方人抛弃了传统礼节的狭隘外衣,堕落成一种相当粗鄙的存在,因为英国绅士——相当于西方世界的君子,同样是出于对形式的追求塑造而成,这比依赖对未来受到惩罚的恐惧塑造一个人更加有效,因为他们出于实际考虑,对未来之事兴趣索然。

当然,对形式的考虑可能会过于复杂。没有哪一种人类制度可以设计得天衣无缝而不易受到愚人的滥用,因为愚人和穷人一样,一直都在我们身边。但是,不应为此责怪那些下令使用这些制度的智者。孔子本人也警告不要过分强调仪式,他指出自然善的无限价值。毫无疑问,孔子和老子以及周朝所有伟大的圣贤们,在他们的教学中结合了对传奇的过去的敏锐感知和对有历史性的当下的沉思,将其编织成一面旗帜,无数后代可以聚集在这面旗帜下,它就像一个庇护所,在这里,中国的灵魂可以躲避向她席卷而来的重重不幸。然而这些伟大圣贤教义中的细节往往是错误的——在这么早的一个时期,精确知识的积累要比现在小得多,而未知的领域要比现在大得多,错误几乎不可避免。

但当圣贤们面对宇宙的谜题时,在令人困惑的无数事物中,他们找到了可以指导人类的事物——神圣的道以及创造和维持生命的内在实相;他们看到了天、地、人的神圣;他们倡导"阴阳平衡,万物和谐";他们把培养人性和真诚、尊重他人的感情,以及尊重自己人格的道德尊严作为人类奋斗的最高目标。必须承认,他们的主要思想是绝对正确的,他们并没有将人民的愿望寄托在市场上无真正价值的神像上,或是只能避免短暂病痛的灵丹妙药里,而是寄托在那些不朽的、意义非凡的、价值超乎寻常的事物上,它们在时间上经久不衰:选票箱的响声、军备的威力、铁路的速度、机械的精确性,以及对物质财富的剥削——这种剥削在当今社会依然广为传播,在当今人的灵魂中注入了匆忙和仇恨。由于圣贤们的思想建立在永不失败的唯一基础——即精神的正直上,他们的民族作为一个活生生的实体坚定地存活,熬过了所有可能导致崩解的影响,例如政治灾难、外国入侵和周期性衰退。

中国古代的思想维持了二十多个世纪。直到今天,中国人才开始困惑、动摇。他们开始怀疑:这棵老树的根扎进了如此悠久的过往,它的枝丫为无数的世代提供了庇护和滋养,难道不应该把它砍掉,为从国外进口的植物和杂草腾出空间吗?有些野草属于一种特殊的物种,就像被美国思想洗脑的学生表现出的自负,他们当真把从外国学到的知识中汲取的小精华误认为是一种伟大的光芒，认为应该用它来规划整个帝国的命运。在孔庙里——那个皇帝们过去常常在清净的早晨膜拜智慧的殿堂中，当人们听到一个穿着破旧的黄靴子和不合身的粗花呢衣裳，戴着一顶丑陋帽子的"共和国"年轻人在胡乱地吹口哨，敲打着肮脏的马鞭时，人们开始担心，丧钟已经敲响，中国的生命力已经岌岌可危。

对过去遗留的全盘否定，是一种愚蠢的犯罪，因为这会让人蔑视过去的真正伟大之处。与过去彻底决裂、推倒它所建造的一切，常常诱惑着头脑发热的人。如果一个国家任由自己被这些人乏味的论调所诱惑，就可能受到严重伤害。他们理论中的"干净石板"，给予我们制订计划的空间，这些计划具有如此完美的对称性，如此耀眼的壮丽，它们被直接视为现实，其堂而皇之承诺的千年宏图被认为是绝对确定的。但是，没有一块石板是绝对干净的——无论是上面的古老文字在其成熟的智慧中仍然清晰可辨的石板，还是一块在可怕的灰尘和泪水的模糊中被擦掉内容的石板。一个残害了她辉煌过去的中国，会在这张白纸上写些什么，或者更确切地说是潦草地写些什么？除了自己的语言，写不出别的东西。夸夸其谈地为"共和国"打上自由的标签，即使在这些标签诞生的国家也与现实脱节；传教士的理论与商业和外交投机分子的实践产生尖锐的不一致，造成欧洲伦理中未消化和难以消化的残片；无知的媒体传播精神毒药；机器驱动的文明包含了所有的丑陋和不幸。事实上,如果中国古代先哲的后代保留了祖先的精神,而不是让灰尘和蜘蛛网堵塞他们的大脑,那么派传教士去世界各地的就应该是他们。

如果华尔街蜂拥而至的经纪人突然被迫执行孔子的格言——"君子义以为上""见利思义",那么华尔街该多么萧条啊!

如果一个比欧洲各国的邪恶外交强大三倍、五倍甚至百倍的强国,在他们的会议桌上愤怒地抛出老子强烈的谴责,"祸莫大于不知足,咎莫大于欲得",欧洲各国总理们又将陷入多么尴尬的沉默啊!

但习惯比戒律更为强大。毫无疑问,一个小时之内,对普图马约橡胶的投机,对小麦的垄断,将一如既往地狂热地重新开始;世界地图将再次展开,并用血红的铅笔画出势力范围、保护区、兼并方案以及分赃计划。

欧洲确实在精确科学这一领域表现出色,在不破坏任何值得保留的过去的情况下,还可以学习欧洲的组织能力。

而古老的智慧无疑仍然十分重要,绝不能扔在死物件的尘土堆上。它包含了所有勾勒出人类通往神圣之路的最可行、最清晰的轮廓。它基于对美德的诉求,即叔本华所说的唯一真正的以道德为基础的利他主义;它反对所有对真理研究的否定,反对神圣信仰阻碍对精确科学的研究;它更强调自律和文学的培养,而不是对看不见事物的本质进行教条式的推测。

日本已经证明，新事物和旧事物、东方智慧和西方知识，可以奇妙地融合在一起。日本学会了使用铁路、轮船、电话、机枪和一切充满现代科技智慧的设备，不管它们是好是坏。但是，日本人没有推翻旧宫殿，没有亵渎古代祭坛，只是在新学校、兵营、作坊的旁边，仿照国外最好的模式兴建建筑。日本创立了议会，但天皇的权力仍然保留，甚至比以往还大。旧瓶装新酒是一回事，把有价值的嫩枝嫁接到一棵老树上又是另一回事，需要更高的技术，才能让蕴含力量的树汁都能流过嫩枝，滋养嫩枝，帮助嫩枝成活，给饱经风霜的树干披上新鲜的美丽。新芽并不会退化成细小的枝条，在脱离树根的地上枯萎。

到目前为止，外国创造的工具、机构、铁路、邮局、议会等等，大多给中国留下了阴影。不管怎么说，它们都是被随意丢弃在任何地方的异国事物，与人们的真正需求缺乏联系。事实上，最紧迫的问题不能通过任何纯粹的机械来操作，也不能通过任何行政机构的外部重组来解决。只有一种必须在人民血液中点燃的信仰，一股必须在心头流动的泉水，才能释放中国人所有潜在的能量，引导他们进入健康的生命通道。这种信仰便是爱国主义，一股将席卷全国，席卷全国各阶层和人民理想的激流，以一种深思熟虑、有目的、有耐心、默默无闻、坚持不懈的方式，致力于实现一个安全、强大、自给自足、在自己的疆域内独立的中国，这样的中国，因古代帝王的伟大而伟大，因古代圣贤的睿智而睿智，因古代艺术家创造的美丽而美丽。只有最优秀的爱国主义者才有这样的信仰。

但中国尝试了最糟糕的一种方法，这种尝试不是基于对祖国的热爱，而是基于对外国人的仇恨；没有对国家力量所肩负的深层责任心存敬畏，而是傲慢地无视自己的缺点。在义和团运动爆发的盛夏，中国让其尽情炸裂。在危机四伏的时候，仅仅更换领导人是远远不够的。中国的危险远比言语所能表达的要严重得多。她让一位伟大的爱国者和政治家陷入了坟墓，这座坟墓来源于自己人民的盲目、两面派朋友的背叛，以及对即将到来的无情征服者的绝望。外国军国主义、国际金融和宗教宣传的"三爪龙"正横亘在中国的喉咙上。是否能够挽救即便是表面上的自由，这一点都变得越来越令人怀疑。世界上最古老的帝国可能会沦为一个新兴帝国的附属品；那些为世界贡献了最健全的道德准则、最优美的诗歌、最精美的手工艺品的民族，可能会被挤进人类社会中最不合乎道德的、充满苦力劳动的泥潭，在进步、民主和文明的虚假呼声下，为金融、商业以及工业托拉斯积累红利，逐渐将全人类吸引到它们长满肉瘤般触须的手中。

而面对如此黑暗的前景，中国民众变得困惑、分裂、摇摆不定，他们的思想漂离了原有的停泊处，无法控制其他任何外来思想。一种独特的穿衣风格出现了：人们穿着中国丝绸衣物（中国丝绸保留了古老的优雅，尽管它们已经失去了旧时的美丽色彩）的同时，还穿着可怕的外国靴子、劣质的美国大衣，戴着丑陋的羊毛帽；欧式建筑中透露出西方的庸俗感，使东方的贫困愈加明显；穿着卡其色军装、佩戴重剑的军官们跌跌撞撞、无精打采，毫无疑问这些剑都是一些不讲信义的商人从国外进口的废弃的军事装备，这一切都表明他们在对立的迷宫中无助地摸索，对震惊世界的迅速变化完全摸不着头脑。这绝不是年老昏聩的困惑，只是孩子们张大嘴巴的惊愕，他们一下子收到了太多新玩具，要学太多难懂的功课。有些课程是要在刀尖上学会的。中国需要内部和外部的和平，来恢复自己呼吸的顺畅；中国需要休息，来计算自己的得失，以免最终得不偿失。

当普鲁士无助地躺在拿破仑的脚下时，她的人民没有因为孤立的法国军队突如其来的屠杀而秘密训练"义和拳"。她的努力远非如此；她甚至对那些被派去征服俄国却逃回来的游勇散兵表现出强烈的同情。她所做的不过是弥补自己的缺点，为培养美德而结成联盟。她使自己的灵魂变得深邃，以便在适当的时候聚集力量，赶走侵略者，重新掌握自己的命运。

普鲁士成功了。她把自己的爱国主义训练成一种力量，把内心的嫉妒转化为快乐的竞争，把懒惰转化为活力，把对个人损失或危险的恐惧转化为自我牺牲的激情。这样的精神不可战胜。从长远来看，任何权力或权力联合都不能征服一个坚决不屈服的民族，一个决心放弃一切幸福，追求独立这一至高无上幸福的民族，一个忍受一切损失，忠于自己理想的民族。

但爱国主义是一种微妙的品质。自尊心是爱国的根源，它的培养需要自力更生，而自力更生源于对现实的感知或对伟大潜能的信念。中国人既不能从现在，也不能从近在咫尺的未来得到这种不可或缺的保证。因此，他们必须回到过去。他们过去的辉煌是如此的伟大，他们应该让它成为对爱国主义的长久激励，而对未来辉煌的坚定承诺，取决于今天的人们是否使其成为现实。对于外国的启蒙运动，中国人只能接受真正具有启蒙性质的内容，而不是一味渴求新奇事物，获取迷惑人的金钱利益，那只不过是从一种迷信到另一种迷信的转变。

中国人必须在自己精神财富的泉源里尽力汲取甘霖，抹去那些一代又一代的阐释者蒙在它们身上的尘埃。尽管阴谋、贪婪、不公正和暴力似乎取得了胜利，但他们必须坚持自己圣贤的伟大原则。

在人类理论和活动的喧嚣和噪音还没有达到目前这样巨大而令人困惑的程度之前，这些古老的智者们就已经置身于历史的晴朗曙光之中，他们比我们更容易辨别出人类在地球上生活的目标和目的，以及人类命运的秘密，这正是从短暂的不和谐中实现永恒的和谐，从暴力和无知的沸腾与混乱中坚定地塑造一个美丽的、有序的、智慧的世界，从暴力和无知的混乱中解脱出来，超越野蛮欲望的反抗，勇于遵从上天指示耐心行事。

第二章

  关于中国的书籍浩如烟海。据说北京有一个藏书室,其中藏书的价值不菲。但其中有不少是传教士的作品,他们坚信十九世纪的欧洲人比中国人优越,因为他们信奉耶稣在登山宝训中所传达的原则,与蒸汽和电力,或英国枪炮的遥远射程和致命的精确性毫无关系。面对中国的思想和宗教,他们只是轻蔑一笑。

  如果我们怀着纯粹想象中的道德优越感来看过往的照片,我们便会觉得,无论它们充满多么入微的细节,都遗憾地失去了焦点,既不讨人喜欢,也没有太大价值。照片外恨不得马上就出现第二个秦始皇,命人迅速把它们全部烧掉。

  其他那些没有教条偏见的编纂者,如果想要写一部完整的中国历史会非常困难,因为要想把一部不为人知的四千年民族编年史压缩成可读性高且便于携带的书,是一件十分困难的事。只有麦考利和蒙森这样的大史学家才能写出如此鸿篇巨著,但麦考利和蒙森不可能哪里都有。事实上,几十年来,他们的民族可能已经把那些令欧洲人羞辱到想切腹自尽的战争悲剧全部抹除。因此，在接下来的时间里，我们必须换一种思维，勾画出一个模糊的轮廓，在无法穿透的黑暗中，零星闪烁着一些明亮的色彩——这就是中国的历史，即使她是世界上最伟大的民族。在任何情况下，我们只有以平视之姿并心存敬畏，才能够保留这段历史。而这些转瞬即逝的影像如果要对我们有任何重要的意义，我们就必须将它们与那些揭示了人类发展的一般规律的系统研究联系起来。

现在，中国作为唯一一个与文明起源有相连历史的现代国家，比任何国家都能更清晰地阐明这些规律，特别是文明起源的规律。

中国人的起源应为何处？

一些作家会自觉或不自觉地受到达尔文之前起源信仰的影响，把中国人的起源追溯到产生苏美尔-阿卡德或巴比伦文化的地区。他们认为那些不幸的中国人曾在沙漠的流沙中、在荒芜的草地上、在荒凉的山脉间，疲惫不堪地徘徊了数年，最终在肥沃的冲积平原上定居下来，作为中华民族最先建立的地点。但即便在那里，中国人也没有过上和平的生活，而只有和平能促进文明的发展。他们与一些野蛮的土著人陷入了不停的争斗，并凭借着在人迹罕至的荒野中长途跋涉多年而秘密保存下来的优越文化，将土著们彻底击溃并驱逐。值得注意的是，人们认为这些土著人也是游荡到中国这片土地上的，也许他们是被《圣经》中的洪水冲回岸上的不受欢迎的流浪者。然而,巴比伦文明和中华文明之间没有任何惊人的相似之处,因此没有必要假定二者有共同的起源,它们的差别确实大于相似之处。远古时期地球上还没有一个地方出现人口过密的情况,大规模的移民也不太可能发生,在充满骇人恶魔的荒野想象和饥渴痛苦的现实中,长途跋涉的危险甚至能让最大胆的人颤抖,只有迫不得已才会有如此举动。此外,中国早期的经典著作(《孝经》)强调,子女最重要的义务是侍奉父母,这表明中国当时并不是一个被征服的民族,其劳动力被用在家务、农业、园艺和采矿这类生活中必不可少的事情上。

中国北方的气候、土壤和水源共同为人类的生活和发展创造了理想的条件。也有理由相信,在万物萌生的远古时期,从火和洪水中出现一个适合孕育和滋养有机生命的地球时,人类物种会出现在每一个适宜生存的地方。

如果大河周围有肥沃的平原,邻近的山脉能充当防御入侵的堡垒和免受洪水、疟疾爆发的安全避难所,那么最有利于生存的条件似乎就都具备了。时至今日,人类文明的中心主要靠通航的河流繁衍生息。罗马、巴黎、伦敦的发展和重要性很大程度上归功于它们赖以生存的河流。

几乎在同一时期,很可能在尼罗河、底格里斯河、印度河、黄河等河流的沿岸也出现了人类聚居区,这些聚居区将发展成为最早、最幸福的文明。这些都是人类最初的文明。

对于其他文明来说，主要是从这些伟大的先驱者的知识储备中来借鉴。它们有一些共同的特点。这些伟大的文明先驱是最先聚集起来的民族，其他的民族都大量借鉴了它们丰富的知识。

活跃的大脑、清晰的视野，使交流和延续思想的需要变得如此强烈，人们被驱使去描绘他们眼睛看到的和脑中思考的事物。随着这些图画越来越多，越来越浓缩，越来越具有象征意义，它们也能更便捷地表达更丰富的思想，象形文字逐渐发展起来。

对神秘的死亡的敬畏并没有因为对未来天堂的精心描述而减弱，对宇宙的浩瀚和人类的渺小的感觉也没有因为过多的人造建筑和发明而减弱。因此，人们对死者表现出无限的虔诚，对看不见的力量表现出绝对的崇敬，通过给予他们最好的东西来安抚这些灵魂和力量。

这些早期的人们常常凝视着星星，惊叹于它们的宁静壮丽，在如此高的云层之上，在地球之外如此遥远的黑暗中闪烁着光芒。他们谦卑地崇拜着太阳冉冉升起时的耀眼光辉，和在西山的地平线后落下时带来的肃穆悲伤，他们认为山的那边，一定是消逝在寂静、长眠和孤独中的所有人类的最终家园。

他们对自己的命运非常感兴趣，充满了未经尝试的可能性，模糊地意识到世界的内在统一性。他们确信宏伟的未来必定在鸟儿飞行的轨迹中,在龟壳的印记中,在行星的运动中,在世界的每一个角落被追踪到。因此,那时的占星术和占卜是国家的一项重要职能,而不像现在人们认为的那样,是弱者和不幸者的秘密避难所。

古代的中国人民一直非常接近自然,并认为动物不仅仅是为了运动或为人类服务而被创造出来的。与这种观点相反,他们认为动物和人类是平等的生物,有时甚至高于人类,当然,中国人也视动物为媒介,通过这些媒介,神性仿佛通过感应先知的话语一般,充分地显现出来。半人半动物形象的存在,让人们很容易在想象中塑造自己。埃及是最崇拜神圣动物图腾的国家,也将崇拜阐释得最为详细;但中国人也有图腾。在他们半人半神的皇帝中,伏羲和他的妹妹女娲被描绘成人首蛇身,而农业的发明者神农则长着牛角。

中国人也喜欢鲜艳的色彩带来的快乐,喜欢抛光象牙带来的舒适光滑,喜欢贝壳的精致美丽。他们的血液仍然随着生命的节奏流动,因此他们的脑中迸发出舞蹈、音乐、诗歌;这不仅仅是士兵们脚下的步伐,还是耕耘者、播种者、收割者的善举,他们用歌声的节奏使之明亮起来。中国民间流传着一些轻快的小曲,充满共同承担和完成有益工作时感受到的欢快。

正是这种在平静工作中通力合作的习惯,使尼罗河、幼发拉底河和黄河边上的居民得以摆脱其邻国所处的野蛮状态。

这一习惯是由于治理大河河道和洪水的迫切需要,才被迫养成的,这种需要只有由人民一致认可的领导来指挥,靠众志成城、齐心协力才能实现。

一些现代作家痴迷于对无敌海军和鳄鱼嘴榴弹炮的崇拜,他们认为文明起源于好战的部落;而事实并非如此,文明起源于那些最能顺应自己善良天性的人,伴随着一种无私、克制又富有耐心的天性,他们与自然合作,与彼此合作,致力于运河、排水、驯养动物等伟大的和平事业。与冷酷、好斗、专横的人相比,具有开明、悲悯、有自制力等性格特点的人,有无限的能力去发现和利用地球的恩赐;主要是因为这样的人具有一种追求精神价值的本能,如果没有这种本能,即使拥有无数的物质财富,也不会超越野蛮人,甚至还在其之下。

真正的文明好比以富足和安全为养料的快乐闲暇之花,它不至于退化为闲散的奢侈,因为它需要时刻警惕自然界中有害于人类福祉的事物。它永远不会在武装营地的干燥灰尘中绽放,在那里,所有的精神活动都集中在比毁灭、抢劫、暴力更可耻的事物上。

一心沉迷于战争的部落和那些致力于通过和平劳动来生产财富的部落之间的思维差异,可以用苏丹人和古埃及人之间的鸿沟来衡量:前者是生活在带刺围栏中的野蛮人,而后者发明了象形文字,雕刻出狮身人面像,并控制了尼罗河的洪水。这种差异也可以用鞑靼人和古代中国人之间的鸿沟来衡量：前者生活在贫苦的毡帐里，以干肉和发酵的牛奶为生，而后者铸造出华丽的青铜器，织绣出精致的丝绸，演化出一种令人信服的社会制度，有利于理性控制激情，并将值得铭记至今的思想记录了下来。

十八世纪的人们怀有实现世界大同的梦想，渴望一种世外桃源式的幸福，当这样的梦想被法国大革命和拿破仑的暴行无情地驳斥之后，人们的反应是，为生存而战的自然观被过分强调，导致人们为了争夺食物和空间无休止地进行无情的战争。达尔文收集了这一理论的科学证据，称其为"适者生存"，并将其作为现代思想的最高教条。这样的想法仍在继续，对人类造成巨大伤害。因为其中只有一半是真理，甚至只有四分之一是真理，一直是需要避开的危险存在。真相其实是，在利益冲突、欲望之争、基本需求和人为需求的竞争中，大自然展现出许多和平和宽容，很多温和的忍让、积极的帮助，以及人与人之间的慷慨奉献。单单母爱在数量、持久性和潜移默化的效率等方面，可能就超越了所有与饥饿抗争的残酷战斗，内心仇恨引发的疯狂冲突，这一切都在世界上制造了如此多的喧嚣和骚动。

首先从周围的野蛮人中脱颖而出并建立文明的部落，其主要特征不是在战争中更加狡猾、杀敌更多，事实上，他们经常被打败。但他们富有创造性并拥有长期合作的力量，这本身就是一种与生俱来的，以真正道德为导向的结果。

道德和创造力显然是早期中国人最大的闪光点。从抛光精美的玉刀到指南针,有用的发明接踵而至。它们陆陆续续地出现,给大脑留出足够的时间来适应由此产生的变化。因此,中国人免于现代文明人的命运:大量深刻地改变日常生活的新发明,以令人眼花缭乱的速度向人们涌来,给现代人的神经系统带来剧烈震动;在不到四分之三个世纪里,旧的习惯被打破,旧的联系被切断,旧的信仰也被破坏。

古代中国人擅长发明创造,在道德方面的成就则更为卓越。从一开始,他们就明显倾向于讨论道德问题。他们逐渐形成的道德准则在很大程度上建立在善良且感情充沛的天性之上,表现为对孝道的极度重视和对死者的感恩和崇敬。早在公元前1200年,养老院就已成为被社会广为认可的机构。中国人鄙视那些野蛮的邻居们,把最糟糕的东西给了年老的和弱小的人,那些人只吃强者的剩饭,这违反彼此间忠诚、共享荣誉、友好和富有同情心的规则。这些规则在中国人眼里是不可或缺的黏合剂,任何一个团体要想经久不衰,便必须遵守这些规则,因为中国人把这些都作为规范家事乃至国事的法律目标和基础。因此,发现中华文明被置于历史的门槛之外也就不足为奇了,她诞生在星光灿烂的黎明中,在编年史记载的日出之前,一个由天界统治者(玉帝)掌控的时代。这个传说由一段被岁月侵蚀而逐渐模糊的记忆召唤出来,它的图像轮廓像那些梦一样模糊,甚至比梦更奇妙。那是属于纯真的黄金时代的神话,在世界上的许多地方诞生,事实上它可能有一些遥远的历史背景。

正如一个正处在美好人生阶段的人,他所有的慷慨冲动都达到了顶点,当欲望和成就之间的力量达到如此完美的平衡时,随之而来的幸福被投射到整个世界,整个民族也会拥有一个光明的春天:一切事物都因丰富或简朴的物质需要而变得相同;当有足够的人手去做所需的一切工作,而不是因为人手太少而使之不可能完成或过于繁重;当人们还没有想到争夺权力和财富,他们不会以刺激竞争这样严肃的名字来称呼二者,因为它们只会引起一场丑陋的斗争——这时的人们第一次意识到外在世界的美丽、灵魂的幻想和激情中跳动着的神圣的信息,他们的智慧如此迅捷,整个民族年轻强壮,充满了生命的热情,没有疲倦的恶习和拥挤城市的腐朽,享受着大自然最甜蜜、最完美的状态下所呈现出的壮美繁荣。法律和习俗还没有在自然和人类生活之间建立起严酷的障碍,本能的引导也没有被理性的引导所超越。本能虽然不会长久地引导人类,但至少不会让人误入歧途。这时甚至连神都还没有诞生:只有星辰环绕的光辉,日出日落时反复出现的奇观,四季的更迭,远方的神秘诱惑,以及对逝者的忠诚,如此种种开始以一种存疑的敬畏之情感染人心,而且是基于事实的经验无法完全回答的。

当时的中国属于母系社会,通过母亲追溯血统。即使到了半历史半神话时期,人们也只提到皇帝的母亲。父亲不为人所知,或者毫无意义,这一事实被奇迹般的受孕传说巧妙地掩盖了。恋人们仿佛已经冲破了空间的屏障,踏上了无限繁星铺设的金色大道,他们的狂喜反映在以下关于大禹之母富有诗意的字句中:"母曰脩己。出行,见流星贯昴,梦接意感,既而吞神珠。"关于另一位皇帝的母亲有如下记载:"瑶光之星贯月如虹,感女枢幽房之宫。"还有一位皇帝的母亲:"母曰女节。黄帝时有大星如虹,下流华渚。女节梦接意感,生少昊,是为玄嚣。"

但天神主宰的时代并不长久,其独有的幸福最终走到了尽头。家族的繁衍超出了极限,亲情是家族圈子里唯一需要的纽带,它仍然强大到足以抵消嫉妒和自私造成的敌意、带来的破坏。从纷争、争吵、误会中诞生了维护和平与秩序的法律,但它也引起了反对、强迫、逃避、惩罚和不满,因为法律仅仅是真正善良的替代品。法律犯下的最大错误是剥夺了母亲对她所生孩子的所有权。这种不公正就像一条巨大的裂痕贯穿了整个人类社会的大厦。究竟是什么导致了这种不公正尚不清楚。也许正是战争——那个罪恶的巨大肇事者——剥夺了妇女全部的所有权,不仅占有她们的孩子,还占有她们的身体。在部落间的冲突中,男性被胜利者杀死,女性则被当作奴隶带走。渐渐地,为了男人的方便,这种奴役在同等或较小的程度上扩展到所有女人身上。不过，这一过程发展得并不快。一系列规则带来的枷锁可以证明，她们并未不经斗争就放弃了原有的独立。

那时中国女性的地位也没有后来那么卑微。

据说有一位皇后——也就是黄帝的妻子——发明了获取蚕丝的方式，以及编织和刺绣的工艺。

女性管理着市场，积极参与宗祠祭祀。她们创作的音乐和诗歌，和男人们创作的一样容易被接受。作为占卜者和治疗者，她们也受到极大尊重。绘画艺术亦由一位女性发明。在中国历史上，有许多杰出的女艺术家、女诗人、女学者。甚至早在公元前十世纪，就出现了一位女性大臣。唐朝还曾有一位女皇，纵使有些残酷，但仍然强有力地统治着大唐疆土。传说在西天有一位伟大的女神叫西王母，生性爱探险的周穆王曾跪在她位于瑶池畔的玉宫里，从她那里汲取智慧。

此外，母亲保留了对儿子的影响和权力，而这样的影响和权力在其他任何地方都是不被允许的。公元三世纪，一个叫李密的大臣写下了感人的《陈情表》，他以不敢离开年迈多病的祖母为由，请求免除他担任王储导师的崇高职务。

> 祖母刘愍臣孤弱，躬亲抚养。臣少多疾病，九岁不行，零丁孤苦，至于成立。

……而刘凤婴疾病，常在床蓐，臣侍汤药，未曾废离。

……猥以微贱，当侍东宫，非臣陨首所能上报。……伏惟圣朝以孝治天下，凡在故老，犹蒙矜育，况臣孤苦，特为尤甚。

……但以刘日薄西山，气息奄奄，人命危浅，朝不虑夕。臣无祖母，无以至今日；祖母无臣，无以终余年。母、孙二人，更相为命，是以区区不能废远。

……乌鸟私情，愿乞终养。

……臣不胜犬马怖惧之情，谨拜表以闻。

除非有祖母的遗愿和遗书，才能动摇自己孙子的坚定期望，不然有哪位欧洲官员会为了自己的祖母而放弃自己的职业生涯呢？即便如此，他也只可能会在家里雇用比原来多一倍的看护人员，让自己祖母在外人冰冷的照顾下度过生命中最后的日子。

中国文化在这一点上和其他更忠于原始社会的性质一样，从来没有完全摆脱过某种女性气质。这种女性气质并非单独存在，而且常常与男性气质对立，像一根柔软的丝线编织在男人的血肉中。中国男人不仅对他们的母亲有着深深的敬意，而且他们允许聪明的妻子为自己的事业提供清晰的见解，他们真诚地培养女人们的品位，让她们学会欣赏精致的刺绣、漂亮的丝绸、珍贵的宝石以及精美的瓷器，相比之下，西方中学和大学里的学生，犹如粗鄙的野蛮人，在他们眼里，这些美丽就像是一个密封的、被遗弃的谜团。在他们有限的视野里，打猎和赛马——老子口中的那两件让人兴奋发狂的事——才是真正值得人们去参与的主要娱乐活动。

但在中国，女性虽然被剥夺了一切法律或社会上的独立性，却成功地渗透到生活中的各个角落，她们可能有一些弱点，但拥有的魅力和温文尔雅正是她们性别的特点。

远古中国人的生活如同画卷一般，朴素、理智、坚强，就像一切从土壤中生长出来的东西一样，它注定要开枝散叶。这个国家仍然丛林密布，只是有人用手斩断荆棘，为农田和住宅腾出了空地。猴子们悬坐在摆动的柔软竹枝上；猛犸象、鳄鱼、鬣蜥在茂密的芦苇丛中行走，发出巨大声响；也许那个时候还有龙。史书中提到过两条龙，一位看守人奉命在皇家禁地专门喂养它们。不幸的是，其中一条龙死了，这位看守便把它腌制成菜肴，将它放在盘中献给皇帝。

河流是人类的交通要道。独木舟和木筏沿着河流不断来往穿梭，向伟大的首领运送贡品。他既聪明又强壮，不分昼夜地为人民的福祉而劳作，人们视他为天子。服从和敬畏是部落最强、最早的本能，人们认为，如果没有一个可信赖的领袖，这个部落很快就会在一个未驯服的世界产生的诸多危险中分崩离析。其中最可怕的危险便是洪水，会周期性地摧毁成片的土地，汹涌的旋涡会卷走树木、野兽和人类。

作为洪水的控制者、河流的调节者,首领被部落成员视为最高的领袖,如同皇帝一般,即使是在遥远地区定居的人也会向他献上贡品,以表感谢和归顺。

他们奉上的贡品清单如下:

粗糙的草布和精细的麻布;

金、银、铁和铜;

狐狸、豺狼和熊皮,用毛编成的织物;

象牙、琉璃、朱砂和松柏;

成堆的柚子和橘子;

装满蓝白格子绸布的篮子;

紫丝、丝线、山桑生丝;

不规则的珍珠串;

雉鸡的羽毛;

砂石、磨刀石、箭头石和可以奏乐的宝石;

来自海边的奇石和盐巴;

大大小小的雪松木和竹子,制作弓的柳枝,制作乐器的芦苇。

孤零零的树木,生长在山坡上纯净的空气中,枝丫被无数暴风雨洗礼过,它的汁液涌动着无数泉水的曼妙旋律,它的枝干也被赋予了琵琶般深藏不露的细语和声。

在春播秋收的集会上,有人弹琵琶,有人敲蜥蜴皮鼓,有人高声呐喊,有人跳着欢快的舞蹈,有人摆出各种姿势,有人闲聊，还有人用欢快的歌声吟唱着集会上正在发生的事，发自内心的欢笑声在很大程度上盖过了悦耳的音乐。

礼祭活动的烟气带着几分怡人，有益的灵魂和勤劳的人们享用着多汁的食物，年老体弱的人也都受到了体贴的照顾。年轻的少男少女们陷入爱河，当时的玩笑话日后会成为庄重诺言。之后，年轻的猎人会像履行责任一样，带上他的鹿皮和野鹅作为礼物，来讨好女孩的父母。我们可以想象母亲挑剔地审视着鹿皮的质量和野鹅的肥瘦，而年轻的猎人则通过眼神和肢体语言向女孩示意，让她在暮色朦胧时到房屋后面的小树林与他幽会。某处，在西边最后一缕阳光的照耀下，一位长者蹲在他的篱笆小屋外，多年来所有的劳作和悲欢离合都在他脑中融合成一份惬意，让他感到生活在世界的光明和温暖中。时间对他来说已不再重要。皇帝会让他手下聪明的巫师来测量星星的移动和太阳正午投下的阴影，甚至还让他观察种植在皇家围栏内部的神奇豆荚，从豆荚成熟的过程中可以计算出确切的日期。地球上这些能人志士竟在如此无关紧要的事情上费了那么多工夫！但时间不重要。时间和永恒是一样的，永恒不过是活着的那种美妙幸福的感觉，那位长者清楚地知道这一点。于是，他心满意足地哼着歌，有节奏地用木棍敲击着粗糙且带有洞孔的陶制乐器。

从森林里传来樵夫斧头的声音。森林依旧近在咫尺，巨大且神秘，充满黑暗和危险，横跨平原，一直延伸到山上，也许一直延伸到世界的尽头（如果尽头真的存在）。氏族需要富有进取心的勇士和时刻保持警觉的猛犬，以及聪慧的巫女来防范在森林里徘徊的邪恶势力。在那泛着绿光的暮色里，残酷的目光潜伏在枯叶中，隐秘的脚步声沙沙作响：那里潜伏着老虎和野猫、不被控制的动物、成群的野猪、长臂野人，以及用铜环和贝壳环贯穿身体的猎人。

有时，这些野蛮人会像冬天的恶狼一般，带着可怕的饥饿感扑向村庄，杀戮、抢夺并吞食。

有时烽火会在山顶间传递，把战士们召集到皇帝的身边，他们执意要和那些贪婪的掠夺者展开一场大战。因为那时的生活和现在一样，需要青春的欢乐和勇气、长者的智慧、母亲的勤劳，使之成为光明且美丽的事物。

但即使是最有活力的生命，也终有一天会死去。悲伤和痛苦笼罩着往生者的家庭。亲人们纷纷扑倒在早已失去生气的尸体上，呼喊着他的名字，试图用他们所有能想到的手段把温暖带回他冰冷的四肢，让他重新恢复活动，然而一切都是徒劳。之后他们会走到高处，朝着阴沉的北方哀号，朝着阳光普照的南方哭泣，朝着光芒四射的东方呼喊，朝着迷雾笼罩的西方哭诉："回来吧，灵魂，快回来吧！"

但灵魂永远也不会回来。

有那么一瞬间，灵魂就像一只刚从巢里飞出来的鸟，在老家上空盘旋，渴望着它爱的庇护，直到它翅膀的新力量带来的喜悦变得比任何东西都要强烈，比它以前所感受到的一切都要幸福，于是它张开翅膀，像歌声一样清晰，像燕子白色胸脯上的光点一样锐利；它融入了蔚蓝的天空，成长为一股带来光明的力量，保护着世界，保护着人类的命运。因此，人们绝不会冒犯那些逝去的灵魂。

无数的岁月之后，经过了覆满银霜的冬季和温暖翠绿的夏季，经历了丰收与饥荒，经历了洪水和干旱，古代中国人的生活步入了正轨：他们欢笑、起舞、劳作、梦想，他们在原始森林中狩猎，他们在渡口边的市场里交易；他们顺着湖泊和河流泛舟，沿着老旧的小路旅行，穿过风干的鼍蜥和乌龟壳搭成的桥梁，或是踏上隐约的丛林小径——这些小径引领他们去往新的聚居地，指引着一批又一批的人从老家去往新家。

就这样延续了几个世纪。

事实上，在这个有着深刻记忆的国家里，远古时代的生活并没有完全消亡。

只不过，生活方式变得更丰富、更充实、更多样、更复杂。

蛮荒被驱逐到更远的地方，樵夫斧头的声音消失在远处的山丘上。

在农民的房子的基础上，在与旧式篱笆小屋区别不大的建筑的基础上，人们为大地的大人物建造了华丽的宫殿，为天堂的大人物建造了宏伟的庙宇。

值得注意的是,从前的瞭望台用茅草盖成,而现在皇帝们用香柏木建造了塔楼,用淡红色石板装饰他们最喜欢的亭子,把宝石镶嵌在象牙门上。

石头铺砌的宽阔道路,穿过精心耕耘的田地和排水良好的湿地,连接着一个个城墙包围的城市。沿途回荡着骑手经过的马蹄声;战车上载满了全副武装的将士和闪闪发光的长矛,发出雷鸣般的巨响;马车上的朱红色车轴、鲜艳的顶棚发出缓缓的隆隆声,伴随着铜铃的叮当作响。

人们沿着石子路缓步前行,年轻人背负着老年人的重担——学者们手里拿着一捆捆厚厚的密密麻麻的卷轴;商人们手里拿着一些珍贵的玉石或象牙,小心翼翼地用丝绸包裹着;农民们赶着牲口去集市,脖子上压着的竹竿,挂着硕大的装满水果蔬菜的网,压得他们汗流浃背;一群吵闹又忙乱的官差,仿佛在为"权威"的到来扫清各种障碍,他们的身后,一位官爷坐在猩红色的轿子里,他海蓝宝石的朝珠在长袍上白鹭绣纹的映衬下闪闪发光;在路边的空地上,有变戏法的人、术士以及杂技演员,女孩们的蓝头巾随风飘扬,宽大的丝质袖子随着微风拂动。守望着这一切来来往往的城门之神和道路之神,他们神圣的名字被写成了金色的大字,在路边的庙宇里闪闪发光,就像很久以前的某颗柔和的星星,在朱红柱子的暮色中,在巨大的皆是雕梁画栋的拱顶下,柔和地闪耀着。

路上井然有序：男子右行，妇女左行，车从中央通过。"父之齿随行，兄之齿雁行，朋友不相逾。"而在我们这些现代化城市的大街上，人们争先恐后，把弱者挤到一边——这在过去的道路上是绝不会出现的。

"孟春之月，群居者将散，行人振木铎徇于路以采诗，献之大师，比其音律，以闻于天子。"很明显，统治者和被统治者之间的忠诚合作是为了普遍的福利，即使这种合作并不总是能够实现。

优美的石雕拱桥将道路带过运河和河流；岸边有休息处；水道上有挂着各色柔软遮阳篷的小船、渡船、渔船，以及装载着粮食、木材、矿产和各种贵重商品的大船。

在坚固的城墙和厚重的城门内，工人们锤打着青铜、黄铜、铁和锡；珠宝商用各式方法处理金银、琥珀、玉石和宝石，将其弯折、镶嵌、雕刻、上釉；裁缝和绣工用千针万线把色彩鲜艳的丝绸缝制在一起，使柔软的毛皮和长袍更加出彩；人们忙着把灯芯草编成篮子、垫子、凉鞋；泥瓦匠、画家、木匠、理发师、力工、厨师，还有各行各业的人们，大家各司其职共同创造出繁荣的城市。所有这些工作都以东方人自己的方式在愉快和平静中进行，他们把自己的闲暇时光也投入到工作中，而不是置于工作之外，从而使两者相得益彰。急于求成会导致粗制滥造，游手好闲会导致庸俗和堕落，所以工匠们会极力避免上述情况。当时的生产活动并不被认为是通向财富和权力的捷径。工匠们被迫在他们的商品上标明自己的名字，如此一来，任何达不到适当标准的人都可以被追溯到并受到惩罚。这教会了人们认真地对待工作和顾客。除此之外，任何创造性的声响都会自然而然地激发出一种乐趣，这就为中国工匠在连续数周漫长而辛勤的劳动中获得的那种自豪感和愉悦感打下了基础，而这种感觉从未中断。

除了作坊，城里还有酒馆、庙宇、衙门、集市、洒满阳光的民舍、富贵的殿堂、大理石庭院、花圃、湖泊和假山，以及明亮的亭台楼阁、货栈和学校。家族固然强大，但始终不及皇帝，他把王公贵族子嗣们的教育都掌握在自己手中。这位天生的统治者，凭着始终如一的本能认识到，必须召唤足够数量的年轻人，在他们的成长中灌输对政府的绝对忠诚，并在这样的氛围中接受充分训练，以承担行政和国防责任，否则任何政府都将无法维系。

那些古老的皇家学校，似乎能提供真正的教育。那些学校当之无愧，它们在身体、心灵和情感的训练之间保持了一种适当的平衡，没有这种平衡，就不可能充分发展人类所有的美好品质。

在体育方面，骑射最为重要。一年一次的公开竞赛激发了年轻人的雄心壮志。他们挥舞长矛，使用盾牌和战斧，驾驶战车进行军事演习，学习和平与战争之"舞"——这些训练强壮了他们年轻的身体，磨炼了他们不屈的意志。

在智力方面,他们要学习算术、阅读、写作和书法,其中,书法是一门需要手脑密切合作的艺术。现代人习惯了打字机的速度和咔嗒咔嗒的敲击声,沉闷的雷明顿型键盘仿佛已经失去了灵魂,有人可能认为书法纯粹是浪费时间,但它其实大有益处。书写是一门真正的艺术,在竹简或丝绸上书写优美的文字是一项艰巨的任务,只有这样的事情才值得努力。涣散的思想和草率的措辞很难对人产生诱惑——尽管这可能是书面材料廉价而迅速输出的必然结果——这会扼杀我们的出版业,也是一种悲哀。

但是,思想上的纪律主要来自历史的学习。历史并不是指一长串的日期、战争、战役、叛乱、处决,而是伟大的伦理原则,古代统治者和圣人雄辩的宣言。年轻人如果记住了这些,过去的愿望就会被编织进未来的梦想,传统就会得到妥善的保护并得以代代相传;同时,在主导和协调整个教育计划时,在礼仪和音乐方面需要给予细致指导。因为它们可以控制或唤起情绪,而情绪最能左右年轻人,特别是一个精于艺术的民族中的年轻人。

"乐由中出,礼自外作。"

"乐至则无怨,礼至则不争。"

《礼记》中还记载了许多有趣的细节:"春诵夏弦,大师诏之。瞽宗秋学礼,执礼者诏之;冬读书,典书者诏之。"

一切祭祀的礼节、向长者请教治国的善言,以及谈说先王之法和研讨义理的礼节,都由小乐正在太学的东序中进行教导。伟大的礼乐制定者提出了有关演讲的规则以及称呼语的形式,用于请求老人们给予明智的建议,而大乐正会在东序里就这些问题进行讲授。

他们还规定了餐桌上的规矩。

  毋抟饭。
  毋嚷炙。
  毋流歠。
  毋啮骨。
  毋反鱼肉。
  毋投与狗骨。
  毋固获。
  毋扬饭。
  毋刺齿。

如我们这般粗俗的财富至上的人,有种我行我素的乐观主义,忽略了风度和礼节,而中国作为世界上历史最悠久的国家之一,如此坚持他们的价值观值得我们深思。

就像后来的柏拉图一样,古代中国人意识到音乐的教育价值。音乐被用来伴舞、祭奠神灵、提振军队士气、欢迎客人、抚慰悲伤,把人类生活与宇宙的深邃韵律联系起来。

一些迷信说法认为声音能抵挡邪恶的影响，于是，统治者们将叮当作响的玉石挂在帽子和腰带上，阻止邪恶的思想进入头脑，这似乎有些作用。然而，正如经常发生的那样，迷信的幻想中有一股真理的暗流。当夏日的暖风吹拂着彩灯上挂着的彩釉饰物，或是当微风吹拂着古刹屋檐上的小铃铛，奏出悦耳动听的旋律时，有什么杂乱的思绪不会飘散呢？有什么烦躁的情绪不会平息呢？有什么恼人的心绪不会被这样轻柔的音乐安抚呢？

对于雷声的模仿被认为是天籁，据说是音乐的起源。但这只适用于鼓声、锣声和大钟的敲击声。琵琶圆润的音符，竖琴荡漾的琶音，都不可能有如此惊心动魄的来源。它们的根源在于灵魂深处的情感，因为中国人对所有精神价值都极为敏感，他们最先意识到了这一点。对他们来说，音乐的"孪生姐妹"——诗歌是认真思考的产物，如果在吟诵之时将每个字拖长，那就是一首歌曲。

"其歌也有思，其哭也有怀。""乐也者，郁于中而泄于外者也。"孔子虔诚的崇拜者韩愈如是写道。

举世无双的唐朝有另外一位大诗人——白居易，描述了他在遥远的流亡之地，在一个月光皎洁的梦幻秋夜里，聆听一个孤独的女人弹奏琵琶曲，只见其"转轴拨弦三两声，未成曲调先有情"。

> 大弦嘈嘈如急雨,
> 小弦切切如私语。
> 嘈嘈切切错杂弹,
> 大珠小珠落玉盘。

歌声如此悲伤,以至于"江州司马青衫湿"。

孔子经历了无限的孤独,这是一个出生在政治愚昧的时代的智者通常要经历的命运。然而,他在失望的孤独中找到了慰藉,在古琴伴奏下唱着他从遗失的记忆中找回的简单歌谣,它们随着时间的推移而变得醇厚,因民族的兴盛而变得丰富。

这些歌曲并不都是悲伤的,音乐也不仅仅是个人情感的发泄。它激发或伴随着舞蹈、行进、狂欢,伴随着丰收的节奏,伴随着扬帆、划桨,培养了友谊——那种欢快的和谐,没有这种精神,无论是为了快乐、利益还是危险,人们的共同行动都会变得僵硬、机械、了无生气。

四世纪,一位有天赋的文学家王羲之勾勒出一幅令人愉悦的中式图景。

> 永和九年,岁在癸丑,暮春之初,会于会稽山阴之兰亭,修禊事也。群贤毕至,少长咸集。此地有崇山峻岭,茂林修竹,又有清流激湍,映带左右,引以为流觞曲水,

列坐其次。①虽无丝竹管弦之盛，一觞一咏，亦足以畅叙幽情。是日也，天朗气清，惠风和畅。仰观宇宙之大，俯察品类之盛，所以游目骋怀，足以极视听之娱，信可乐也。

虽然过去了多个世纪，在宋朝统治下的古代中国辉煌的时代即将结束之际，诗人苏东坡也用同样的风格描绘了以下的闲适生活。

壬戌之秋，七月既望，苏子与客泛舟游于赤壁之下。清风徐来，水波不兴。举酒属客，诵明月之诗，歌窈窕之章。少焉，月出于东山之上，徘徊于斗牛之间。白露横江，水光接天。纵一苇之所如，凌万顷之茫然。浩浩乎如冯虚御风，而不知其所止；飘飘乎如遗世独立，羽化而登仙。于是饮酒乐甚，扣舷而歌之。……客有吹洞箫者，倚歌而和之。其声呜呜然，如怨如慕，如泣如诉，余音袅袅，不绝如缕。舞幽壑之潜蛟，泣孤舟之嫠妇。

苏子愀然，正襟危坐而问客曰："何为其然也？"

客曰："月明星稀，乌鹊南飞，此非曹孟德之诗乎？西望夏口，东望武昌，山川相缪，郁乎苍苍，此非孟德之

---

① 大家坐在河渠两旁，在上流放置酒杯，酒杯顺流而下，停在谁的面前，谁就取杯饮酒，并即兴创作诗歌。——译者注

困于周郎者乎?方其破荆州,下江陵,顺流而东也,舳舻千里,旌旗蔽空,酾酒临江,横槊赋诗,固一世之雄也,而今安在哉?况吾与子渔樵于江渚之上,侣鱼虾而友麋鹿,驾一叶之扁舟,举匏樽以相属。寄蜉蝣于天地,渺沧海之一粟。哀吾生之须臾,羡长江之无穷。挟飞仙以遨游,抱明月而长终。知不可乎骤得,托遗响于悲风。"

苏子曰:"客亦知夫水与月乎?逝者如斯,而未尝往也;盈虚者如彼,而卒莫消长也。盖将自其变者而观之,则天地曾不能以一瞬;自其不变者而观之,则物与我皆无尽也,而又何羡乎!且夫天地之间,物各有主,苟非吾之所有,虽一毫而莫取。惟江上之清风,与山间之明月,耳得之而为声,目遇之而成色,取之无禁,用之不竭,是造物者之无尽藏也,而吾与子之所共适。"

客喜而笑,洗盏更酌。肴核既尽,杯盘狼籍。相与枕藉乎舟中,不知东方之既白。

这些健康的快乐,直接来源于壮丽的景色,是那一片尚未被浓烟工厂污染的天空馈赠的礼物。古代中国人的大把闲暇时光就在这样的快乐中溜走了,清澈如潺潺的溪流,荡漾着欢快的歌声,甜美如花香,像丝绸一样明艳。尽管人们在田野里有无休止的劳作,在书房、矿场和车间里付出艰辛的劳动,对深爱的故人怀着长久的思念,也有许多心灵深处的忧郁,萦绕在难以实现的幻想中,但主旋律还是幸福——团结的家庭、忠诚的朋友和真诚的人们所享有的幸福,那些有着崇高原则的男男女女与人类存在的财富、美丽和神圣密切相关。即使到了现在,经历了如此长时间的暴政、叛乱和屈辱之后,中国人民仍然充满了欢笑、烟火、风筝、爆竹、彩灯,哪怕是闪闪发光的玻璃缸中畅游的小金鱼,都能让中国人会心一笑。历尽磨难,他们仍保留了自己在装点生活方面的天赋:美丽、奇异、优雅、幽默、怪诞的装饰,总是光鲜亮丽、讨人喜欢,而且这从来都不是富人的特权。机器制造的粗制滥造带来了致命影响,夺走了欧美穷人日常生活中所有的美感。然而中国人还没来得及扼杀这种快乐的本能,这种本能是在他们自由且自豪的日子里充分发展起来的。

一个又一个世纪过去,古代中国人的子孙们在早期巨大而坚硬的土地上建立了自己的文明。他们用学问弥补无知,用文雅装饰粗糙,用艺术装点朴素。在这样一个美丽、智慧、富足的世界里,有一种危险,那就是遗忘,遗忘了在这丰盛的金色谷物的收成中,在这芬芳的花朵和鲜美的果实中,古老的坚硬的岩石依然存在;在肥沃的耕地之外,荒野在等待时机——荒野和灰色的沙漠,随时准备带来毁灭性的沙尘暴的吞噬,让几个世纪劳作积累的果实毁于一旦。因为当中原王国在权力、财富和文化上取得如此惊人的增长时,大量成片的、充满欲望的荒野也在惊人地扩大。而对中国人来说,他们沉迷于艺术、文学、知识、贸易和工业,在没有战争的残酷刺激下,对生活充满了各种各样的兴趣。如果鞑靼人偶尔沉溺于野蛮人愚蠢的杀戮欲望,而不能缓解他们艰苦游牧生活的单调,他们就会发现时间是如此沉重。

此外,中国人用智力和劳动积累的财富,在尚未开化的民族贪婪的眼里,就像是挂在眼前值得争取的奖品。一位皇帝建立起高高的长城来巩固中国北方边界,防止其遭遇外敌的掠夺,从山海关狭长的海岸平原,翻过一个个山脊和山口,绵延数百英里[①]。它由千百万人的汗水建造而成,陡峭的城墙,锯齿状的顶部、塔楼、大门和堡垒,在敌我之间划出一条清晰的巨线,把自古以来属于中原人和鞑靼人的领地分得清清楚楚。

这在一段时间内达到了目的。

但是,权力和正义的界线,即使以如此具体的方式标示出来,也从来没有并永远不会阻止那种渴望攫取财富的贪婪。贪婪的人要么太笨,要么太蠢,也没有伟大到可以脱离财富而生存。在汉朝以及唐朝统治时期,长城所提供的保护必须辅以军事远征,以抵御日益增长的边境压力。

令人不安的迹象是,这项至关重要的国防任务并没有被

[①] 1 英里 = 1609.344 米,下同。——译者注

视为采取坚定行动的强心针,也并未被视为一种需要通过不懈努力才能被克服的困难,而被视为一种需要极大耐心的沉重负担。欧洲诗人把战争可怕的丑恶伪装在迟钝的爱国主义和昂贵的军火所打造的金箔标签下,而唐朝时期的中国诗人对士兵们的思乡之情是如此感同身受:那些士兵与家乡美丽的村庄硬生生地撕裂开来,向残酷的敌人进军,在孤独的边防哨所里拖着疲惫的身躯度过羁旅岁月,而他们忘记了用振奋人心的思想来支撑自己,那就是他们的身体正在创造一个比世界上所有的砖石都更坚固的有生命的长城,横亘在他们父母、妻子和孩子组成的美好家园与侵略者无情的铁蹄之间。

但是今日的阳光不代表明日不会出现暴风雨。一直到十三世纪,大部分人都没有受到危言耸听的征兵消息的困扰,他们忙着耕种、绘画、野餐、祈祷、玩耍、雕刻、交易、编织,把家里的事务交给他们祖先庇佑,他们每晚躺着,确信太阳会在早晨升起,因为前一天晚上太阳落下时,那仍然是一个幸福、繁荣的中国。

也许他们单纯的自信是正确的,他们全神贯注于当时的工作也是有道理的,因为尽管许多历史都写就在军队操练场上,充满了士兵的脚步声、战鼓的轰鸣、战败方破碎的旗帜或者胜利方飘扬的旗帜上,但是人类真正珍视的宝藏,可以美化富人的宫殿,充实用以教育年轻人和取悦博学者的博物馆，而不是战场上血迹斑斑的遗迹。在战场上，一些目光冷酷的征服者决定由哪一批剥削者来管理一个民族，但画家们所创作的美好图画却在平和的心境中接触到生命的内在奥秘；在东方某个小作坊的阳光下，有人雕刻出精致的象牙；在修道院寂静的小房间里，神圣的弥撒被光明笼罩，在那里，除了为战胜自己内心的邪恶而进行的至高无上的斗争之外，一切努力和斗争都是愚蠢的。开始的艰苦开拓工作一旦完成，中国的思想就倾向于创造这些永恒的价值。

战争、暴政、暴动接踵而至，和今天的战争、压迫和罢工一样，但这些只是零星的邪恶的发酵和爆发，而不是国家的正常状态，总的来说，国家健康而和平，几乎没有停下前进的步伐。因此，荒野中顽强的征服者组建的部落安全地演变成了一个学者、诗人和艺术家的民族，得到了广大农民、商人、工匠的支持和鼓励。在这一切之上，人民的统治者——在缓慢更迭的朝代中一个接一个的皇帝，引导、帮助、约束并奖赏人民——组成了神圣庄严的队列。他们越过人类历史的遥远天际线，既没有军阀的残忍，也没有暴君的阴险目光，更没有立宪君主虚伪的微笑，而是以朝拜者那开放的顺应天意的姿态，恳求把上天的祝福传递给托付他照管的人。因为中国的每一位君王不单是奉神的恩典掌权，他们被尊称为天子，是民族的大祭司，只有他才有资格奉献祭品并祈求天地的神秘力量。使他有资格履行这一神圣职责的，不是华丽的服饰、浩荡的随从、奢华的宫殿，而是一颗纯洁的心，一个从所有欲望中得到净化的灵魂，方式则是在星空的寂静中斋戒和庄严地守夜祈祷；在一些吞食战俘心脏的可怕民族，以及一些在毁灭中欢欣鼓舞、让受害者和虔诚信徒同样感到无限恐惧的嗜血的战斗民族身上，中国人也没有看到神性的存在。生命、智慧、和谐的精神，在人类的良知中、大自然的庄严秩序中显现出来，在世事变化间保持着原状，在如此严峻的必然中保持着如此的公正、仁爱、善良，在这样的精神状态下，中国人创造了永恒。由于中国人固有的理智、杰出的诚实和善良的气质，他们本能地热爱和平以及和平事业，喜欢通过节俭和勤劳来创造自己的财富，而不是组织掠夺性的军队或海盗军团来控制别人的财富。因此，他们早期的皇帝并不是以腰带上悬挂的头皮、从敌人身上剪下的耳朵、部落大厅里滴血的战利品——所有赤裸裸的野蛮行为而闻名的强大战士。

使中国皇帝们的名字免于被世人遗忘的原因是他们对文明艺术进步的贡献，例如写作、医疗、音乐，还有确定时间和空间的尺度。人们只关注那些他们与生俱来的东西，剩下的没意思的东西就被历史遗忘了。毫无疑问，那些先驱者必须采取强有力的措施，把所有的部族团结在一起。尽管如此，他们所征集的武器数量完全不是凌驾于精神要求和天命之上的霸主地位的真正基础。忠顺并非出于有辱人格的恐惧，而是出于对高尚的崇敬。这种崇敬不是针对皇帝，而是针对皇帝之上的权力，它高于所有的人，高于自然，这种伟大的存在被认为是一种坚不可摧的、永恒的原则，隐藏在那些我们称之为现实的可见世界的现象背后；这样的一种精神存在，其规律可以在星宿的运动中，在季节的更替中，在事件的因果关系中追溯，最重要的是，它可以在人类的良知对正直、正义和同情的渴望中被感受到。

第三章

构成中华民族核心的那些部落,最初聚集的地点很可能与宗教有关——神秘隐晦的预言通常在一位著名部落首领的墓地附近,或是在一个位置优越的集市周围逐渐兴起,这些地方会有一位比其他人更有说服力的巫医,向天地之间的神灵祈祷,而人们会请求他解决纠纷,医治病人,预言未来之事。

伏羲是中国历史上有证据表明真实存在过的第一位皇帝,据说是他发明了那些奇诡神秘的八卦,以包含所有知识的精髓。当然,获取知识,或是将知识概括为精简的形式十分困难,比早期思想家们构想出的狂热信仰要困难得多。然而,这些由实线和虚线交替组合形成的令人眼花缭乱的怪异图案,必定有很强的催眠作用,并对占卜未来之事大有帮助,因为它们象征了阳的积极光明和阴的消极黑暗,而中国的玄学认为,这些都是渗透整个宇宙的原则。只要能被证明的事实足够少,以至于微不足道,那么预言占卜就会在生活中扮演重要角色,而且很可能有一定的实际用途。

周文王，也就是周朝开国君主的父亲，编撰了一部有关伏羲所创符号的玄学书籍，为扩大周王室势力做出巨大贡献。商纣王因憎恨周文王的大不敬而将其囚禁，周文王便在狱中撰写了这部书籍。也有记载称，一部用朱砂写就的神秘符书，通过超自然的方式传送到了文王手里。所有这些事迹使周氏族的神圣光环愈加耀眼，这种神圣正是黑头发的中国人在天子身上所追寻的品质。

还有另外两位远古君主，他们实在太过遥远，周朝统治者与他们相比，几乎可以说是现代人——其中一位是神农，被奉为农业的创始神；另一位是黄帝，他建造了城镇，修筑了道路，发明了车辆、船只和乐器，传说他还撰写了关于医药的书籍。中国皇帝的直系祖先是巫医这一论断，很可能就是以此为依据。

也许他的成功疗愈更多地归功于病人的信仰，而不是医生的技能。但是，把王权建立在治愈疾病和减轻痛苦的能力之上，是一个非常美好的想法。

中国人常常被称为残忍的人。在经历了两次被外国征服的灾难之后，中国人变成这样也不足为奇；但他们最初的想法是一种敬畏，对世界上所有赋予和延续生命法则的深深敬畏。他们的神鸟凤凰不会吃任何活昆虫，甚至不会踩踏鲜活的青草。"君子之于禽兽也，见其生，不忍见其死；闻其声，不忍食其肉。"天子面前的路都被小心地清扫过，免得他不小心踩到一个小生命而将其毁灭。

舜，三皇五帝之一，他之所以登上帝位，完全是因为他以仁爱著称。尽管他的父亲、兄弟和继母对他很恶劣，但他仍然耐心忍让。他也温和地引导人民，成功地让他们增进了对彼此的了解。

"我要虔诚，我要虔诚。"他不断祈祷；他命令："让同情作为惩罚的依据。"

法官们要最大限度地发挥他们的聪明才智，以及他们的慷慨和爱心。

与其说是商纣王的酗酒和放荡，倒不如说是他所设计的严厉刑罚导致其政权垮台。他将烧红的金属片置于犯人身上，或是让他们爬上涂满油脂的铜柱，下面则是燃烧着的木炭坑，这些都是臣民的良知所反对的。他残忍地挖出祭祀者的心脏——这是后来墨西哥人常规宗教仪式的一部分——人民再也无法忍受，挺身反抗。因为他们期望最高统治者给予精神上的指引，而不是政治上的指导，只有在他们敬爱和尊重君主的情况下，他们才会服从。

事实上，早期皇帝的特点都和教皇一样。他们的演说和法令几乎都是布道，有说服力地表达最高道德的宗教信仰。他们的举止庄重而威严；他们衣服的剪裁和颜色与主持仪式的教皇一样充满神秘的含义。甚至他们的餐具和酒杯的形状与大小都具有神秘的意义，并且随着季节的变换而变化。

"孟春之月,……衣青衣,服青玉,食麦与羊,其器疏以达。"

"孟夏之月,……衣赤衣,服赤玉,食菽与鸡,其器高以觕。"

"孟秋之月,……衣白衣,服白玉,食麻与犬,其器廉以深。"

"孟冬之月,……衣黑衣,服玄玉,食黍与彘,其器闳以奄。"

"年不顺成,则天子素服,乘素车,食无乐。"

而这些庄严的帝王们最小心翼翼守护的,是他们对祭祀天地之灵的全盘掌控,以及他们确定一年中的月份与何时起始的权力。通过仔细的天文观测,帝王们得以拥有测算吉日和凶日的力量,这种特权在科学尚未诞生的古代社会具有相当重要的地位。当时的人如果不能确切肯定做一件事会带来好运,他们就不敢轻举妄动。

但君王们不仅要求特权。他们的王权观念是如此的真实,他们意识到,除非承担起责任和繁重的义务,与其所有的权力相平衡,否则对权力的垄断很快就会变得难以容忍。商汤是商朝(约公元前 1600 年—约公元前 1046 年)的伟大缔造者,他在这方面树立了一个榜样,用璀璨的星光掩盖了后世所有的瑕疵。

伟大且充满光明的土地上发生了饥荒。这些光明并非来自花朵,而是来自熊熊烈焰中燃烧的铜矿。一周又一周,一个月又一个月,黄铜色的天空没有一片云彩遮掩,太阳在干燥的土地上燃烧。土地皲裂形成巨大的裂缝,草和庄稼的根部全部腐烂了。

大地的最深处都干涸了。强壮的橡树变成褐色,皱缩、蔫谢并枯萎。

沙尘暴不时导致尘土遮天,使干涸的乡村笼罩在更加令人窒息的荒凉之中。

山川间温和善良的精灵似乎都已逃离这个世界,坠入死亡和尘埃。

所有的储备都用完了。干旱持续了很久。六年来,黑头发的中国人忍受着贫穷和饥饿。那些扛住了的人活了下来,其他人全部饿死了,消失得一干二净。

祈祷、咒语、祭品、玉帛供品都无能为力。人们越来越害怕,躲在山洞和地面洞穴里,因为传言说可能需要一个人来献祭。

于是天子商汤从皇宫里走了出来。他的嘴唇发白,眼圈发黑,并因为禁食和焦虑地守夜而凹陷。

他把他一切的财宝,他能够铸造的所有钱币,都分给贫困的人。然而不幸仍在滋生,土地上所有的财宝都无法弥补。

如今他两手空空,心里却装满了对穷苦人的大爱,对他们所受的苦难心怀怜悯。

他说:"吾所为请雨者,民也。若必以人祷,吾请自当。"

他剪掉头发和指甲,坐着一辆白马拉的马车,披着白色的茅草,把自己装扮成一个祭品,向神圣的桑林出发。

他九次伏跪在那里,额头被坚硬的地面擦伤。他从内心深处向世界的最高统治者祈祷:"余一人有罪,无及万夫;万夫有罪,在余一人。无以一人之不敏,使上帝鬼神伤民之命。"

他的祷告还没有结束,云就聚集起来,瞬间大雨倾盆。这说明如果坚持到底,便很难不成功。

这位真正的君主曾说过:"尔有善,朕弗敢蔽;罪当朕躬,弗敢自赦。"

他仁慈待人,善待动物。在他的宫廷里,实行了一种近乎清教徒式的严肃制度,并告诫王公贵族们:"敢有恒舞于宫,酣歌于室,时谓巫风。敢有殉于货色,恒于游畋,时谓淫风。敢有侮圣言,逆忠直,远耆德,比顽童,时谓乱风。惟兹三风十愆,卿士有一于身,家必丧。"

商汤的孙子太甲后来继位,成为新的皇帝,但他差一点就被这些放纵毁于一旦。他还年轻,体内热血还没有被压抑。即使是对成熟的男人来说,权力也是一种令人兴奋的"饮料"。在他祖父庄严的宫廷里受到严加管教之后,他出现抗拒心理再正常不过了,因为人性的弱点导致人是很容易倒退的。

唱歌、跳舞、美女们荡漾的笑声、年轻伙伴们的欢乐、醉人的美酒所带来的奢华放纵,这些东西肯定比为无形的灵魂精心准备的仪式，比白天休息时聆听满头白发的大臣们诉说烦恼、讲述困难，并提出冗长的建议要更值得享受。因此，仪式越来越少，大臣觐见的时间越来越短；狩猎的日子越来越多，狂欢的夜晚越来越长。守门的哨兵开始在值勤时打瞌睡，都城的街道无人打扫；田野里的农民、遥远帝国危险哨所里的士兵都在窃窃私语，人们都在非议身居高位的人。人们很快就都知道了天子在奢华荒淫中打发时间，而没有注意到他的臣民是如何辛勤劳作的。所有在前朝奢侈腐败的人都曾被商汤镇压，而如今他们再次抬起头来，在光天化日下昂首阔步。那些睿智而可敬的人变得沉默，远离朝政。但是伊尹，这位辅佐已故和在世君主的国相留了下来。

伊尹先是温和地劝诫，太甲只是嘲笑他；后来坚定地劝诫，太甲依旧嘲笑他；然后反复严厉地劝诫，太甲还是嘲笑他。但是伊尹注意到在笑声的背后有一种空洞的声音，在明亮的眼睛里闪烁着强硬和愤怒；他看到了，便明白了一切。人们由于无知、疏忽、懒惰，在自己的灵魂和世界上伟大的灵魂之间铸成了一道高墙，如果没有伟大灵魂的指引，即使是最强壮、最富有的人，也必然沉入疾病和死亡的深渊。这堵墙的丑陋轮廓也开始在太甲的内心显现出来。

但这堵墙还未完全成型。对于有变弯危险的树苗，可以通过把它绑在牢固的东西上使它长得笔直。如果在邪恶成为一种习惯之前加以制止，是可以将其消灭的。

现在，伊尹不仅十分有原则，而且勇气可嘉；要把原则从理论带入实践，需要极大的勇气。因为在理论上，这些原则简单易行，为大众所称赞；而在实践中，这些原则艰涩难懂，还会受到大众的强烈谴责。伊尹顶着责难、辱骂、误解和君主的报复，采取他一贯的措施，行动迅速而精确，使太甲远离皇宫那些毒害他心灵的浮华和光鲜，被流放到悲伤的地方，即君主陵墓附近的祭庙里。伊尹嘱咐自己住在那里，日夜哀伤地思忖，在孤独和冥想中唤醒自己身上所有的善，认识到坐在天赐的王座上实属不易，除非他聚集了足够的内在力量来证明自己值得如此巨大的信任，否则他一定会失败。

孤独与沉思——英国父母如果面对一个过于热血的儿子，就会把他送到遥远的殖民地去。他们知道自己的孩子会和邪恶的同伴在一起，受到远比家里大得多的诱惑。他们希望通过生活和工作的艰辛来帮助儿子渡过难关——这种情况有时会发生，但并不总是如此。被驱逐的逆子们会因发烧、酗酒和绝望死在离家很远的地方，这样的案例至今未被统计。这顶多是一个让人变得强硬的过程。它造就的人，比在驱逐中重新变得愚蠢的年轻人更粗鲁、更凶猛。但只要他取得了一定程度的物质上的成功，尽管他身上的善随着生命的结束而枯萎了，又有谁会在意呢？

独处与冥想——这是东方世界对人的精神生活缺陷的补

救办法,这种办法可以追溯到人孤独地站在天地之间的时候,除了他身上的精神力量之外,没有任何东西可以指引他;没有一本书储存着前辈的知识和经验;没有各种各样的职业、娱乐和可能性;几乎没有足够的词语和声音来表达他脑子里的想法。如果他没有办法把自己的弱点寄托在外部的无限力量上,如果他不能用神圣的存在——明亮的天空和宽容的黑土地不断倾注的永恒和谐,双眼可见、双耳可听的力量和欢乐——来满足他的孤独,那么他就将永远迷失。

正是有了这些影响,伊尹才阻止了太甲的堕落,也正是商汤墓为太甲的精神带来了鼓舞人心的榜样和严厉的责备,才能唤起这位后人血液中的善。

独处和冥想是一剂良药。

忙碌的城市居民临睡前会阅读一些昂贵的装订成册的关乎传统的经文,在早上、中午和晚上,他们会阅读恶俗新闻和沙文主义政论——他们从这样奇特的混合物——所有的谎言和耸人听闻的言论中收集他们能得到的精神指引,可能比定期与天地和死亡独处还要糟糕。

孤独和冥想——远离欢乐的灯光,远离都市的风景,远离音乐,远离舞会,远离忙碌的人群,远离工作或消遣,甚至远离乡村生活的温柔呢喃。

庙宇宽大的围墙里,有绿树和粉墙;白色的台阶映照在潺潺的河水中,除了冬天结冰以外,日复一日地重复着,即使那小小的声音也被终极世界的无边寂静淹没了，孤独存在于所有这些事物中。

在石头般冰冷的祭坛前冥想，祭坛上摆着大量抛光精美的青铜器皿，石碑上刻有先人的名字；在阴暗的土丘旁冥想，周围布满绿草或枯草，人们可以感觉到棺材和尸骨的存在。

太甲以为自己会发疯，觉得必须用全部力气发出尖叫撕破沉默，用全部愤怒的力量摧毁孤独。

无休止的白天和黑夜，他几乎不知道哪一个更可怕。白天带来对所有欢乐的狂热渴望，而这些欢乐也被他撕碎；黑夜则是对梦的残酷嘲弄，它把雨滴溅在砖石铺设的空旷院子里的声音，变成了轻柔的脚步声，把秋叶在窗户上嗖嗖的拍打声，变成了丝绸裙子沙沙的摇曳声，把吹过他额头的风声，变成了众生的喘息声。强壮又年轻的血液就会在他体内涌动，用汗水浸湿他的头发，使他在牢笼般的墙壁上愤怒地挥舞着双手。

但那不是牢笼，只是通向无限现实的大门，他那狭隘自私的权力和享乐世界，一直将这扇门隐藏了起来。他没有一下子完全理解。几个月来，他早上起床时，由于夜梦太多，身体沉重而疲惫，把思想的苦涩从漆黑的夜晚拖到耀眼的白昼。他会把早餐推到一旁，无精打采地望着四周那片被墙壁、紫杉树和坟墓轮廓包围的天空。鸽子会飞到他身旁，希望得到一些谷子。小狗会把爪子放在他的袖子上，请求片刻的温存。他只是懒洋洋地跟它们对话，教它们如何从他手里获得食物。但是，他从动物们明亮的眼睛深处学到了一些东西，除了单纯的信任，还有对所有有意识的生命都应团结并抱有同情之心。

他从河流均匀的浪花中学到了一些东西。这条河流由无数的波浪组成，每一个波浪就像精心打磨的水晶，虽然如此微小，却能映照出浩瀚的天穹、太阳、月亮，以及从东方朦胧雾气中升起的所有发光的星座。这是一种视觉上的快乐，仿佛最遥远的星星也近在咫尺。

他从季节的变化，从大地和天空的许多声音包括寂静中学到了一些东西；从法律的绝对性和命运的宁静中学到了一些东西。直到残酷的个人欲望从他的意识中消退，宇宙的力量和音乐开始以奇妙的振动倾泻而出，渐渐地，细小的事物也不再单调黯淡，它们带着某种伟大的目的、宏伟的设计和永恒的运动的光芒闪耀起来。一个冬夜里，月光在冰封的河流和大理石的庭院上织了一层银色的毯子，巨大的祭器和乌黑的紫杉树在地上投下了深色的阴影，只有几颗星星在宁静和深不可测的空间中闪烁。最后，世界隐藏的意义在他心中清晰地显现出来，在神圣的先人面前，他明白了生命的目标。这不是贪图私欲，而是对神圣宁静的追求；不是每时每刻对激情的放纵，也不是拥有支配他人权力而产生的无礼的傲慢，而是谦卑地对自我意志进行约束，是对致力于完成艰巨任务的最大忠诚——也是符合上天旨意的神奇任务。出生时，每个人都会得到一部分这样的任务；死亡时，每个人都会被问及是以什么方式完成的。当太甲在空旷的庭院里踱步时，除了寂静的银色月亮外，一些记忆被清空，一部分以前的事情按着一定的顺序在他脑海中回放。他开始记起别人对他说过的夏桀的故事，那是一个邪恶的暴君，天命从他亵渎神灵的双手间流走；夏桀如此年轻、强壮、有才华，就像太甲一样；夏桀在他出生时就获得了馈赠——令人骄傲的皇位继承权，就像太甲一样；对他来说，这只不过是一个满足他欲望的机会，迎合他的欲望，直到这些欲望变得如此强大，变成真正统治世界的皇帝；自然的快乐由于过度频繁而变得索然无味，不得不依靠各种各样的恶习维持强度。他的青春和力量过早地被令人厌恶的衰老所吞噬，他所有的才能都被淹没在倦怠之中。

这时，太甲想起他的祖父穿着华丽的长袍，他那圣洁的脸、素净的手，从柔软的丝绸皱褶里闪闪发光，像雕刻过的象牙；他自己也忍不住跪下来，因为他觉得跪在逝者面前是唯一合适的仪态；当宫殿里满是哀号，他内心充满苦涩和酸楚，母亲把他拉到一边说："悲伤只是死亡的黑色大门；穿过它以后，里面都是光明和黄金。"

直到现在，他才明白母亲的意思，因为伟大真理的黄金来自坟墓，伟大决心的光芒来自逝者的灵魂。如果浪费了自己的生命,他怎么敢面对结局?如果让自己的灵魂变得贫瘠,他会以怎样的姿态度过短暂的人生呢?

他假想到,后辈把香火带到作为祖父的他的墓前,而让荨麻在自己的坟上疯长,并对他说"你不配当皇帝,甚至连自己都管不好"——真的如此不得人心吗?

无愧于那些显赫的逝者,把财富和幸福播撒在别人身上,为自己保留一颗慷慨的心,如此所带来的更为纯洁的财富,以及宽容和正义所带来的更为持久的幸福——这难道不比奢华浮夸的闪耀和肉欲的诱惑好得多吗?

夜变得深沉而庄严,像一个祈祷者。月亮、星星、大地和死亡,以及他欣欣向荣的年轻生命,最终在完美的和谐中发光和跳动。

不久后,伊尹来到河边的孤寺见到了太甲,跪在他面前,双手捧着脸,头贴在地上,并让人把皇冠和皇袍带给这位未来的君主。他通过独处、苦行和冥想,赢得了戴皇冠和穿皇袍的权利。

在豪华的阵列中,伴随着钟声和鼓声、挥舞的旗帜和人群的欢呼,太甲被恭迎回都城。

他从不食言。百姓谈到他时都会说:"吾王的心是何等单纯啊!"

他执政明智,儿子也非常优秀。但有时身处宫殿的喧嚣和辉煌中,他渴望那寂静的庙宇——高大的围墙里,有绿树和粉墙；白色的台阶映照在潺潺的河水中，除了冬天结冰以外，日复一日地重复着，即使那小小的声音也被终极世界的无边寂静淹没了。

他死后被称为太宗，意为大师，因为他做了一件比征服别人更高尚的事——他征服了自己。

同样耀眼又极富灵光的还有武丁，他是商汤之后最著名的商朝君主。他在灵堂里度过了悲伤的岁月，身着丧服，睡在土丘上，只喝水，默默地沉浸在冥想中。他身上所有感官的愉悦都得到了纠正；他自己的灵魂与已故父亲的灵魂，以及某些不可见的力量的交流曾经受到阻碍，如今这些障碍都不复存在了。

服丧满三年以后，他仍然默默无闻。对于大臣们焦虑不安的问题，他不愿回答，而是一言不发地陷入沉思。他的灵魂已经延伸到无限的远方，他既不能立刻把它拉回到某个微小的时间点或空间内，也不能突然把它无限的自由限制在语言的禁锢中。臣仆们劝他说："陛下若不说话，我们要怎样接受命令呢？"于是武丁在象牙碑上写道："以台正于四方，惟恐德弗类，兹故弗言。恭默思道，梦帝赉予良弼，其代予言。"

他画了一幅画，画的正是他梦见的那个人，彼人诚实朴素、目光敏锐、话语坚定。衣服是用毛织成的，腰带是一条打结的绳子。

人们开始寻找这个人。在傅岩①，一股山洪从巨石间的峭壁上涌出泡沫，他们发现了一个名叫傅说的建造者，过着隐士般的生活。他身体强壮，视野开阔、目标明确，严格遵守上天的律法。他就是武丁描述的那个人，随即成为武丁的丞相。

一位隐居的国王任用了一位隐士做丞相！作为统治者必备的深厚灵性能否得到进一步发扬呢？这与现代民主的信条截然相反，美其名曰现代民主，实际上都是靠商业和金融利益推动，这种利益统治了地球上超过半数的人口，而支持现代民主的人都是被新闻媒体愚弄的大众。沉默的武丁不会在选民中获得太多的支持，因为那些人喜欢自吹自擂的领导者，喜欢油嘴滑舌的演说家，在明知无法实现的承诺上夸夸其谈，对自己的上级大肆谩骂。他们的讲话熟练而有影响力，毫无顾忌，不讲原则；他们认为证券交易所里赌博的技巧，以及商业吹捧和自我宣传的艺术，才是掌权需要具备的能力。他们经常这样做。那么，为什么要为正直的品质和一个能够保持思考的大脑而烦恼呢？思想已不再流行。它可能会束缚文字的自由发挥，而文字在诞生之初便是思想表达的忠实仆人，现在已经完全取代了它们的主人，并以无意义的巨大噪声来支配人们的思想。

---

① 古地名，位于今山西平陆县东。——译者注

说话，说话，不停地说话——空话、大话、脏话、流言，政纲决议、神圣布道、头条新闻和花哨广告，让这些话没完没了——人们不停地叫喊、说教、打印和传播这些话，一刻也不让它们停止，否则大众就可能有时间思考，而思考会驱散字里行间的层层迷雾，那些模糊的事实与虚构的内容，真假对错之间的界限蒙上的层层迷雾，会被轻而易举地清除。我们这些被文字催眠的人，完全沉浸在停滞不前的愿望带来的无益健康的表面光鲜里，而一个三年来默默虔诚地思考真理和美德之路的统治者，却可能被认为是个不折不扣的疯子。

约三千年前，武丁的臣民对生命价值有着更为真实的感知，他知道自己的沉默不仅是为了深思熟虑，也是为了采取积极的行动。所有经久不衰的成就，不都是建立在静默和孤独的神圣深处吗？武丁在位近六十年，政绩斐然。有几个野蛮的部落，他们的掠夺和入侵不断威胁着中原王国的安全，而武丁征服了这些部落，大大巩固并扩大了边界。他使长者老有所依，保证劳碌者的生命不以辛酸和肮脏告终。他从不允许自己无所事事，而是尽最大努力在人民中培养满足感和自豪感。他成功做到了这一点。在这片花团锦簇的土地上，人们又听到了赞美的歌声，而武丁这位伟大而仁慈的殷王，也为自己赢得了"高宗"的美名。

在当今控制着世界命运并蛊惑民心的政客中，谁会因伟大而受人称赞，谁又会因仁慈而被人铭记呢？

接下来的消息有点刺耳,但崇高的目标并未改变。一个名叫姬发的人(后来被称作周武王)推翻了商朝,建立了周王朝。

二月甲子昧爽,武王朝至于商郊牧野,乃誓。武王左杖黄钺,右秉白旄,以麾。曰:"逖矣西土之人!"武王曰:"嗟!我有国冢君,司徒、司马、司空,亚旅、师氏,千夫长、百夫长,及庸、蜀、羌、髳、微、纑、彭、濮人,称尔戈,比尔干,立尔矛,予其誓。"武王曰:"古人有言'牝鸡无晨,牝鸡之晨,惟家之索。'今殷王纣维妇人言是用,自弃其先祖肆祀不答,昏弃其家国,遗其王父母弟不用,乃维四方之多罪逋逃是崇是长,是信是使,俾暴虐于百姓,以奸轨于商国。今予发维共行天之罚。今日之事,不过六步七步,乃止齐焉,夫子勉哉!不过于四伐五伐六伐七伐,乃止齐焉,勉哉夫子!尚桓桓,如虎如罴,如豺如离,于商郊,弗迓克奔,以役西土,勖哉夫子!尔所不勖,其于尔身有戮。"

就在他还在说话的时候,太阳升起来,阳光照在长矛上,使它们发出耀眼的光芒;阳光照在飘扬的旗帜上,把它们沉睡的颜色唤醒,绽放出蓝色、紫色和红色的光辉。初春的绿意在田野上欢笑;初春的热情在战士心中迸发,那便是战斗的喜悦和胜利的信念。因为他们知道,他们小而紧凑的部队所要进攻的朝廷,只是阵势大、历史久而已,而宫廷内部充满空洞和腐朽。他们是正确的,取得了胜利。

以胜利告终的牧野之战应该称得上划时代的历史战役。它把这片繁花似锦的地区的领导权交给了迄今为止世界上最长寿的王朝手中,让这片土地见证它的开端、艺术、哲学,以及历史的跨度,周王朝是史上最伟大的王朝之一。唉,大多数人都超越了他们存在的目的,但其命运的结局是如此渺小而可悲,无足轻重到令人扼腕!被周人推翻的商朝(或殷王朝)皇帝也都比自己统治的王朝活得更久,但他们并没有疲倦地走向暗淡和衰败。他们以鲜血和烈火收场,从其纯净孤傲的黎明坠入罪恶淫欲的黑暗深渊。因为商纣王,商汤建立的王朝的最后一个统治者,似乎是一个真正的暴君和残酷的恶魔。他蹲坐在脚跟上,无视对天地的祭拜,停止在祠堂供奉供品,表示法令和人民都由他掌控,不必尊重他们,残酷的镇压也无关紧要。正是他制定了炮烙的惩罚。某个寒冷的冬日早晨,他看到一些人涉水而过,于是将他们的腿骨切开,看看他们骨髓中有什么特殊物质能比一般人更能耐寒——这是有记录以来第一个活体解剖的例子。

也许是出于同样的好奇心,他把孕妇的肚子剖开,把贤者的心挖出来,以此证实学者所说的"心有七窍"是否有现实根据。

有意思的是，试想在孔子提出孝道，佛陀提出爱众生和基督提出仁爱之前，如果商纣王在牧野之战中取得了胜利，并使他冷酷的质询法则盛行几个世纪，那么亚洲的命运会是怎样的呢？如果三千年前，东方而不是欧洲，偶然出现了毒气和烈性炸药，这些会使头发变黄、脸色变绿的发明，把不幸的受害者身上的衣服和皮肉一同剥离下来，那又将如何？它会把人类的历史变成一场多么难以忍受的噩梦，因为其残酷和邪恶已经让人类伤痕累累。所有自由和安全，所有人类的尊严，都会被消灭，如果失去了欢乐、艺术、诗歌、音乐、宗教、哲学，那些打开最卑微劳动者视野的东西就永远得不到发展。世界将变成数以百万计肮脏的终日汗流浃背的奴隶的聚居地，在盲目、贫穷和恐惧中供奉着一群暴君贪得无厌的欲望，暴君们联合起来统治整个世界，并在巨大武器的保护下分享掠夺来的赃物。幸运的是，被压迫者骨子里往往有一种志气，在大多数情况下，当他们被压迫到一定程度时，迟早会鼓起勇气，试图发起反抗。此外，不容争议的统治具有一种长效的魔法，会让所有人精神退化，产生一种傲慢，导致最强大的王朝、种姓或国家，坚信天下万物都只是君王的脚凳，他们屈尊把自己神圣的脚置于其上，而凡人如果胆敢放肆地对这种理论提出异议，那么他要么是疯子，要么是已经堕落得无药可救了。因此，对任何人，即使是最合理的反对者，他们都是一种专横的不容忍态度；有一些勇敢和诚实的人，试图把这种危险的狂妄自大控制在合理的范围内，却受到了大肆迫害。

经过六百年的统治，商朝诞生了一个痴迷于这种愚昧想法的暴君也许不可避免。夏朝，经过近五百年的发展，也同样产生了一个堕落的、酗酒的感官主义者，导致了它的毁灭。这两个暴君有许多相似之处，但商纣王更为糟糕。他们都有美人在侧，并向富人和劳动者征税，以最大限度地满足他们的欲望；他们拥有一切昂贵和稀有的事物。孩子们面临着饿死的危险，太多苦难会把原本幸福的小镇变成荒凉的贫民窟，但这些有什么要紧的呢？只要一座新亭子的象牙镶嵌纹饰能取悦美人，新布置的宫殿花园里有小树林、池塘、大理石桥和宝石般的亭子，为君主下午散步提供一个舒适的环境，这就足够了！商纣王也有一座用香柏木建造的高塔，名叫鹿台，让他凝望尘世的荣华。他的思想越来越贫乏，他周围的环境却越来越富丽堂皇。直到最后一刻，当胜利者的战斧轰鸣着击打那座华丽的塔楼镶金的大门时，他仍不愿放弃这表面的浮华，穿着最华丽的长袍，戴着最昂贵的宝石；之后，他用火点燃了这一切，躺在他的漆器宝座上，红色火焰的炫目光辉填满了他的眼睛，他看着墙壁和天花板上的金色雕饰突然被点亮，迸发出成千上万的灿烂星火，从滚滚热浪中挣脱束缚，一团团耀眼的火花在蓝天下闪闪发光。这是他最后的视觉盛宴。火还没升到最高点，他服下的毒药就发作了。他的手抓着宝座上雕刻的龙，手心满是汗水；他的双眼凝视着鲜活的火焰慢慢变得茫然，沉重的身体滑落在地，变成空洞而无生气的躯壳，陷入华丽的刺绣长袍和巨大珍珠散发的彩虹般的光芒里。与此同时，那些被他长期残害的人们，战战兢兢、不知所措，就像世界上最伟大的国家垮台时那些卑微的人一样，在城外等待胜利者。先锋部队从尘土中疾驰而来，马蹄声咔嗒作响，向敞开的大门跑去，战士向人群高喊着武王的消息：

"上天降休！"

这时，人群中响起了一声欣慰的叫喊，男人和女人们带来了装满蓝黄色丝绸的篮子，作为献给伟大新主人的贡品，数量相当可观。人民之所以如此爱戴这个主人，是因为武王和他的兄弟，也就是能干的周公，建立了一个政府，在成功地制止外来侵略和国内不法行为的同时，还允许个性充分发展；没有这个政府，任何事情都不可能取得长久的成就。在周王朝统治下，一股强大生命力被创造出来，席卷了整个中央王国，并在这一时期的知识和实践活动中烙上了特有的伟大印记。随后诞生的作品脱颖而出，超越了脆弱时代摇摆不定的潮流，就像花岗岩一样，稳定地建立在事物最本质的真相之上。尤其是在哲学方面，诞生了孔子和老子这样的大师，其思想达到了几个世纪以来其他民族都无法企及的高度。从单纯的实用政治问题到探索创造的伟大开端和最终目的，一些哲学思想家无畏的劳动，开拓和照亮了一个宏大的研究领域。

也许正是这种非常丰富的独立思想削弱了中央政府的政治力量。一段时间之后，王朝缺乏足够强大的君主来协调所有这些沸腾的能量，利用他们自身的活力为王朝的需要服务。因此，朝廷分裂，并形成了各自的小政权中心；帝国解体成一些小王国，它们之间总是相互竞争，经常发生战争。战争，就像纯粹的贪婪或狂热的仇恨一般，给一些鲁莽、冲动、不负责任的人披上了"光荣"的外衣，却给成千上万向往和平的劳动者带去了悲伤和贫穷；然而，这种竞争并非一无是处，许多由开明的诸侯统治的小朝廷，都为一些杰出、奇妙而多样化的思想流派提供了聚集点。此外，在边疆诸侯国，在中华文明旧圈子之外的荒原和蛮荒部落中，也进行着强大的殖民活动，并不断扩大。只有至高无上的君主所在的宫廷越来越局限于仪式性的活动，每年向天地和伟大的灵魂献祭。但就土地来说，皇帝掌控的地盘比许多封地还要小，他的领空缩成了一条蓝色的裂缝，嵌在云层中，仿佛要被吞噬。

周王朝的分崩离析是由于软弱，而不是像夏朝和商朝那样因为邪恶而覆灭，尽管周幽王也是这样一位被邪恶的女人、虚伪的马屁精和不称职的大臣左右的恶魔暴君。他愚蠢的行为可能是导致失败的原因之一。人所行的恶，在他们死后不是还会存在吗？然而，造成周朝覆灭的直接原因是有效权力的逐渐退出，而不是权力过大且顽固。事实上，那些被赋予权力的人，无论他们是专制皇权还是民主自治国家的人，如果他们想保留这份权力，就必须时刻保持警惕，不遗余力。总会有幕后黑手在暗中操作，观察着最轻微的虚弱或疲倦的迹象，并找准时机从他们身上夺走这诱人的权势。正如美国的大型信托公司正在一步步削弱人民的主权一样，周朝那些伟大的贵族也成长为国王，破坏了天子的霸主地位。最后，秦国成为这些好斗的分封国中的最强者，粉碎了所有的天子、大王和小王；最后，秦国君王嬴政将分散的中国统一在他的掌控之下。

那些君王都是可悲的幻影，是那个荣耀的家族最后的代表，过去的辉煌在他们身上重现，而现在的人们愉悦地向他们表示敬意；在他们面前，一个广阔的未来通过一本伟大的朱砂书展现出来，神秘地呈现给它的创始人。早期的周王朝和他们强大的前辈——拥有神秘梦想和实际智慧的黄帝；尧和舜在无知的人群之中插上了神圣的白色旗帜，象征着尊敬、真诚和同情；大禹，在此基础上施以稳定的统治，通过纪律来约束人民和自然的反抗；自我牺牲的商汤，还有自我压抑的太甲——他们在遥远的地平线上燃烧，有点像梦境，又有点像现实，在那里，所有过往的历史都像一座巍峨的山峰，被记忆的夕阳照耀着，而他们所属的王朝却在愈加黑暗的遗忘之夜里无可挽回地消失了。周朝末代的统治者就像这些遥远山脉上的矮坡，急于谦卑地将他们的渺小埋葬在森林和平原的黑暗中，甚至连他们的名字都模糊不清，被抹去和遗忘了。周赧王是最后一个拥有大禹九鼎的人，这些青铜铸造的宝物象征着至高无上的主权。胜利的秦人于公元前256年从他手中夺走了它们。不久之后，这位战败的君主昏昏沉沉、疲惫不堪地进入了坟墓。现在穿越时间的深渊，在那遥远的日子和今天刺耳的喧嚣之间，他的名字"赧王"以微弱的声音飘向我们，就像一些梦幻夜曲的尾音，没有引起英勇斗争的回声，也没有给人以启发的死亡回声，只有在曾经伟大的王朝走向悲惨结局时发出的一声低语。周代的宝藏，经过几个世纪的积累，被用来装饰胜利者的宫殿——曾经松散地挂在周赧王干枯身躯上的龙袍，以及镶着珍珠的皇冠和玉佩，如今正穿戴在一位新的统治者身上。旧的秩序被推翻，另一种新的秩序被建立起来。

但是新的混乱又出现了。

秦始皇是中国第一位统一天下的独裁者，他造成了巨大的恐惧，使曾经人们在其中各抒己见的象牙塔，以及曾经的百家争鸣，全部陷入了沉默。他在单一意志（也就是他自己的意志）统治的暴政下实现了对所有人的奴役，主要是为了扩大中原王国的政治权力，并将权力集中在他自己的手中。为此，他推翻了分封制，在这种制度下，大贵族或他们的祖先由中央政权赐予封地,他们名义上的广泛权威实际上极其有限。在欧洲,自从法国大革命以来,这一制度就像本不应被滥用的大多数制度一样遭到大规模滥用。当然,分封制往往是以一种专制的方式进行的,并屈从于剥削人类的自私计划,到现在也还没有设计出(或者可能设计出)一种统治制度来避免这样的危险。议会、参议院、普选、全民公投等精心设计的方案,往往只会产生一种美丽的自由幻觉,而所有的现实,所有被这些幻觉吞噬的利益,都被繁文缛节扼杀,或因公众的冷漠变得无聊。事实上,封建国家的官僚机构无论是听命于一个故步自封的独裁者、一个选举产生的议会,还是一个名义上依附于议会的内阁,都比在高度集权的国家中更容易走向繁荣昌盛。在周朝的封建统治下,这些诸侯国十分繁荣,这一点可以从他们在秦始皇死后几年对其专制统治的反抗中得到证明。事实上,这些分封国在中国大地上的根基是如此之深,以至于直到今天,他们仍散发着独立、自主等坚强意志的魅力。如果没有这样的自由意志,可能会有许多关于新闻自由、言论自由、贸易自由的虚伪官话,但上述每一种自由都会变成空洞的公式,使公众的良心沉睡,而似乎所有的人,如果以任何方式危及统治者的专政计划,公然蔑视他们赖以保护自己的公式,都将被罚款、监禁,甚至处决。事实上,除非统治者的权力意志与被统治者的自由意志不断地保持平衡,否则,天平就会向前者倾斜,让他们的野心膨胀到其能力所能承受的最大限度,甚至更大。

当然,秦始皇把自己的权力扩展到了极致,他不满足于剥夺前政治领袖的权力,他还夺走了人们过往的精神向导(至少他试图这样做),而且在一段时间内几乎成功了。他的罪行便是举世闻名的焚书。他的丞相兼专制主义的主要推动者李斯首先提出了这一建议,因而遭到了谴责。

> 异时诸侯并争,厚招游学。今天下已定,法令出一,百姓当家则力农工,士则学习法令。今诸生不师今而学古,以非当世,惑乱黔首,相与非法教。人闻令下,则各以其学议之,入则心非,出则巷议,夸主以为名,异趣以为高,率群下以造谤。如此弗禁,则主势降乎上,党与成乎下。禁之便!
>
> 臣请史官非秦记皆烧之;非博士官所职,天下有藏《诗》、《书》、百家语者,皆诣守、尉杂烧之。有敢偶语《诗》、《书》,弃市;以古非今者族;吏见知不举,与同罪。
>
> 令下三十日,不烧,黥为城旦。所不去者,医药、卜筮、种树之书。
>
> 若欲有学法令,以吏为师。

以上种种与《国土防务法案》的味道一样刺鼻。

李斯的建议都成为法律。

依照先例和公认是非标准的政令被废除了，取而代之的是独裁者心血来潮颁布的政令。那些以渊博学识闻名天下的学者和圣贤却没有得到政府的支持，他们或是被杀，或是被打上烙印被迫去修筑长城，或是在修路、修建宫殿和秦始皇陵，这些或许都被称为公共事业；人民接受的教育被强行限制在他们能从官员的大脑中提取的东西，在任何时期或任何地区，这些都不能被称为深刻的思想或无私的学识。那些书的内容是年轻人在最初对理想的渴望中钻研和梦想的；那些作品曾给予在贫穷和流亡中挣扎的人们安慰，抑或给予身居高位的人支持；那些歌是恋人们在温暖的夏天哼唱的歌——向心仪的少女倾诉，以及工人们劳动时哼唱的小曲；那些诗抚慰了疲惫的人、悲伤的人，为他们的悲伤增添了意义与美；那些关于古代勇士的记录；那些凝聚孔子的智慧、墨子的观点的经典——所有这些都被搜出并上缴，堆在数百个集市里，在熊熊烈火中燃烧。人群在一旁观望，吓得不敢插嘴，但四百多名学者却有勇气公开抵制这一不公正的法令。

他们被活埋了，嘴被泥土堵住，这并不是因为他们用谎言迷惑人民，而是因为他们把古老圣人的伟大真理摆在面前，并嘱咐人们珍惜以道德为基础的法律这一光辉传统，因为这种法律对社会的每一个成员都有约束力，甚至比皇帝的法令都有效。这种对书籍和学者的迫害是一种可耻的行为，是对神灵的冒犯，是一件永远无法被原谅的事情。但是，秦始皇全神贯注于有形的东西，只关心积极的结果，他也许从来没有想过，每一个行为都会受到审判，建立在毁灭和迫害基础上的东西也会被毁灭和迫害。他的目标是建立一个以自己为中心的专制官僚机构。为了在这方面取得成功，必须把一个由聪明人（他们习惯于一种近乎过分的自由，并且敏锐地意识到独立思考的价值）组成的国家，改变成一支由顺从的纳税人和义务兵组成的军队；除了那些涉及他们物质需要的内容以外，这些人没有任何思想，没有机会，最后也没有任何欲望来发展可能颠覆专制的试探性理论。像拿破仑一样，秦始皇痛恨理论家，深知彻底的专制只能在让人民群众陷入无知和精神冷漠的地方扎根。焚书是对人民独立思考权利宣战，是对一个足够强大的、足以创造一个开明无畏的舆论环境的知识分子阶层宣战。如果可能的话，秦始皇无疑会更喜欢用现代的装置来制造理想程度的愚蠢国家。这比他粗鲁的、极具破坏性的方式更有效。

真理不会被烧毁，但会被另一种尖锐的声音掩盖。

相反，人们的阅读并不会被禁止，他们通过那些所谓的自由渠道，被诱导过度阅读，除了谎言、虚构的东西，以及符合政府出版要求的杂乱无章的事实片段以外，什么也不读。

舆论不会被压制，只会秘密地发酵。

人们的人身自由没有被侵犯，思想却被扭曲成规则的模式，人们的观点被削弱，而这往往是在人还很年轻的时候完成的，那时他们还没有意识到自己遭受了什么。

这种方法的优点有两个：

第一，没有流血，没有耸人听闻的殉难，不会唤起怜悯，激起愤慨。

第二，禁书使人们的头脑一片空白，从而会受到更多思想的影响，而这种影响可能会及时激发成功的反叛；而将其塞满谎言的过程，却可以使人们对任何与这些谎言相矛盾的观点毫无抵抗力；事实上，这些谎言可能已经深深扎根于大多数人的大脑中，被视为一种信仰，许多人都会毫不犹豫地、欣然地为之牺牲自己的财富和生命。

秦始皇的粗暴体制充其量只能确保人民行动的一致性，而依靠现代方式产生的思想统一性，往往比中国皇帝统治下臣民必须承受的暴力迫害更危险。因为尽管他们受到可怕的肉体折磨的威胁，但他们至少可以保持头脑的清醒，保持眼睛的明亮，而从长远来看，睁开的眼睛是不能被束缚的。

然而，在秦始皇强有力的手段下，人们被彻底束缚，而自由只是一个遥远而不可能实现的希望，这主要是因为大多数人厌倦了不断的争吵和封建诸侯国令人麻痹的相互嫉妒，他们急需一个统一的帝国，甚至不愿了解这样的统一帝国是如何建立起来的。所以这位新皇帝可以取得一个又一个成功。他被这样的好运气弄得眼花缭乱，开始认为他可以创造永恒，他所建立的王朝将在浩瀚的时间长廊里缔造出一代又一代的帝王。秦始皇这一完美图景的唯一缺点是,他自己无法永远统治他的帝国,他曾经废黜了那么多的国王,牺牲了那么多人的性命,仅仅用作实现他混乱欲望的工具,这注定他最终会变得像最卑微的苦力一样低贱。

有一个传说,也可能是一个谣言,像所有神话故事一样,能把智慧变成无知,从渴望变成即将实现的希望,传说的内容是这样的:在蔚蓝的东海中有一片群岛,黎明从那里降临,繁星和旭日的光辉从那里升起。据说,住在那里的一切生命都是纯白色的,宫殿和门廊都是纯金和雕银的。在那里长了一棵草,人吃了就可以免除死亡。

从远处看,那些美丽的岛屿像闪闪发光的云彩,可一旦船只靠近它们,它们就沉到深处,同时一阵反方向的风吹来,把船又吹回很远的地方,没人能到达那里。

然而在非常古老的时代,人类曾登上过那片岛屿。

秦始皇无比渴望自己长生不老,他非常喜欢巫师的幻想,而非学者们残酷的真理。于是在一个亡灵巫师的领导下,他组织了一支由少男和少女组成的探险队,去找到并探索这些岛屿,带回珍贵的药草,如此一来,他对别人的无情伤害,以及对死亡的恐惧便不足为惧了。

但是风向让航行很不顺利——那种邪恶勾当从来都不会顺利。与此同时,秦始皇正试图将唯一的有着不朽价值的事物化为灰烬,那是对不朽记忆的感恩,是对实现神圣目的的渴望。人类的心灵在伟大的时刻,捕捉到一些奇妙的体验,并把它们像璀璨的宝石一样镶嵌在艺术、诗歌、英勇行动、先知灵感的金色背景里。但从这些不朽事物中,独裁者什么也看不到,只认为这些会阻碍他将自己的权力意志扩大到整个东亚的伟大事业。他和他的著名丞相李斯都坚信,人的心灵天生邪恶,没有本能的善,而恐惧是统治人民的唯一途径。他们忘记了,即使这个令人沮丧的假设是真的——当然,世界上有如此之多的贪婪、懦弱、嫉妒和不公正,以至于它常常看起来是真的——君主也必须保证恐惧作为一种有效的统治工具,始终要比它激起的仇恨更强大;也永远不能忘记,在恐惧面前顺从只是一个面具,其背后隐藏着怨恨、背叛、报复、凶残,以及恐惧在人类血液中滋生的所有危险毒素。

只有在臣民甘于奉献的基础上,才能建立起更好的统治。在和平年代,有这样一种快乐,一种为忠诚服务的信任,这使忠诚比恐惧更有价值;而在乱世,有了这种奉献和信任,就没有人会不顺从,也没有面对不了的危险。但秦王朝没有发挥人们的奉献精神。

秦始皇深知自己遭人怨恨。他为了防止所有潜在的刺客,再度修建了巨大的宫殿,里面有数不清的卧室,他几乎每晚都睡在不同的房间里。

总之,他是一个强大的建设者。他在这方面最著名的成就便是长城，横贯中国北方的巨大城墙在一段时间内有效地保护了帝国，使其免受鞑靼人入侵。任何实物建造的防御工程，无论多么强大，设计多么巧妙，也都只能保证几年的安全。他还修建了带有瞭望台和桥梁的道路，以便他自己和军队能够迅速而安全地在疆域内行动，因为他是一个战士和征服者，并且极大地扩展了他的帝国的统治范围；根据路易十四组建重盟议会以来流行的道德规范，拓宽疆域是一个巨大的挑战，并具有超凡价值，值得为其付出最大代价的牺牲，以及每一次的道德倒退。

他有无穷的精力和超强的工作能力。八匹骏马拉着他的战车全速前进，在他的命令下，上百万勤劳的人在宫室里辛勤劳作，仍跟不上他紧迫的计划和急躁的欲望。为了修建他的坟墓，他下令挖通了一座山，把许多珍贵的东西堆积在里面——他即便死去，仍然要做至高无上、令世人倾倒的帝王。

人生的最后时刻，他来到了会稽山，那是伟大的前人、曾征服巨大洪水的大禹陵墓的所在地。

在去往古墓的路上，他穿过长长的柏树林荫道。几个世纪以来，这条道上的松柏从沉寂的树根中生长出来，现在矗立在炽热的白昼下，黑压压一片，见证着死亡的庄严，见证着生命的神圣；伴着树木的摇曳声，他能否听到被活埋的那四百名学者的声音？望着松柏那火焰般的枝叶，能否使他想起他烧掉的那些精神财富？正义引发的共鸣似乎应该让秦始皇那样极度自我的人有所反应，但在现实生活的散文中，拿破仑式的人物从来不会忏悔。过去的任何行为，无论是多么罪恶，都不会让他后悔，只有在物质层面上的失败——他唯一能清楚意识到的失败——才能使他产生悔意。秦始皇在失败压倒他一生的工作之前就死了。此外，自欺欺人的想法可以长久地存在，而且经常让人们由衷地相信，他们对世界施加的所有欺凌和迫害都是出于某种高尚的动机，某种鼓舞人心的正当原因，而不是出于对权力过度追求的结果，一种将自己的权威强加给他人的粗鄙而自私的执念。

此外，在这些拿破仑式的人物身上还有一种狂暴的力量，就像突然发生的洪水，一层层地卷上河岸，破坏堤坝，破坏力逐渐蔓延到整个国家；一种恶魔般的能量，就像雪崩从陡峭的悬崖上轰鸣而下，把山谷中繁荣的村庄变成了一片乱石堆砌、碎石满地的荒野。而这些强硬的人自己也知道他们拥有这种力量，并沉迷于发挥这种力量。其他人也知道，诚实的人就会逃避这种力量；而贪婪虚伪的人就会奉承讨好这样的君主。只有非常勇敢的人才敢于面对这股力量，反对这种伤天害理的事，但常常会被无情地压倒。但是他们在反抗压迫的斗争中，在与巨大的困难进行自我牺牲的斗争中，坚守个体的生存权，尽管有一种对过分扩张和对权力永不满足的伪装，这种力量也可以胜过一切叫嚣着的暴力。为此殉道的人和国家迟早会大获全胜，俯视那些自认为能够压垮他们、永远压制他们的人。

因为事物的本质就是如此：高尚的东西必不可少，必将长存；而卑鄙的东西无法延续，必将彻底灭亡。

这就是秦始皇掌握的，看似势不可当的主权的下场。他想把权力留给长子，但即使是这样的愿望也因那些他所要求的极度忠诚的人而落空。谎言、谋杀、伪造，致使幼子获得了继承权，这是一个不择手段、自命不凡的年轻君主手中的工具，而公共道德被削弱总是让这样的君主得以继位；秦始皇的得力大臣李斯没有反对，反而欣然纵容了这场骗局。扼杀良知之声、废除先贤崇高道德权威，这样缺乏远见的政策，必然产生不可避免的后果，它们使文明政府得以运转的一切纽带开始松动。人的生命若是一开始就被剥夺了内力，之后也将会失去外在的安宁。

秦始皇后宫里所有没有孩子的妃嫔都被迫殉葬，这样他的鬼魂就不必因没有女人的陪伴而四处游荡了。为他建造坟墓的工人们知道墓里有大量的财宝，秦始皇便把他们关在黑暗的隧道里，好让他们和秘密一起消失。李斯自己也被之前与其一起策划阴谋的同伴摧毁，他的同伴开始嫉妒这个能干的人，因为他对皇帝的影响越来越大。当他被投入监狱，被残忍地鞭打，最后被判和儿子腰斩示众，恐惧占据了他的内心。当他们面临厄运时，李斯对儿子说：

"吾欲与若复牵黄犬俱出上蔡东门逐狡兔，岂可得乎！"

阴暗的灵魂，多么可怜啊！这一切都发生在很久以前。也许现在，他会站在包容全世界的伟大光环下，对所有那些曾经像他一样——相信人的本性是邪恶的，精神是可以被杀死的——的人，努力地提出劝诫和警告。下令或至少默许流血事件发生的昏君秦二世被人杀死并夺走王位，那个人想把王冠戴在一个更年轻、更温顺的人头上。在秦朝的宫殿里，每个人都只为自己的计划而工作，没有人彼此信任，所以秦二世落得如此下场也就不足为奇了；军队的领袖们厌倦了毫无意义的阴谋和刺杀，奋起反抗，把秦朝整个家族都赶了出去，并为空缺的王位而战。经过几年的奋斗，出身农民的刘邦成为辉煌汉朝的奠基人。因此，他自称高祖。但他的全称是汉太祖高皇帝，即伟大的祖宗、至高无上的君主，他认为这一宏伟的头衔并不是一个空洞的称呼，其中有深刻含义。

刘邦有着一个精明农民所具备的现实眼光，他深知不播种就不能收获比预期更多的庄稼，于是在暴虐的中央集权和腐朽周王朝过度的分封之间找到了一种折中之道。在不疏远贵族好感的情况下，他让弘扬美德和学习成为获得官职的唯一途径，以此设法控制贵族的权力。他也没有重蹈秦始皇的覆辙，即试图在仅仅征服的基础上建立持久的东西，不实施任何道德教化。他从中吸取了教训：统治人民的王朝，如果不能超越刽子手的剑、进击的军队和闪闪发光的金子所象征的财富，那它就会像泡沫一样成为幻影。他恢复了中国王权的基本思想,即构建祭司般的权威,沟通天神和人类,以谦卑和忠孝之心,向皇帝受命统治的国家传达上天的旨令。

在经历了这么多年的政治混乱之后,人们心中一定深深地渴望着某种精神上的庇护,某种可能被淹没的道德标准,可以长久锚定的安全中心。高祖知道在哪里可以找到它。为了让所有人注意到这些,他庄重列队来到孔子墓前,在那里冥想和献祭。

之后,在中原王国所有时期、所有地区的庙宇中,出现了圣人为之生活和劳碌的崇高思想。这些庙宇持久而美丽,因为它们的轮廓已经在少数被选中的人心中,酝酿了几个世纪。总是只有少数人才能够思考孔子的思想,理解孔子话语的含义,走上孔子所踏上的艰难而狭窄的道路。

有人说,当时在孔子周围建立的宗教倾向于使中国人的精神僵化,让他们戴上过于死板的正统观念的枷锁。但是美德的准则能被过分崇拜吗?正如我们所说,过于纯净的空气会让人窒息。对真正伟大事物的崇敬只能起到提神的作用。只有当一个国家的精神力量由于政治、社会、经济等完全不相关的原因而退化到无法真正得到尊重的程度时,其官方建立的宗教才会退化为一种形式主义,也许能扼杀仅存的几点独创性火花。但几个火花算什么呢?有一天,大火会再次燃起,把所有空洞的形式主义重新融入崇敬之中,为古老的智慧找到新的诠释,把古老的伟大再次注入真理和生命之中。

直到这一教义,在经历嘲笑和迫害之后,也被大众所接受,它就像一件外衣,用来向自己和他人隐藏他们贫穷的赤裸;变成优美的语言在耳边萦绕,用虚伪的圣洁的味道来迎合他们的嘴,但也只能迎合他们的嘴。真正伟大的教义很少能渗透到他们的舌尖之外,也很少成为他们生活的动力,成为他们内心的一部分。他们的血液太稀薄,无法承载崇高原则带来的负荷,需要的不是一个小时的全神贯注,而是每分每秒的全神贯注;不是一天的小心警觉,而是日日夜夜的小心警觉,在约束他人的存在中保持警觉,在孤独的自由中保持警觉。修建一座雄伟的庙宇来供奉孔子的灵位十分简单;把他的精神诚实贯彻到每一个计划中,把他的真诚、人道和无私贯彻到政府的每一个行动中,则是一项更为艰巨的任务。

当被问及孔子同时代的人为什么没有运用他的智慧时,汉朝儒家学派的哲学家扬雄如是回答:"用之则宜从之,从之则弃其所习,逆其所顺,强其所劣,捐其所能,冲冲如也。非天下之至,孰能用之。"

所有受启发的道德体系都是如此。尽管如此,公开宣布这种道德体系是一种人类行为或多或少都应符合的理想,将其作为衡量人类价值的标准,这是十分重要的。因此,当汉高祖清楚地把孔子的名字赋予一种神圣的精神,而这种精神已经无形地存在于少数被选中的人心中时,他极大地造福了人民。

汉惠帝是汉高祖的儿子和皇位继承人,他是一位仁慈、慷慨的皇帝,在这条明智的道路上走得更远。他撤销了禁止精神自由的法令,即秦始皇对古籍颁布的限制令。这代表着一股强大的文化复兴潮流。在空心的墙壁里、秘密的壁龛里、摇摇欲坠的小屋里、岩洞里、死人的坟墓里、活人的心里,一直保存的史书典籍和动听的旧时歌曲再次出现,令人欢呼雀跃,众多的古籍有些许残缺,但古人的智慧没有受到不可挽回的伤害,体积缩小了,完整性降低了,反而多了一道殉道的光环,让人们对他们可能失去的东西愈加重视。成千上万的人奋力把旧的文字复刻成新的文字,还有人开动脑筋,重新解读它们。

这是一次辉煌的文艺复兴,是一次民族精神的复苏,焕发出昔日伟大时代的活力和理智。一股鲜活的力量再次席卷大地。人们在艺术和文学方面做了许多有益的工作。伟大的史学家司马迁就是那个动荡时代的代表。修建道路、运河、桥梁,制定仁慈的法律,为消除北部和西部游牧民族对安稳中原地区的长期困扰,而开展声势浩大的武装行动;征服朝鲜半岛,开辟新的贸易路线——到处都在规划和执行伟大而有益的事业。

这在很大程度上要归功于这个王朝,它甚至产生了一个类似古代圣贤的君主——汉文帝。他身着朴素的粗布长袍,脚穿未经鞣制的皮鞋,一条简单的腰带系着一把未加装饰的剑。他厌恶各种奢侈和懒惰,坚持节俭和勤劳的工作,甚至要求皇后也是如此;他热爱学习,同情穷人;他意识到,与人类渴望做的事情和对从善的巨大需求相比,人类卓越的成就是如此渺小,他似乎已让伟大商汤的朴素美德再次显现。他全力支持慷慨仁慈的开明思想,废除了秦始皇制定的一项镇压性法律,并公告天下:"古之治天下,朝有进善之旌,诽谤之木,所以通治道而来谏者也,今法有诽谤妖言之罪,是使众臣不敢尽情,而上无由闻过失也。将何以来远方之贤良?其除之。"

有一年,日食把对天神的敬畏带进了所有人的心中。汉文帝,一位真正的帝王,深刻地意识到,在人类所能做到的最好之上,总有一位神灵要比人类做得更好。于是他颁布了法令:"乃十一月晦,日有食之,适见于天,灾孰大焉!朕获保宗庙,以微眇之身托于兆民君王之上,天下治乱,在予一人,唯二三执政犹吾股肱也。朕下不能理育群生,上以累三光之明,其不德大矣。令至,其悉思朕之过失,及知见之所不及,丐以启告朕。及举贤良方正能直言极谏者,以匡朕之不逮。因各饬其任职,务省繇费以便民。"

这一法令实际相当于召集议会,比如将"议会"这个词的原意理解为由各省向朝廷委派显赫要人,向君主陈述人民的不满,并就可行的补救措施或制定新法律向君主提出建议。只有建议,没有命令,甚至没有要求,仅仅通过自由讨论就排除了通过任何压迫性立法的可能性,像汉文帝这样急于与公众舆论保持联系的君主不太可能颁布不公正的措施。他的开明法令一定激发了人们对公共事务的正向兴趣。正是这种对被统治者的信任,这种对言论和思想自由的积极信心,使汉朝获得了如此长久的美誉,使其深受人民的喜爱,让如今的很多中国人仍然自豪地称自己为汉人。

由此产生的统治者与被统治者的精诚合作,也使汉武帝的继任者收获了相当好的效果。总的来说,这一时期很不错。汉人们拓宽了中华文明的传播渠道,为中国带来了新的财富,开辟了新的贸易路线和贸易中心。

然而,恶与善交织在一起。周朝早期的一位大臣已经警告过他的君主,不要过分看重外来品:"玩人丧德,玩物丧志。志以道宁,言以道接。"

但国际贸易往往鼓励人们在新事物中寻找乐趣。这样的贸易不正是经常通过滋生人们对烈酒、鸦片、武器、珠宝、女帽,以及各种无用或有害的东西的欲望,来获取最大利润的吗?创造需求!几乎没有任何有益的需求能使世界获得真正的好处。当然,在汉人时代,国际贸易还没有达到致人堕落的程度,而今天它在世界各地发动战争,带来苦难,只是为了摧毁一个麻烦的对手,垄断贸易路线,夺取宽敞的港口和埋藏巨大利益的矿藏财富。然而即使在那时,黑斑(现在已经发展成可怕的麻风病)已经开始在人们身上出现;实际上，这似乎与国际贸易是分不开的。

汉武帝对东京①发动战争，不是为了巩固他从未受到过威胁的疆域，也不是为了在野蛮人中传播中国古代圣贤的道德规范。对黄金和象牙的渴望是主要的诱因，但无疑被巧妙地标榜成国家需要和军事荣耀了。

在一首名为《花的复仇》的古老歌谣中，一个女孩在房间里堆满了精致的花朵，结果她在早晨死去，淹没在过量的花香中。就好像是为了报复获得财富所使用的许多基本手段一样，同样危险的麻醉剂也潜伏在获取的物质财富里，潜伏在堆积如山的稀有的昂贵物品中。金光闪闪、美丽诱人的女子，华丽的马匹，很容易让自律的人变得自我放纵，让节俭的人变得奢侈，让仁慈慷慨的人变得贪婪。对奢侈品的追求被激发到了极致，当权者们开始倾向于在新事物中寻找乐趣，忽视政府的严肃工作，忽视更崇高的人生目标。当国家意志的主要倾向是积累物质财富时，只有极其坚强和绝对理智的人，知道如何在欣赏价值时保持正确的观点，才能有希望避免道德恶化。大多数人逐渐地走向致命的危险，一次次地堕落，从贪图享乐到好逸恶劳，从饥渴到嫉妒，再到虚伪、贪得无厌、残忍无情；由此引起无情的压迫，可怕的叛乱，臭名昭著的侵略，以及所有恐怖的自相残杀和外部战争。

---

① 指越南北部大部分地区，下同。——译者注

第三章

汉武帝抛弃了古代的朴素，沉溺于穷奢极欲之中，让汉王朝走上了危险的悬崖。东方朔是一位诚实的谋士，他向汉武帝提出了抗议，并递交了如下建议：

"今陛下城中为小，图起建章，左凤阙，右神明，号称千门万户。木土衣绮绣，宫人簪玳瑁，设戏车，教驰逐，饰文采，丛珍怪，作俳优，舞郑女。上为淫侈如此，而欲使民独不奢侈失农，事之难者也。陛下诚能用臣朔之计，推甲乙之帐燔之于四通之衢，却走马示不复用，则尧舜之隆宜可与比治矣。……愿陛下留意察之。"

作为一个优秀的统治者，汉武帝对这种直言不讳的建议并不反感，但遗憾的是，史书记载他并未采纳这一建议。

然而，他将自己对建筑和收藏的热情投入到一座宏伟图书馆的建设上。汉武帝的后继者大都是意志力薄弱、智力平庸的年轻人，在他们的领导下，对帝国的奢侈行为提出抗议甚至也是一件危险的事。他们沉迷于享乐，被卑鄙的人，而非朝廷里最优秀的人物左右，如此辉煌的汉王朝变得越来越乏味、可憎。中国皇宫里经常出现的祸害是宦官，他们为了出人头地去逢迎最高权力拥有者最不堪的爱好，以便为自己攫取利益。就像在欧洲全民精神涣散的时代，各种各样的煽动者和腐败势力控制着国家的良知，迎合最差的口味以及公众最低级的本能，为了自己的利益而去利用它们。

但汉王朝偶尔也会回归稍好的状态。汉明帝（公元57—

76年在位）热衷于兴建学校、治理洪水。很难说他引入佛教是错误还是功劳。可能两者都不是，他的行动可能只是加快了一场必然运动发生的速度罢了。

汉明帝的儿子汉章帝在白虎殿召集了许多杰出的学者，来研究古代文献的变与不变，这些内容现在变得像犹太人眼中的《旧约》一样神圣。

在那座高耸的大厅里，雕刻着老虎的形象，阳光洒下来，照在巨大广场密密麻麻的草席上。里面一定是这样的情形：灰色的胡须在珍贵的文献上摇曳着，睿智长者的脑袋在竹简和古老的丝帛上摇晃着，他们的眼睛被书页上纷繁的内容吸引。然而，古代伟大帝王和圣贤们的生活智慧已经变成了书本上的知识，变成了只有学者才会涉及的领域，这也许是一个不祥的迹象，就像统治阶层越来越喜欢奢侈一样。果然，在汉章帝死后不久，倒退的速度越来越快。曾有一段时间，宦官们杀害了他们最棘手的对手，其中一些人仍然渴望政府廉洁；另一方面，军队对这些堕落生物的势力感到愤怒，组织了针对宦官的大规模屠杀。正如所有这些以屠杀作为报复的丑恶案例一样，正当惩罚的理念很快被遗忘，淹没在滥杀滥伤的血腥中。许多无辜的生命和有罪的人一起被摧毁，而邪恶的根源却完全没有受到影响，一有机会就可以自由地长出和以前一样的毒芽。杀戮的欲望一旦释放，在杀死最初的受害者时就会被激起，而不是被满足，最后变得无法平息。

很快,整个首都陷入鲜血和战火中,内战猖獗,辉煌的汉王朝四分五裂。成群结队的掠夺者、赤眉军、黄巾军、外国侵略者、军事独裁者、影子皇帝、幽灵王朝、三国鼎立、南北方间的分裂、鞑靼人和中原人之间的纷争,以及关于战争、谋杀、背叛、篡夺的谣言——这是一场持续三个世纪的噩梦。在所有这些野蛮阴暗处激起的旋涡里,主角们都十分模糊、虚幻。毫无疑问,他们非常自以为是,但是没有任何内心的力量。当回首往事时,人们试图重建他们的生活故事,但他们几乎化成了无名的尘埃。

汉后主,汉代统治的最后一位代表,经废黜后被封为安乐县公。他被轻蔑地扔在酒坛和女人中间,为一个道德更高尚的人——如果道德不高尚,也起码是精力更充沛的人——腾出空间。事实上,统治者似乎没有什么道德可言。常年战乱的时期,军队不再是服从正义的仆人,而成为凌驾于正义之上的霸主,这样的结果是不可避免的。

真是一段令人叹惋的时光。

人的善良在那时也是徒劳的,会被机械的规则、固有的信仰所困住,就像短命的梁朝时期,对宗教十分狂热的梁武帝一样。他并没有像一个身处壮年的人那样,对自己的职责充满强烈的责任感,反而渴望寺院的宁静,在那里他喃喃自语着"唵嘛呢叭咪吽",沉思着虚幻的勤奋生活,凝视着香柱和莲花;他可以为人民的福祉向一些高耸的菩萨祈祷,这是他的使命，通过自己的努力来达到。但所有真正的使命感都消失了。天命凄惨地落在地上，时不时地被这位或那位统治者拾起。他们穿着华丽的旧式龙袍，在华丽的皇宫里显得很高贵。他们甚至每年都要向上天、五谷和土地的神灵献祭。但这些神灵已经退入深渊——他们不会被这双亵渎之手献出的祭品所打动。在人们内心深处，他们默默地工作着，不停地从现在的一切苦难、分裂和疾病中，汲取营养和力量，创造新生，开创新时期、使人们重获新生。残酷的冬天终于结束了，在这个饱受折磨的国家里，开出了春天的花朵。这是最可爱的春天，对它来说，所有的暴风骤雨都是必须经历的苦难。唐朝登上了历史舞台。

第四章

中国的历史在周朝之后终于迎来了突破,迎来了最伟大的时期,走出了无星之夜的黑暗,走出了令人愤怒和厌恶的红色黎明。

又一位真正的皇帝出现了;天命不再是一种无形的影响,而是一面高举的正义旗帜,一面象征着国家和谐与安全的旗帜。凡被拆散的一切,又重新凝聚在一起;凡被推翻的一切,又重新被建立起来。在政治、艺术、诗歌、工业、贸易中,在人类健康活动的每一个分支中,生命实现了惊人的复苏。春天的活力再次在民族的脉搏中跳动,而欢快的音乐也在每个人的心中唱响。

唐朝第二位统治者唐太宗的出现,似乎让所有古代模范皇帝的伟大灵魂都再度苏醒。这个时代的人们格外优雅精致,他们举止得体、感情细腻,且有着可靠的艺术鉴赏力。

唐太宗的军事天才让他从父亲手中接过王位。他带领着一支纪律严明的军队,严格禁止军队欺压人民。一群又一群雄心勃勃的冒险家在全国至少十一个地方建立了割据小国,但这些地方割据仅仅是勒索和淫乱的中心,对社会福利无动于衷,而唐太宗也将他们接连打败了。最后,经过五年的行军和战斗,那些曾以压倒性的人数和资源为优势的邪恶势力终于被击溃了。胜利最终属于正义的一方,属于一个强大而团结的中国,她不受外来侵略,也不受内部纷争的困扰。唐太宗登基前,世人都用他的名字李世民来称呼他,他得胜后回到了他的父亲高祖建立的首都。

胜利的军队骑着战马,沿着通往宫殿的宽阔大道行进,左右分别是青龙和白虎的旗帜,无数的三角锦旗和长旗上印有色彩鲜艳的图案,在闪耀的长矛上迎风飘扬。

他们因此获得了丰厚的战利品——投石车、华盖、战车、残破的旗帜、受伤的人,与战败者之间不可调和的矛盾、长年战争造成的废墟……战俘们即便保持着正常人的外表,但仍然垂头丧气地拖着不情愿的脚步。所有屠杀和掠夺的狂热,曾经让他们快乐地吃着别人的血肉,而现在自己却被困住,身体和鲜血不断被吞噬消耗。

还有很多带伤前行的士兵,他们身上战斗的痕迹被风侵蚀着,露营地的泥土深深陷入身上的行军装备中。但在他们的脚步声中,响起了成功的节奏,他们的脸上闪烁着感激的光芒,感恩他们仍然活在这片神奇的土地上,再次呼吸家乡熟悉的甜美空气。

更多的战利品——宣告着死亡,挑衅着蔑视,象征着权力——在大街上被缓慢地拖行着,它们只不过是旁观者的玩物和游手好闲者的虚荣。

还有更多的骑兵——迈着坚定稳重的步伐向前行进,一支又一支马队中,马匹和骑手们闪耀着钢铁般的光芒,马鞍上泛着天鹅绒的光泽,马臀部的毛色也齐整发亮。

突然间,音乐如同锋利的闪电一般,点燃了整个游行队伍,从人群的头顶传到房屋的窗前,从高处的屋顶一直传向空中,成百上千的鼓、锣、铃铛齐奏轰鸣,与响亮的号角声、刺耳的笛声一起,演奏出胜利者的进行曲,歌颂着和平。它有力的和弦,胜利的和声,拍打着众人的心,他们欢欣鼓舞地高喊着:"李世民!"

李世民骑着马走进人们的视野,他的盔甲闪着金光,他那锋利的剑停在剑鞘里,剑鞘上点缀着神圣的宝石;他的眼睛注视着危险、死亡和荒凉,却从未忘记这一切的羞耻、怜悯和悲伤;他渴望并努力争取到了胜利,不是因为他的灵魂因虚荣的征服欲、仇恨和疯狂的复仇欲望而干涸,而是因为所有被战争诅咒的人类苦难都在他血液中哭泣并隐隐作痛,因为他从自己幻想的丰满中渴望还给世界和平与善意之光、理性的喜悦,以及慈悲和正义。

他孤军奋战,以一敌百。

在他身后,被锁链束缚着的是一股混乱的力量——王子、大臣和将军们。因为贪婪、恐惧、报复或仅仅是心神不宁,因为空气中弥漫着的战斗之声,每一阵风中都飘散着鲜血的气味。所有人都获得了掠夺的机会,他们点燃了战争,把更多的受害者拖进了战争的邪恶轨道,使其继续燃烧。现在他们被控制住了,战火被熄灭了,开启了美好的疗愈之旅。当李世民骑马经过人们身边时,两边的人群都感到某种伟大、强大又真实存在的气场,人们的心中不禁生出敬畏。

李世民骑着马继续往前走,来到他祖先的庙宇里,远离成千上万双紧盯他的眼睛,来到逝者的面前——他们虽看不到任何人,却拥有一切。

李世民遵循仁义孝顺之道,来到祖先面前报告自己取得的诸多胜利。对于大街上熙熙攘攘的人们,这些胜利看起来是如此伟大,如此值得宣扬。在静谧的神龛里,一层蓝灰色的烟圈从圆形的古老青铜香炉里袅袅而出,那些石碑上刻着的名字,曾经也像他一样精力充沛,但现在却完全消失了,子孙后代也无法重现他们的容貌,再也记不起他们那微弱的耳语。在这里,世间所有的胜利都变得出奇的轻盈,如同瞬间结束的琐事。面对死亡的平静和广阔,一个人所能做的最好的事是什么呢?然而,在这种庄严的背景下,只有最好的结果才能被接受。

李世民叩首以表感恩,因为祖先传授给他的不屈不挠的毅力、对公益事业的无畏奉献,已经发展为名望和权力——但仍需谦卑,因为取得胜利很难,因为失败曾经在胜利周围徘徊，甚至现在仍在伺机而动，等待任何不明智的得意忘形，以及厌倦善举和放松警惕的可乘之机。神灵一直庇护他，他也发誓要忠于神灵，使他们赐予自己的名字永远闪耀光辉。当李世民再次抬起头时，他感受到的大地的美丽、力量和神圣，以及战争年代的压力和恐怖，都鞭笞和燃烧着他的灵魂，融合成一种坚定的决心——决不把权力建立在残酷的征服之上，使其伴随着恐惧和仇恨，酝酿着反抗，唯一正确的做法是把权力建立在最无法抗拒的主张，也就是无私的仁爱之上。

没有人胜利，没有人被践踏。

必定是由于伟大的宽恕和遗忘，所有的人坚决地从邪恶的黑夜转向欢乐的黎明；所有粗糙且厌倦破坏的力量，再次变得强大和顺从，最终绘制、建立并创造出一个真正伟大、丰富、充满人情味的世界。

而李世民在先祖简朴殿堂里的梦想，在他闪耀的龙椅上实现了。他不得不使用比他选择的更严厉的手段。邪恶的力量永远不可能都被束缚在锁链里，总是有少数漏网之鱼，快速增长着邪恶的力量。由于邻国势力强大、咄咄逼人，边疆形势急迫，需要进行更多的战役。但总的来说，命运还算仁慈，使他得以实现其崇高的执政原则。像所有中央王国的杰出统治者一样，他孜孜不倦地学习，并对孔子的思想笃信不疑。

他曾昭告天下:"百行之本,要道惟孝。"孝道是儒家学说的核心,以谦卑的崇敬态度来看待人生的源头和寄托。

惟冀遐迩休息,得相存养,长幼有序,敬让兴行。其孝义之家,赐粟五石。高年八十以上粟二石,九十以上三石,百岁加绢二匹。妇人正月以来生男者粟一石。鳏寡茕独,不能自存,逃户初还,家无粮贮,州县长官,量加赈恤。

老有所依是母性的恩赐,这些欧洲仍在考虑的事情,是中国皇帝基于传统和社会基本需求深入研究的结果。李世民还要求地方官员,允许对长辈尽孝的杰出代表,在他们的家门口题写上硕大的"孝"字,以示光荣。

奇怪的是,西欧自身迫切需要构建一个禁止虐待儿童的社会,竟然还把自己的传教士强加给一个如此乐于尊重和平美德的民族,这些美德比战场上短暂的英勇更具持久价值,需要比战场上短暂的英勇更坚定的自制力和勇气,而只有信奉基督教的君主们频繁地用战场上的英勇来文饰自己。幸运的是,尽管基督教传教士在唐太宗统治时期第一次出现在中国,他们却没有受到后来不得不服从清朝皇帝非分要求的骚扰。一块为颂扬这些传教士而立的石碑一直保存至今。但独特的神学没有给人留下任何印象。当时中国的教育和智力水平都非常高，唐太宗在传播古代经典方面做了很多工作。唐太宗在自己宫殿覆盖的范围内设立了许多大厅，以便存放书籍，供学者和学生使用。在一些特定日子，公众在规定的时间内可以聆听对经典文本的评论——有时还是皇帝亲自给出的评论。唐太宗创立了国子学，培养出一万多名学生。外国的国王们也欣然将自己的儿子送到那里，学习中国的伦理和学问。

这条路是为盛开的文学和艺术之花所铺设的，而唐朝也将因此而闻名。这种繁荣不仅是源自书籍数量的增加，开放学校和书院，更是由于唐太宗向国家注入了辉煌灿烂的自由风气。他的政府对外或许仍然保持专制，但是他臣民的思想活动却十分活跃，这种所谓的在专制中注入的自由，比一个智力迟钝的民族从议会政府获得的自由要多得多，无论议会政府理论上建立在多么民主的模式上，都无法与其比拟。

这是一次伟大的重建，也是一项伟大的创造，由李世民自己和人民共同完成。他们修建或整修了道路，开凿了运河，并排干了沼泽。一支装备精良、纪律严明的军队保护着人民，让农民得以收获其耕种的粮食，让工匠得以专心劳作，让艺术家得以发挥灵感。刑法被简化，刑罚也减少了，公共安全得到加强。不会再有极端的惩罚引起不惜代价的战争，危及各个层面的安全。不管一个人如何罪孽深重，夺走一个人的生命都被认为是一种严肃而庄重的行为，不能轻率实施，需要各种保护措施，以防止操之过急并带来不公正。唐太宗颁布法令，在批准执行死刑之前，皇帝应禁欲、禁食并冥想三天。他非常害怕缩短任何其他生物的生命所带来的罪恶感。

唐太宗在临死前告诫儿子这些道理：要公正，但最重要的是要人道。控制你的激情，你就能轻易地控制你臣民的心。你的好榜样远比严格的法令更能促使人们履行他们的职责。少惩罚，多奖励。你可以马上给予的恩惠，不要等到明天才给予；而施与惩罚时，要等到你完全确定是罪有应得时再行动。

这就是唐太宗在公共事务中赋予的精神。唐太宗的精神真实地表达了几个世纪以来人们沉默的心灵中所珍视的理想，而不仅仅是夸夸其谈、奇思妙想出来的最新理论，且在几十年来一直保持得很好，尽管他的继任者中没有一个能像他一样伟大，甚至稍逊于他都达不到。最糟糕的是那些软弱的人，他们在巨大道德责任和诱惑的双重压力下挣扎着，彻底抛弃了道德。最优秀的是诗人和艺术家，他们大多有足够的智慧来挑选诚实和独立的人，从事真正的政府工作。他们并没有为巩固王朝做太多的努力，但他们哀怨的低语，激昂的热情，让优美的诗歌萦绕着世界，他们倡导的艺术树立了永不消逝的美的典范。

然而，可悲的命运反复出现，似乎是植根于事物本质的法则。唐王朝，如此辉煌的黎明和顶峰，陷入了黑暗的云雾中，被奢侈、偏袒、谋杀、阴谋和毒害所笼罩。再次出现了宦官暴政，接着是宦官屠杀；松散的军队纪律，令各省的大官员对中央权力的蔑视与日俱增。朝廷陷入虚弱和昏昏欲睡的状态，时而由太监、僧侣或野心勃勃的将军（通常是野蛮人出身）统治；自私自利的分裂势力，突然从沉睡中完全清醒过来，并准备再次将帝国撕成碎片，每个人都可能窃取一小块猎物并将其吞食。

北部和西部出现了不祥之兆，鞑靼人、突厥人和契丹人的势力正在聚集和膨胀，准备加入并争夺唐王朝正在瓦解的领土。唐王朝最后一位皇帝的父亲被暗杀，而他被谋害父亲的凶手推上了王位，并在王位上战战兢兢地度过了两年。后来他也被迫下了黄泉，而杀害两位皇帝的人以天子来称呼自己，自诩为新王朝的创始人及皇帝。但他只留下了名字。伟大的事情是他沾满血迹的双手所无法企及的。他的亲兄弟称他为卑鄙的小偷和叛徒，他的亲生儿子结束了他的恶行。

这个弑父者最终被自己的弟弟杀害，他的弟弟与其说是为了替父报仇，不如说是为了夺取父亲的遗产。这样的弑兄并没有受到庇护。他被称为末帝，其家族的最后一个君主。另一个觊觎皇权的人向他发动了战争，用一场野蛮的、反人类的战争作为了结。显然，他比他想赶走的人更懂得杀戮，更懂得焚烧城镇和村庄。当敌军爬上首都的高墙时，末帝，这位正处在至暗时刻的可怜君主，哭着要求他的随从杀死自己。随从对这件事毫无准备。于是,这部紧张激烈的闹剧拉开了帷幕。但这一点也不有趣,因为所有的主演都是恶棍,更可悲的是,缺少一个令人振奋的,先被压迫但最终取得胜利的英雄。这场戏花了十七年才演完。

  胜利者是突厥人的后裔。身居高位的外国人——这就是汉人们必须接受的惩罚,因为他们默许了腐败的宦官制度,默许了令人萎靡的迷信,默许了堕落的佛教僧侣制度带来的沉重代价,默许了他们对古代是非标准的漠视。而这些外来人只是半文明、半野蛮的人。这个发起进攻的王朝中有一位统治者,甚至连他自认为即将统治的人民的语言都看不懂。由于没有在这个国家扎根,这个王朝在另一个冒险家对其发起的第一次强硬攻击中倒下了。但是这位新皇帝的主要力量来自契丹人的保护,契丹是通古斯部落,占领了整个中国北方,这种变化几乎没有让情况好转。

  如此多的外国野心家吞噬了最高政府机关,政治生活也变得愈加狂热。每一个拥有财富和影响力的地方长官,每一个有地位的将军,都成为争夺至高无上权力这一疯狂梦想的牺牲品。选举产生的总统职位,通过适应在特定的时间间隔内周期性地重演,可以或多或少地控制这种精神错乱,但对于可怜的中国人来说,这种机制还没有形成,他们没有治疗各种社会弊病的灵丹妙药,只是将权力从一个朝代移交给另一个朝代,并接受了欺骗和不当管理,在不到半个世纪的时间内更换了不少于五个朝代（所谓的五代）。直到最后，一个更适合统治的人——他的才能并没有被他的雄心壮志所超越——在汹涌的旋涡中证明自己不是一时闪光的泡沫。

事实上，远不止昙花一现的辉煌。对于艺术、哲学、学术和生产等领域来说，宋朝就如同富足、温暖的盛夏，让唐朝早期春潮中辉煌灿烂的花朵和果实成熟。虽然就边疆而言，无法完全消除唐末五代政治军队无能的恶果，边疆仍在经历不祥的缓慢萎缩，然而在天命归于宋朝的三个世纪里，中国人民充分享受到了一个明智而人道的政府的恩赐。因为宋太祖赵匡胤，宋朝的第一个皇帝，奠定了深厚而良好的基础。他并未将国家建立在暴力和单纯武力的"流沙"之上，而是建立在忠诚的领导人和人民感情坚硬的"岩石"之上。他的宫殿大门一直朝天空敞开着，这样皇帝的居所就可以像他的心一样，向那些被压迫的人敞开。

赵匡胤曾说过，人的生命是地球上最宝贵的东西。在剥夺任何人这一无价的礼物时，都应极其谨慎，以确保这样做完全符合法律、正义或最迫切的需要。

因此，他剥夺了地方政府执行死刑的权力，任何涉及死刑的案件必须由刑部复审之后才能实施。赵匡胤还为美化生命付出很多努力，使其更加高尚，他精心守护万物生灵。各地的学校都被重建或新建，无知的行为则往往在军队更常见。唐朝把科举考试作为所有官员上任前必不可少的资格条件，并将其扩大到军官的选拔。经典著作被重新出版。实际上,在整个宋朝时期,古籍的印刷、复制和收集,历史年表的制作和收集,总结百年来哲学体系中的思想和经验,汇总历史巨著,复制和延续唐代艺术家的杰作正狂热地持续着,就像暴风雨的乌云在地平线上越积越黑,人们匆忙把庄稼收回家;就像在阳光明媚的安全时期,当没有被拴住的恶犬发出第一声不祥的嚎叫时,人们锁上金银财宝一样;就像台风临近,随时准备爆发摧毁一切时,人们关上船只的门窗,封上贵重货物的舱门一样。

几乎所有的宋朝皇帝都是学者和艺术家慷慨的赞助人,并努力履行统治者的"十诫",这是一位睿智的老臣送给其中一位皇帝的:

(1) 敬畏上天。

(2) 热爱人民。

(3) 德行完备。

(4) 学习智慧。

(5) 赞扬美德。

(6) 接受建议。

(7) 减少税收。

(8) 适度惩罚。

(9) 避免铺张浪费。

(10) 禁止自我放纵。

导致宋朝倒台的不是帝王们内心的腐败，而是来自外部的巨大压力。即使是长城这样雄伟的建筑也只能提供一个喘息的机会，却不能防止入侵。安全完全取决于军队的力量。在分封时代精力充沛的将军卫士的带领下，在秦始皇开创的中央集权时代强大君主的带领下，危险被挡在了一边。但一旦防御出现松懈，危险又会从大草原深处跃出，把恐怖的战争和征服倾注在不幸的中国人身上，无坚不摧。

唐朝灭亡后的混乱时期，契丹人征服了整个中国北方。最有才能的宋朝皇帝试图赶走他们，同时也意识到他们统治的中国残缺不全，在被剥夺了最宝贵的招募强壮北方人的场地后，势力已经被大大削弱，面临着危险。但是宋朝的皇帝们失败了，渐渐地陷入无力的顺从状态，给了他们不受欢迎的邻居一份所谓的礼物，但实际上是贡品：三十万匹丝绸，以及三十万两银子。如果它真的能成功地换来和平，那这份代价未免也太小了；如果它有助于加强敌人的吞并计划，那损失就太大了。

正如经常发生的那样，没有远见的外交，自以为深谋远虑，只会让局势陷入程度更深的危险。为了粉碎最近的敌人——金人，宋朝政府采取了一种棘手的对策，与一个更遥远但更强大的国家结盟。结果，尽管眼前的敌人被击溃了，蒙古帝国却在长城内站稳了脚跟。在成吉思汗巨大能量和过人军事天赋的加持下，他们可以把草原上的全部人力倾注到中国大地上,变成一种追求速度、效率和广度的征服工具。自那以后,蒙古帝国的势力范围之大,只有英国海军才能与其相提并论。同样,像英国海军一样,蒙古帝国一开始并不是出于自卫,或整顿开放边界的危险,才开始其胜利事业的,而是出于强烈的统治意愿:他们发现家乡的范围太窄,无法充分满足其统治欲;还出于对财富贪得无厌的渴求:通过攫取或控制他人创造的财富,比脚踏实地通过几代人的辛劳和节俭创造财富要更快。二者都破坏了亚洲古老的梦幻般的和平,二者都像击打保龄球一般,以迅捷和精准的打击,击倒了古老的王朝。除了强有力地控制了地方争端,并为国际交流的范围和便利程度带来显著提高之外,对于这场动乱,以及对弱国的过度羞辱,双方都没有得到太多其他好处。这有利于贸易,尽管对于二者来说,被征服民族购买力的大幅下降,是否能完全由征服者的增幅所弥补,至少是值得怀疑的。蒙古军队的残暴无情(与英国海军完全不同,其摧毁行动从来不超过为确保胜利所必需的)一定使可供分配的财富减少了90%。在他们骑兵的铁蹄下,西亚和东欧变成了一片硝烟弥漫的废墟。布哈拉,曾经的科学中心,被化为灰烬,梅尔夫被洗劫并焚烧。尼沙普然的数千人口中,除了四百名工匠之外,没有人得以生还,这些人被拉去为蒙古帝国工作,这些征服者太无知了,没法自己完成工作。关于波斯,马可·波罗写道,波斯在古代非常显赫和强大,但现在入侵者糟蹋并摧毁了它。哈马底以前是一个伟大而高贵的地方，但现在已经没有什么意义了，因为蒙古军队入侵时曾多次踩躏过它。从前路上有许多人居住，现在却没有了，在草场上只遇见几个放牛的人。

也许几年后，平静安稳下来时，途经欧洲的旅行者会用非常相似的词语来描述它。

关于东边的西藏，马可·波罗这样写道，经过五天的行进，你便会进入一个遭受严重破坏的省份。这种破坏是蒙哥汗发起的战争导致的。确实还有城镇、村庄和小村落，但都遭到了骚扰和破坏……旅行者用竹片生火，以保护自己和牛不受到野兽的伤害，这些野兽自乡村遭受毁灭以来就开始大量繁殖，防止其领地再次被占领。

他是一个友好的见证人，可汗宫廷的雄伟令他眼花缭乱，但他绝不想仔细打听这样的辉煌是如何取得的。

通过一场大规模的包围运动，蒙古帝国征服了中国北方、云南、西藏，以及越南北部的东京，才完全暴露了他们对宋朝的图谋。然而，一个有能力的政府本可以很容易地预测到蒙古帝国的威胁，并及时做好防御准备。因为面对如此巨大的困难，如此庞大的军队，如此精心策划而步调一致的进攻计划，从黄海到波兰，从西伯利亚北部到印度河和波斯湾一路征集士兵，只有经过几年最艰苦的准备，才有可能确保防守成功。

不幸的是，由于蒙古帝国拥有强大的舰队，中国人却没有腓特烈大帝一样的领袖来抵御灾难，因此受到了来自北方和西方，甚至来自东海岸的威胁。1225年，蒙古帝国把中国西北的西夏王国变成了一片"尸横遍野"的荒野。前一年，宋理宗登基，他信奉一种随波逐流的政策，但它的真正来源或许根本不是古代圣人的教导，而是缺乏能量的表现，正是在皇宫精致但过于奢华的环境中，在精致如画般的仪式中优雅地例行公事，以及无穷无尽的乐趣所培养出的一种懒散性情。宋理宗于1264年驾崩。同年，忽必烈——最优秀的成吉思汗的孙子——打败了一个兄弟，巩固了属于自己的王位，而这王位下已经堆积了他祖父获得的不计其数的战利品。

如果说宋理宗信奉随波逐流，那么他的继任者宋度宗则沉迷于更为致命的快乐。毫无疑问，他看到了迫在眉睫的危险。这种危险已经达到了令人震惊的程度，绝不容再忽视。但他从中得到的唯一道理就是："及时行乐，说不定明天就死了。"本该花在加强防御上的时间和资金，在个人放纵的虚无烟火中燃尽了。这样的享乐持续了九年，之后宋度宗驾崩，他也许会庆幸在烟花还没有完全消失的时候被叫走。

"身后之事与我何干！"

之后滔天洪水便降临了，黑暗、恐怖吞噬一切，比路易十五鹿苑之后的革命来势更快。1267年蒙古军队开始围攻襄阳和樊城，1273年以南宋的战败告终。随着这两座城市的沦陷，通往首都的道路敞开了。似乎宋王朝还没有准备好第二道防线，显然烟花不能再像往常一样绽放了。孩子们甚至也不得不停止玩耍。因此，宋度宗无所作为的一生彻底失败了，他的一个儿子，也就是宋恭帝赵显，一个可怜的十岁小孩，被迫远离自己的游戏，登上了王位。这个王位现在只不过是一根危险的柱子，一块通往死亡的踏脚石。他对父亲的哀悼很快就变成了对整个帝国的哀悼。

他作为摄政王的祖母试图安抚敌人，她提出只要不让她一无所有，可以接受任何条件，但敌人还是选择夺走了所有的东西。

但忽必烈的最终目的是"瓦解中原帝国"。"蒙古统治"不能被中原歌声扰乱。于是，一浪接一浪的蒙古骑兵涌入肥沃的中原大地。巨大的石弩、投石机和弩炮，已经攻克了两个防御要塞，还被拖到了其他人口稠密且繁荣的城市的城墙边。他们可以投掷重达 166 磅[①]的石头，并打出 7 到 8 英尺[②]深的大洞，这些武器由波斯人创造。军火弹药似乎已经成为一个世界性的产业，制造者可能比那些不幸的人更有利可图，而这些人正是他们用致命子弹瞄准的对象。

城门震动，城墙倒塌，饥荒来临，瘟疫袭来——敌人蜂拥而至，街道上血流成河。写起来很容易，但画出来就很恐

---

① 1 磅 = 0.4536 千克，下同。——译者注
② 1 英尺 = 0.3048 米，下同。——译者注

怖了。在一堆被砸毁、撕碎并践踏的赃物中（因为发现没用或太重而无法带走），在破碎的门后，被损毁的房子里，有被杀的人、半死不活的人，以及幸存者，惊恐地蜷缩在杂物堆中，他们爬进了黑暗的地窖、角落、院子、蓄水池里，因饥饿、痛苦、恐惧而发狂。空旷的街道臭气熏天，令人作呕，还有一摊摊红色的、恶心的"东西"，这些"东西"曾经是有用的、过着自足生活的人。两边都是废墟：简陋的住宅，伟大的宫殿，众神的庙宇，被战争烧毁、掠夺、亵渎了的大道，蒙古骑兵的铁蹄在世界上最勤奋、最诚实的人们身上碾压而过。

一些部队留下来加强对已征服地区的控制，大多数部队向一个又一个新城镇进发。抵抗变成了恐慌、逃跑、自杀和投降。摄政皇后和小皇帝——也许是希望借此避免更多的流血牺牲——把自己交给征服者，被当作囚犯押送到了北方的元大都，据说他们死在了那里。没有什么事情值得人再活下去了。他们的投降毫无用处。忽必烈想要的不仅仅是中原帝国在军事和政治上的灭亡；他想要永久控制其财富的来源，控制中国南部港口、印度和黎凡特之间庞大贸易产生的所有费用；控制渔业、金矿、铜矿等——简言之，控制他们一切渴望的东西，这些东西是世界和平与正义的厄运，使人们的刀剑更加锋利，弩炮的使用也更加频繁，远远超过了不因贪图利益而产生的真正的爱国主义。爱国主义，对自由的热爱，是宋人在日益不平衡的斗争中所保留下来的一切,他们又坚持了三年,反对这场艰苦的战争,直到宣布最后的胜利——这是唯一能使宋人满意的东西。

宋人成功了。

不可避免的结果随之而来,宋人切断了亚洲地区持久重建的基础。征服者给宋人带来的极度屈辱,使宋人对征服者充满无尽的仇恨,直到他们把敌人赶出自己的国家,解放敌人征服的每一个人,在自己的国土上狠狠地打了敌人一顿,使敌人的这一分支比他们那短暂的、完全不道德的征服生涯之前,更加贫穷和卑微。然而,像往常一样,报应只会追上征服者的后代,而不是降临在那些对不幸的宋王朝犯下罪行的人头上。忽必烈没有预言的天赋,甚至没有政治家的远见。他只是为了掠夺,只是为了使他对亚洲的统治像之前基于武力的统治一样完整。他可能从来没有想到过这种统治是"短命"的。他那半开化的头脑也不能理解这样一种观点:在一个充满旧的既定主张(建立在一代又一代人和平劳动的基础上)的世界里,不受控制地发泄对权力的欲望和征服的渴望是一种愚蠢的犯罪行为。他不觉得良心不安,也不需要伪善。至少没有这样的一段记载,称他垄断了亚洲贸易路线,他对一个高度文明的独立民族发起攻击,对自由、正义、文明等修辞幻象进行冷酷的讨伐。战争只能对真正的自由、真正的正义、真正的文明造成最严重的伤害。出于多数人利益的考虑，如果蒙古铁骑在踏上中原土地之前就散落在自己的沙漠里，情况会好得多。

正义站在宋人那一边，他们在自己选择的王朝统治下，在仰仗祖先通过劳动开拓的领土上，为自己的独立斗争，争取按照自己制定的法律和习俗生活的权利。文明也是如此。国家富强，人民安居乐业，年轻人可以上好学校，病弱、贫困和老人有医治和收容的场所，人们对诚信有很高的要求，并将其推行至全天下，童叟无欺，夜不闭户。

但是草原上拥有强悍武装的部落比文明更强大，装备精良的蒙古铁骑比正义更强大。忠心耿耿的陆秀夫将军试图阻止这一危险，但也只是徒劳。他只能拖延，无法阻止厄运降临。另一位宋朝皇子宋端宗，是宋朝末代皇帝的哥哥，他被封为天子时也只是个小孩。但是，在一个充满悲情和冤屈的时代，这些似乎令人费解，就像笼罩在所有人身上的一层薄纱，里面的一切都是黑暗、沉重和痛苦，天国变得遥远——像传说一样遥不可及。现实则是战争、屠杀、创伤、失败，最终逃跑。又一次集合，又一次战斗，更多的屠杀、伤害、逃跑和失败。这种情况持续了好几个月，甚至好几年。他们越往南逃，防线就越来越薄弱，直到危险的边缘，最后他们漂洋过海，逃到一个岛上。小皇帝在船上。但即使是大海也与错失伟业的人们对着干。一场台风吹来，他们遭遇海难，天子险些溺水，但不知何故获救，被拖回安全地带。但死亡仍在追赶着他。苦难和恐惧太多了。可怜的小皇帝,看见阳光透过痛苦的薄雾照下来,他在极度疲倦中闭上了双眼。

如果有意识的生活只意味着战斗、失败、逃跑和恐惧,那么无意识就会更好。于是他高兴地回到这样的无意识状态,仿佛那是一张柔软温暖的、等了他整整一天的床。

现在只剩下最后一位宋朝皇帝赵昺了——他那时7岁,还那么小,正是可爱的年纪,圆润的面颊、柔软的皮肤、嘴角的笑容;少年时代的眼神里闪烁着的率直无畏的光芒,在奔涌的血液中悸动、燃烧。

他想,要是这样该多了不起:众人都在他面前鞠躬,他被允许坐在那张漂亮的红漆椅子上,还记得那把椅子曾被摆在宫殿里一个硕大的绣花华盖下面——他和他的兄弟曾经在半夜被带离这座宫殿,匆匆忙忙地上了马车,车上窗帘紧闭,一句话也不能说——火把微弱的光在马蹄声中闪烁,马具反射出银色光亮,寥寥几颗星星透过阴暗的大门闪烁着冰冷的微光。有人紧紧抓住他的手,并哭了起来——在他的想象中应该是个老太婆;实在太困了,他已经忘了是谁——他们把车驶进了黑暗中。不知何故,从那以后他们似乎一直在驶向黑暗。

为什么会这样?

他们应该留在皇宫里。那是一座美丽的宫殿。他可以想象其中的一部分:可爱的花园,有凤凰山和新月崖,还有云彩洞,这些都只是捉迷藏用的;在一片假山上,人们假装是强盗,从那里冲出来,让他们尖叫。还有大理石庭院,白玉深缸,里面满是他抓不到的金鱼,鱼儿飞快地窜来窜去,圆圆的眼睛总是睁得大大的。宫里有无数的通道,阳光照在他鲜艳的绸缎外套上,透过画满鸟、蝴蝶和花朵的透明丝绸,变得温暖香甜。房间,房间,还是房间;有些房间很大,他从来不敢独自进去。那里有巨大的柱子,天花板上深邃的雕刻总让他找不着方向,它们实在太高了,上面还有金黄色的动物纹饰,他不知道这是仙境的入口还是天堂的大门。

在墙壁上,在金色的背景上,映着一张张面孔和一身身龙袍。他知道那些人属于皇室,因为他们和他父亲穿着一样的衣服。但那些画中的皇帝似乎更适合这些人。他们直直地站着,眼睛盯着他从大厅的一端到另一端,好像要问他什么,或者因为某些原因在责备他。然后他感到羞愧,因为他实在太小了。但是有一个他喜欢的人,他从不害怕。他跪在祭坛前,身后是高大的树木,人们裹着长长的白色布条。他在祈祷。他可以看透孩子们的内心,当他们不开心的时候,他会感到难过,因为他自己非常不开心——但他又那么坚强,那么聪明:他似乎知道书本上的一切,而且还不止这些。

一个声音从这位年幼太子的头上传来:"这是商汤,伟大的皇帝,他为了救人不惜牺牲自己。"

当皇帝就是这样吗?时刻准备为自己的人民而死,他不能想象自己的父亲会这样死去。他周围充满了欢笑和音乐，仿佛太阳总是照耀着他。商汤做皇帝的方式似乎不同，更像是一个人看着星星，想知道星星的尽头，谁数出了所有的星星？那个"我"又是谁？似乎有黑色的围墙在商汤周围，但他却能看到非常美丽的星星。如果他要成为皇帝，应该选择商汤的方式，而不是他父亲的方式，虽然他懂得谈笑风生固然好，但死亡也注定很可怕。商汤并不是真的死了，至少在他很老的时候才死去，当然这不要紧。

现在他自己成了皇帝。每个人都跪在他面前，每个人都必须服从他，这是管理国都的方式。他会命令手下把他带回美丽的宫殿，那里有商汤、金鱼和云彩洞的画卷。但当他把这一切告诉陆秀夫时，后者神情严肃地说："皇宫被盗了，宫殿、土地、人民……一切都被敌人盗走了，他们现在已经掌控了半个世界。"

"我们必须和他们战斗。"

"我们有的士兵，他们也有几千名，船只也是如此。"

他有巨大的船只，巨大的帆船，桅杆上挂着胜利的旗帜，船帆被风和阳光包围着。爬到山顶上的塔上，可以看到它们在地平线的边缘——围成一个巨大的半圆。

根本没法从这中间逃出去。

他们被包围了，变成了囚犯，口粮短缺，并且越来越少。对于一支强大的舰队来说，封锁那些为独立而奋斗的人们，让他们忍饥投降，也许是一件光荣的事情。伟大的舰队在蒙古帝国统治之前和之后都这样做过。但这种荣耀既不会被歌颂，也不会激发任何新的英雄主义行为。宋人饿死了，但他们没有屈服。在某座宫殿里，忽必烈从一顿由野鸡、鸭子、火鸡、蜂蜜和葡萄酒组成的丰盛大餐中醒来，不耐烦地想要知道那些被诅咒的宋人还能靠几颗柚子和一把米维持多久。当然，一切都只能越来越少。饥饿变得像巨人一般，用千百把锋利的刀抹去了阳光和大海的光辉，抹去了人们的希望和对生活的渴望；过了一会儿，甚至抹去了对食物的渴望，只留下恶心、虚弱、眩晕。

宋人有几艘残破的船，它们被战斗和风暴击打得破碎不堪。宋人们拼命地想开辟出一条路，穿过那无情的封锁线。但他们失败了，只留下残骸，尸体无助地漂流在波涛汹涌的大海中。

小皇帝伫立在停泊在海湾里的舢板上，屏息凝神地注视着这场战斗，他知道战斗是怎么进行的，知道那里的人正在死去。从蒙古帝国的战船上，放下了一只载满了人的船只，向岛上驶去——他们来了，来把他拖走，就像他们把他的兄弟拖走一样。一只冰冷残忍的手似乎在扭动他的心弦，烤干他的嘴，耗尽他四肢所有的力气。

这是恐惧吗？他可是皇帝，皇帝从不恐惧任何东西。

陆秀夫向他走来，似乎已经没有再说什么的必要了。那孩子知道他要来告诉自己，只有死路一条。他个子矮小，身体虚弱，但是他已经准备好了，就像商汤那双美丽而又悲伤的眼睛一样，做好了赴死的准备。

陆秀夫把他抱在怀里，苦涩的热泪滴落在小皇帝的手上。他把小皇帝带到了艉楼，那里比镜面般的海湾高出八英尺。

"我尊敬的陛下，请看看这海浪，它们在阳光下闪闪发光，这就是神奇蓝龙的鳞片，它住在海底一个神奇的山洞里。月亮和太阳落山的时候都会到那里去。在那个用猫眼月光石和乳白色玉石砌出的山洞里，蓝龙守护着那颗闪耀的夜明珠，那是一颗闪烁着彩虹般五颜六色光彩，泛着繁星般光辉的珍珠。触摸它的人永远不会死，永远也不会品尝到悲伤的滋味。有些人称之为幸福，但皇帝称之为荣誉。它在水下的深处，在一整片咸涩的蓝色海水下面，但是如果我们两个潜水去寻找它，我们就会找到它，它也将永远属于我们。"

"那我们住在龙洞里好吗？"

"是的，陛下，就住在美丽的龙洞里。那里有花朵，像星星一样大而闪亮的花朵，有海鸥，还有音乐。"

"有金色的鱼吗？"

"有金色和银色的鱼，它们可以在深海下对话。世上所有我们觉得愚蠢的东西都会对我们说话。"

"有好吃的吗？"

"那里没有饥饿。我尊敬的陛下，不要惧怕，我必与你同在。我会永远为你服务,会比我在这里做得更好。"

孩子低头看向湛蓝的海水。

海上有无数闪闪发光的金色斑点,像在温暖的阳光下,蓝龙欣然打开自己柔软身体的鳞片。

"我们能从这里看到山洞吗?"

"不,我们必须跳到龙的背上;它会把我们带到它的宫殿——猫眼月光石和乳白色玉石砌成的宫殿,带我们找到神奇的夜明珠。"

赵昺瘦小的胳膊紧紧地搂着陆秀夫将军的脖子。他的心跳得很厉害。他想尖叫,但那可能会把龙吓跑,也可能让敌人听到。

"我们走吧。"他低声说,然后闭上了眼睛。

陆秀夫用尽全身心的力量把他搂得更紧。他们颤抖着纵身跃下,水花飞溅形成的水波将水面以及无数金光闪闪的斑点扩大、破碎、消融——之后又一次恢复毫无波澜的平静,水面淹没了那白嫩的小脸。

在那里,随着最后一轮太阳的升起,古代中国的辉煌也随之消失了,因为没有人向四方的天空哀号:

"回来吧,天子啊,回来吧!"

第五章

忽必烈胜利了。用现代外交的隐晦措辞来说，他意识到了本族人的历史问题。用更直白的语言来说，他用自己的贪婪保护了东海和南海的商业航线。

他现在掌控着整个中国。他的财产包括贸易的收入，道路的通行费，田地的税收，工匠的技艺，矿藏的财富，森林的宝藏，河里的珍珠，织布机上的丝绸；任何人如果被认定以某种方式侵犯了忽必烈在阳光下占有的一切，就会大祸临头。

如果有人胆敢为一己私利去打捞珍珠，他就会被处死。

如果有人胆敢不经皇室许可就挖绿松石，他就会被处死。

如果有人胆敢在皇家禁地内诱捕野兔或鸟类，他就会被处死。

如果有人胆敢在距离这片辽阔土地二十天路程的区域内，豢养一只鹰或一群猎犬，如果有商人、修理工或农夫胆敢在任何地方豢养用于狩猎的动物，他就会被处死。

在强大的"征服帝国"眼中，世界范围内的其他帝国也都只是财产，而非其他——尤其是统治阶级的财产——在法律眼中总是比人的生命更具无限大的价值。

宋人后代的身体（忽必烈自己也是如此）不就是他想要强制约束的对象吗？

高塔上的大钟叮当响了三声，向所有人宣告日落后的三个小时已经过去，所有人都应该待在屋子里面；这个时候谁要还敢在街上，那他就大难临头了。夜巡队会立即把晚归的散步者送进监狱。第二天早上，地方法官会对他进行讯问。如果法官认定他制造了危险，或是可疑人员，他通常会被施以棍刑，这种表示强烈警告的棍子偶尔也会把人打死。但是，马可·波罗天真地说，这种惩罚避免了流血，"虔诚的喇嘛说流血是一种邪恶"。人类的残酷从来就不缺少狡猾的手段，绕过人类所设计的仁慈禁令。

有人没有把家里所有居住者的名字，甚至他所养的动物数目，全部写下来并贴在前门的木板上，不幸便降临到他的头上。他受到了惩罚，很可能也是棍刑。

一家旅店的老板没有登记所有在那里停留的旅客姓名，以及他们到达和离开的日期，不幸便降临到他的头上，他也受到了惩罚。

宵禁后，如果有市民点灯，不幸便会降临到他的头上。夜巡队在一个住户的门上做了记号，以证明他有罪，第二天早上便把他带到法官那里。除非他能找到一个好借口或支付一笔可观的贿赂,否则也会受到惩罚。

这些都不是白纸黑字的规定。

一支庞大的军队分散在全国各地的坚固的军营中,军官们根据他们的军衔,持有相应的金牌或铜牌,这样他们就能够征用任何他们需要或认为自己需要的东西;军队的士兵们在大汗无限权威的支持下,守卫着每座桥,监视着每一个市场,从每个城镇中心的高塔上窥探,巡查每一条街道,沿着每一条道路疾驰,确保每个惜命的公民把迅速服从当作他们的头等大事。难怪无所不在的士兵把憎恨战争的巨大力量都吸引到自己身上,这种力量在战败者的灵魂中凝结成一种激情,与被屈辱换来的和平一起发酵,不可避免地引爆反抗和复仇的战争。

然而,不幸的中国人不得不让自己的儿子在这支压制他们的军队里服役四五年。因为忽必烈需要新兵来维持他庞大的兵力,他从任何他喜欢的地方招兵买马,并采取措施防止男孩们在自己的家乡服役。当被征召入伍时,他们被征召到距自己家乡至少二十天路程的地方服役。这就意味着当局想要把这些人塑造成毫无二心的温顺工具,将他们紧紧攥在手中,实现的困难就会最大限度地减少。温顺正是政府所需要的;温顺和无休止的工作是为了生产财富,而财富分成了不平等的两部分,即工资和税收,使工人能够生活——因为死人不能工作——统治者可以尽情把酒言欢,甚至可以每隔一段时间就对动物或人进行一次大猎杀，因为昂贵的对外战争是最令人兴奋的运动之一，配得上强大统治阶级的身份。事实上，这样的消遣方式，保持了游牧时代的顽强生命力，已经受到历史学家们的高度赞扬，而他们写作时还是与蒙古热情洋溢的男子气概保持着安全的距离。毫无疑问，狩猎的技巧和户外运动，战役的艰辛和危险，都是一种振奋人心的变化，改变了那些被大汗宠坏的贵族们惯常的懒散奢侈生活；但是，培养男子气概肯定有更好的方法，这种方法要比杀害动物，屠杀在不同颜色旗帜下作战的人，抢劫和摧毁手无寸铁居民的家园要强得多。从洪水、沙土、沼泽、杂草和荆棘的威胁中夺取耕地；建造道路、桥梁、港口和城市；创造美好，与疾病和污垢做斗争，为世界上千疮百孔的黑暗地域带来光明、欢乐和治愈，使精准的知识变得不再匮乏，热情探索以便深入理解自然奥秘，以诠释一个更接近神的生命……这些事业难道不是为人类活动开辟了一个极其广阔的领域，从而保证一代又一代人充分利用每一个原子，来发泄和锻炼脑力和肌肉能量吗？如果这个种族要保持阳刚之气，这些方式不是可以实现的吗？

当然，在征服者迟钝的大脑中，地球上没有任何一把大锤能够驱动这样的考虑，尽管中国古代圣贤们美好的仁义哲学使它们在几个世纪前就已经流行开来了。但吸引征服者的是毁灭或享受财富，而不是创造财富的繁重工作，前者总是能够吸引征服者。他们实现了现代政治金融信托的梦想，在一个强大而有效的中央政府的绝对统治下，把半个文明世界变成一个巨大的士兵和苦力收容所。事实上，它已经完全掌握了被征服者的身体，也要开始瓦解他们的灵魂。

这并非难事。因为只要控制了身体，离控制灵魂也就不远了，当然对于大多数人来说是如此。很少有关于烈士的记载。但其精神是无价的，因为它造就了思想的启迪者，反抗压迫和不公正的领袖。正因为没有人反抗，思想在专制政府的"鼻孔"里散发出邪恶的味道。秦始皇和拿破仑都厌恶"理论家"，所有的暴君都惧怕他们，并鼓励无知，使其成为奴性和道德迟钝的唯一可靠温床，这种奴性喜欢把自我决断的责任交到独裁者的手中。

因此，传统学校被当政的征服者故意忽视也就不足为奇了。一场巨大的迫害降临在道教身上，它或许是中国最为流行的本土宗教。饱受折磨的中国人遭受了又一次焚书事件。幸运的是，这次只焚烧道家的作品，其中许多作品无疑充满了对超脱的爱，对个体生命永久长存的热切希望，这将永远困扰一些人，他们认为伟大宇宙法则的无情似乎不会充分考虑到人类的需要。

幸运的是，道家的代表作《道德经》幸存下来。大概是因为它并不容易阅读，在民间传播得不够广泛，没有形成有效的屏障，来阻止征服者信奉的宗教传入。正是为了给传教扫清道路，道教才受到迫害，而不是因为忽必烈反对老子的教诲受到愚蠢信仰的侵蚀。也可能是道教寺庙的财富吸引了他的目光。在这类事情上，他们的洞察力像自己豢养的猎鹰一样敏锐。

道教隐士在巍峨的群山上，在远离城市的喧嚣和乡村琐碎的梦幻山谷里，他们在孤寂中创造出美丽的诗篇和深邃的思想，这些东西究竟被摧毁了多少，我们永远也不会知道。然而，可以肯定的是，道教的衰落，它对外来神性观念的完全屈从，可以追溯到对道教古籍的破坏。因为一个宗教的先知在他们的著作中所写下的东西，就成为它的支柱，这是一个标准，所有随后的补充和歪曲都能在任何时候被揭露和纠正。如果没有它，整个宗教就会陷入教士完全不受控制的手中，使大众的愚昧和白痴的贪婪互相补充，愈演愈烈。想一想，如果福音书被摧毁，基督话语的解释完全由官方定义的神学和政治偏见来决定，基督教会变成什么样子，人们不禁会瑟瑟发抖。

毫无疑问，没有受过教育的中国人——元朝政府注意到他们的人数应该增加而不是减少——实际上在宗教的转变中毫无收获。一位僧侣被任命为帝国的精神导师——帝师，竟向一个受孔子和老子思想熏陶的民族发号施令！历史上确实有一些可怕的笑话。僧侣令人昏昏沉沉的嗡嗡声悄悄地进入了当时盛行的寺庙。令人厌恶的地狱描绘，充斥着可能来自现实生活中对活人的种种惩罚，比如殴打、灼烧和开膛破肚，描绘来世幸福的画面，表现为社会地位的提升、物质的繁荣；可怕的魔鬼，长着绿色、黑色、红色的脸，眼睛鼓鼓的，挥舞着剑，戴着头骨项链，敌人被踩在脚下，所有的犄角、利爪和獠牙都透着彻头彻尾的野蛮，种种这些侵入了这个宗教：它起源于巍峨山峰上黎明产生的魔力，它宣扬温柔和谦卑，以仁慈来回报伤害；它尊崇圣人，对圣人来说，永恒的原则是无限平静，超越了人类所有善与恶的最终统一，是通向真理与美德的道路。

令人好奇的是，在中世纪早期，基督教被神职人员垄断，他们管理着一群既不会读也不会写，在抽象思维方面也不熟练的人。直到路德①为信众奋起征服了基督教教科书。道教仍在等待它的改革，也许它会在等待中灭亡。因为在傲慢的士兵和僧侣的双重压迫下，中国的灵魂饱受重创，但没有毁灭——彻底消灭种族是不可能实现的，但情况会恶化，让人明显丧失勇气、温情和信心。

所有的高官（蒙古人、撒拉逊人和各种各样的外国冒险家都被赋予了重要的职位）都树立了无情剥削和粗俗自我的"榜样"；政府怀疑人民，人民害怕政府，形成了一种不健康的道德氛围，混淆了公众的是非意识，使统治者倾向于暴政，

---

① 基督教新教的创立者，宗教改革家。——译者注

被统治者倾向于撒谎和使用诡计。这是对异族施加统治的通常结果。不管他们愿不愿意，征服者的责任确实大大增加了。不能通过刀剑来获取广阔的地球空间，也不能用刀剑来吞并土地或管理将来的国家。无论是被征服者的忠诚和仇恨，还是征服者的进步或堕落，迟早都会被要求严格交代清楚，这样，征服者就无从辩解，说他们没有焚烧城镇，没有让儿童挨饿，他们延长了贸易路线，为进入更大的市场提供了便利。他们必须回答的是：地球上优秀、快乐、身体和道德都健康的人，在他们的征服的过程中是增加还是减少了？

征服者如果教给食人族更健康的饮食方式，排干了滋生瘟疫的沼泽，清除了原始丛林，使以前只有肮脏、疾病和野蛮猎人，充满未知恐惧的地方兴起了繁荣的城镇和村庄，那么他们便可以站起来，自豪地指着他们的剑带来的好处。无论这样的征服发生在哪里，由谁实施，它都在旧时代扩大了中原王国的疆域，不仅可以原谅，而且对胜利者和被征服者都是必要和有益的；从长远来看，人们总是会发现，对一方有利的东西，也会对另一方有利。但是，在一个同样或更为文明的国家，在一个有自己的道路、学校、语言和传统的国家，如果有人强迫其居民接受统治者的意志，迫使其居民接受在异国出生、讲着异国语言、怀有异国思想的官员所实施的繁文缛节，那么最好还是要离这种人远一点，这样对别国更有利；他们在不可避免的削弱过程中破坏了被征服者的自力更生、公共精神、道德和精神活力；他们在一个原本人人都有自尊的生活社区里，制造了一种充满奴性的沉闷停滞；他们手中宝剑的作用当然只是破坏和亵渎，尽管社区里可能并不缺乏物资，甚至可能有丰盛的食物和漂亮的衣服，以及戒备森严的交通要道。

比较清楚的一点是，在蒙古帝国统治下的长期痛苦中，这种停滞带来的摧残悄悄地笼罩着中国的灵魂。事实上，如果祖先崇拜和古代经典没有为中国提供一个无懈可击的坚固避难所，她可能会在黑暗和绝望中彻底崩溃。如今，人们对宋朝工作的全部价值进行了权衡，发现这种虔诚而耐心的工作十分普遍，宋人们摘抄、收集、延续、解释、普及了历代伟人留给他们的所有优秀精神财富。这并不是徒劳的。《旧约》和《塔木德》在犹太人流亡的痛苦日子里带给他们力量，犹太的文学和他们的中世纪历史在拿破仑军国主义的残酷屈辱中的意义，中国人在自己民族的三个伟大天才身上都能找到，甚至从中获得更多：他们的祖先崇拜，他们的经典，他们的艺术。

任何一个产生了大师思想并与他们的作品保持联系的国家都不可能被长期奴役。如果政治家们训练他们从事实而不是欲望的角度来思考，他们就能够认识到这一简单的真理，不再试图征服不可征服的事物，就不会有那么多白费的努力，不会有那么多的痛苦。

当前途渺茫，当下也不堪忍受时，爱国的中国人便选择活在过去。当人们拜倒在祖先的灵位前时，会想起祖辈们曾经拥有的自由，祖辈的血便是自己的血；当人们为圣人和先帝敬香时，会想起他们曾经的伟大，圣贤的言语便是自己的言语。

忍耐，再忍耐——自由和伟大的后代不能永世为奴。

中国语言的成熟之美、文学的力量、传统艺术的辉煌，似乎连忽必烈都深受感染。被征服者竟然能比他们的统治者读得更流利、写得更优美，这显然是一种耻辱。事实上，很多当朝贵族通常都做不到这一点，他们艰苦的军营生活也没有给他们提供与宫廷相称的礼仪，而皇宫是世界各国使臣聚集的地方。此外，让不识字的野蛮人管理一个高度文明的民族，这一过程中也遇到了实际困难。为了弥补这一缺陷，一位博学而乐于助人的中国人许衡受命于当时的朝廷，教授他们传统文化。在许衡的领导下，形成了一个年轻的统治阶层（他们足够年轻，能够接受教育）。许衡日复一日地向他们固执的大脑灌输或试图灌输中原传统文化。他教授或试图教授他们使用汉语说、读和写，为他们解读经典；站、走、坐、起立、鞠躬、吃饭，都要用正确的传统方式。在这门课程的后期，他无疑取得了一定程度的成功——外在的东西可以通过操练和实践教学，但是这些粗俗的篡位者，怎么能学会甚至欣赏中华文明内在的伟大呢？他们在这个国家的地位，使他们不可能把一种基于仁义的道德准则作为一种真实的信仰，一种让人自由发展的准则。孔子认为，政权建立在忠孝的基础上，被统治者应把统治者当作自己的父亲来敬爱和服从，统治者以父母般的奉献和关怀来照顾被统治者，而这种思想在征服者这里十分匮乏。中国先哲的思想最能为征服者接受的，是一句关于仁、义、德、孝的雄辩格言。实现这些伟大而困难的事情是他们无法企及的。

元朝统治者和后来的清朝统治者一样，喜欢这种伪儒家学说闪闪发光的外壳。不幸的是，正因为这种伪学说的存在，致使人们谴责经典学说空洞而不真诚，更为糟糕的是，导致一些现代欧洲人和中国人也将其视为迂腐的废话，视其为真才实学的巨大障碍。虽然有些人嘴上功夫了得，用花言巧语吹嘘经典学说，导致了错误和不客观，但伟大的导师也不应为此负责。即便伪君子引用经典来掩饰自己的罪恶，伟大的原则也不会失真。说儒学失败了，就像说基督教失败了一样：因为元朝统治者虽发表关于仁义宽厚、人道宽容且听起来头头是道的法令，但同时掠夺和压迫他们的臣民，并用幼稚的迷信作为他们真正的精神指导；欧洲的牧师表面上用基督十字架来表达祝福，但声称自己是使徒继承人的主教们，在遍布尸体的战壕外无耻地鼓吹着战争精神，普世友爱福音的经文被撕毁，使欧洲陷入最令人悲伤的循环往复的疯狂仇恨中。

忍耐——耶稣所宣扬的兄弟情谊将在仇恨中幸存下来，

因为它是内心更深处的情感；孔子所教导的忠孝将比征服者压迫和蛊惑人心的无政府主义更为重要，比二者都更接近人性的永恒需要。十三世纪的中国人在侵略者的脚下，逃进了尘封的宝库，逃到了他们过去的历史中，逃到了他们动听的古老歌曲中，逃到了他们本土艺术带来的慰藉中。尽管他们古代文化中的一些信条，用尼采的话来说，可能会像一根啃了一半的骨头，挂在压迫者的嘴边，但他们本能地感到，原本的政治组织支离破碎，自己的领土掌握在敌人手中，他们的物质资源受到外来控制，他们走向复兴的唯一希望和巨大凝聚力，就是对祖先的忠诚和对经典的崇拜。

这些经典赋予他们动人的灵性，在某种程度上也抵消了被压迫者聚积的针对压迫者的怨恨。但很多怨恨总归是存在的。压倒性胜利带来的一个必然结果便是强烈的仇恨，这是可以预见的。它是一种力量，通常是最高级别的力量。其驱动力可以变得巨大，但只有一个方向，即毁灭。仇恨只可能越来越多，让人盲目地左右乱砍，杀戮、残害、中伤，在怒火中误以为正义和合法的报应结果只不过是诽谤、犯罪、谋杀，从而激起另一股仇恨的热浪，渴望在毁灭性的狂怒中第一个冲上去。

中国人和草原游牧民族之间的关系史就是一瓶充满仇恨的毒药。一方面，当草原游牧民族入侵中原时，对中国人进行了可怕的屠杀；另一方面，当中国人成功地把游牧民族赶出他们夺取的土地时,也对游牧民族进行了可憎的屠杀;马可·波罗称,有几个蒙古总督被中国人谋杀了。毫无疑问,他们的勒索行为已经超出了中国人这种最有耐心、最能负重的"动物"的承受能力。忽必烈显然雇用了一些人来对抗那些认为谋杀是唯一武器的人,来对抗这个被压迫和愤怒的民族。在元大都的住所里,聚集了世界各地的吸血鬼,他们来自各个城市,统治着世界帝国。他们没有信仰,只顾个人利益;没有良心,只惧怕被人发现;没有共同利益,只有对"本地人"的剥削。在人数和声望上,撒拉逊人排名第一,提供现在主要由犹太人提供的国际金融和贸易服务,在中世纪时曾由他们掌管。

其中最臭名昭著的是阿合马,忽必烈赋予他近乎无限大的权力长达二十二年,而他的任务是保持源源不断的财富流入他主人的国库。因为,在东亚和南亚尚未征服的地区实施或试图实施蒙古帝国的计划,并让大汗和他的贵族们穿金戴银,都需要财富,且需要很多的财富。金色长袍的磨损速度比破衣烂衫要快得多。现在,阿合马是一位朝臣、金融家、行政官、收税者、教徒,在他和他的雇主发财的时候,对漂亮女人的窥视显然是太多了。有一个中国人叫王著,他的母亲、妻子和女儿因为这样的窥探而遭受了羞辱,他发誓要报仇雪恨,并心生一计,以杀死阿合马和数英里范围内的每一个入侵者。一部分计划失败了。密谋者们只成功地杀死了阿合马,但他们自己也死伤惨重。但忽必烈似乎已经认识到,他的撒拉逊长官犯下了严重罪行,这样的下场本是活该。又或许,敲诈死人的诡计还没有被发明出来,他想要一个借口来攫取阿合马留下的金钱。他命令把这具可怜的尸体从坟墓里挖出来,认为坟墓依然不够黑暗凄凉,不足以平息自己的愤怒。尸体的头被砍掉了,暴露在人群的注视下,他们可能不懂得怜悯;尸体也暴露在广阔天空的注视下,但天空的确懂得怜悯,它呼吸着腐朽和凋败。剩下的尸体被扔到街上,成为动物的晚餐。阿合马有几个儿子被活生生地剥了皮——这是为了以儆效尤。这就是帝国的感激之情。这位可耻的宠臣在旧城积累的所有宝藏,在新的一年里都转移到了大汗的国库里。至于他私藏大量钱财的罪行是否得到弥补,目前还没有记载。从对他的遗骸和家人受到的残酷惩罚来看,征服者很有可能继续这样做,尽管会更加谨慎,以一种更为掩人耳目的方式进行。

马可·波罗是那些站出来控告阿合马的人之一——控告死去的阿合马时,人们对他的恐惧已经从所有的语言中消失了。甚至马可·波罗自己也不清楚,他这样做是出于对正义的抽象热爱,对中国人苦难的同情,还是为了讨好忽必烈,向他展示通往阿合马宝藏的捷径,踏进死人的鞋子。动机很难理清,主动承认的动机总是戴着最纯洁的美德光环,而被隐藏的动机——通常是唯一一个有足够力量采取行动的动机——可能是一件让人感到羞耻的事情，无论是在公开场合还是在秘密的忏悔室里都不能被提及。可以肯定的是，马可·波罗在为忽必烈服务的过程中并没有变穷，他那精明的威尼斯商人头脑无疑对大汗最有用，可以用来审计他从海关和税收中获得的收入，并使其增加，而昔日的宋朝臣民现在却被迫用这些收入养肥入侵者。大汗还授予马可·波罗总督职位，管理扬州这座重要城市。历史没有记载中国人是否喜欢这一任命。历史就像战争时期的官方新闻一样，充满了这种谨慎的沉默。但是，可以想象，有一个总督把当地的宗教蔑视为严重的偶像崇拜，对当地的语言和传统一无所知，只关心维护朝廷的利益，并为自己获得足够的财富，以便有一天功成名就地回到自己的国家。

马可·波罗能实现这一雄心壮志。当他的赞助人忽必烈变老时，马可·波罗和他的父亲、叔叔意识到，在充满变数的宫廷中，若想依靠忽必烈大汗的继承人获得同等的恩惠或许是个轻率的决定。也许，阿合马曾经的笑容给了他们启发，毕竟他曾经是最富有的人，但后来成了最不光彩的人。波罗家族请求回到自己的家乡，并最终获准。

在第一次盛大宴会上，他们穿着华丽的猩红色绸缎长袍出现，到了宴会的间隙，他们换上了更华丽的锦缎长袍，最后穿上深红色天鹅绒长袍。这是为了打破年轻的里亚尔托人对亚洲服饰不良的第一印象，他们认为那些衣服总是污渍斑斑。最后，作为享用甜点时的惊喜，他们把这些令人不快的旧衣服带了进来，仆人离开房间后，他们把衣服撕开，看到红宝石、紫水晶、蓝宝石、钻石、祖母绿、红玉、绿松石，只要能想到的，都散落在桌子上，像鹅卵石一样多，像珠宝店一样迷人。每一块闪闪发光的石头需要中国人多长时间的劳动呢？数周艰苦不懈的劳动，却不足以为年幼的孩子和年迈的父母提供足够的衣食——而这些已经看得眼花缭乱的客人并没有考虑到这一点。到今天为止，在百万富翁的晚宴上做这种计算仍然是一种不礼貌的行为。随后马可·波罗便成了这样一个百万富翁。无论他以何种方式获得了配得上这一头衔的财富，无论他是一个公正的统治者还是一个不公正的统治者，他无疑是忽必烈汗的忠实仆人。他用真诚的敬佩之情来描写他，甚至带着某种热爱。事实上，在他讲述他伟大旅行的书页上，有一种想家的味道——仿佛东方在召唤他回去，享受它的广阔和辉煌，远离意大利城市生活的狭小和艰难。与宋朝的旧都城相比，意大利的湖泊一定显得灰暗而沉寂。在宋朝的都城里，精心铺砌的街道上挤满了马车和热情奔放、穿戴整齐的人群，有数以百计的大理石桥，湖上满是色彩鲜艳、装有护舷的奢华船舫，还有花圃小岛，亭台楼阁，芬芳曼妙的园艺，"清乐"茶馆，碧水城门；女人们的丝绸、香水、睿智、微笑、声线和舞蹈，无一不充满魔力。

在处理了当时世界上最大帝国的事务之后，意大利各共和国之间的纷争，尽管喧嚣、愤怒持续不断，却似乎微不足道。自那以后，欧洲人再也没有学到智慧。但它仍然乐在其中，任由仇恨、嫉妒、贸易战争将其撕成碎片，从未意识到这些实际上是多么渺小和愚蠢。对马可·波罗来说，战争尤为不幸，因为它有可能对威尼斯不利，他被热那亚人俘虏，并在那里被监禁了一年多。当他疲惫不堪地数着日子，度过被囚禁的漫长时光，他一定渴望着中国北方辽阔的蓝天，充满生命力的空气，一马平川的自由，远海白雾中灿烂的黎明，西山深处金光闪闪的落日，或是点缀在孤峰周围的玫红色云彩。

他把这一切回忆又召唤到一起：大汗在宫廷里狩猎探险，在那里，他雇了一万名猎鹰人，大约有五百只猎鹰、游隼、猎隼和苍鹰一同捕捉水禽；从三月到五月，广阔的营地像一个繁华的城市一样熙熙攘攘，而在平常日子，未驯服的孤独寂静主宰着这块土地；数不清的帐篷"美观且豪华"，这些是为帝国的观众准备的，大到可以容纳一支军队。总的来说，这些皇家帐篷精妙绝伦——它们的绳索都用最纯的丝绸制成，柱子是檀香木的，上面布满镀金雕饰，外层的一张张虎皮"完美地交叠在一起，任何风雨都穿不透"，内帷幔是乳白色貂皮，上面精巧地排列和镶嵌着无价之宝，闪着棕色的亮光。大汗本人躺在一个亭子里，亭子外面覆盖着虎皮，里面四头训练有素的大象背上覆着金箔，闪闪发光；他最喜欢的猎鹰就在他身旁，随时都可以叫它去捕鹤，在场的随从们追踪着它们飞行时在天空中划过的长长轨迹。有华丽的马匹，也有成千上万身穿蓝色和红色制服的狩猎者；打猎的男男女女眼睛闪闪发光，新鲜的空气和健康的身体让他们面色红润；有隼、猎犬和老鹰，还有丰富的猎物——在他们身后，在更远处，在蜿蜒的路上，在城垛上，在塔楼上，在长城的烽火台上；呈现在他们眼前的是追逐、兴奋、敏捷和速度带来的快乐。

或者他会想象皇帝在元大都的庞大宫殿里庆祝新年的情景——白色的节日，因为白色是蒙古人的吉祥色，所有的礼物都是白色的，衣服是白色的，鞋子是用白色鹿皮做成的，上面镶着银。他会在阳光普照的广场上再次看到由雄壮的骆驼和五千头帝王象组成的游行队伍，这些动物装饰得非常华丽，上面有各种各样的鸟兽刺绣和阿拉伯花纹，背上背着装满银器和金器的精致盒子，准备在随后的宴会上使用。

但在他的回忆中，最生动的当然还是金黄色的节日，这个节日庆祝的并不是新年这样的普通节日，而是最为重要的事件——伟大的、强盛的、半人半神的、圣洁的大汗本人的生辰，为他庆祝生日。

这个节日在九月底，那时怡人的凉意已经开始在空气中飘散，美丽的金色已经不知不觉地融入了夏天的绿色。大汗手下的贵族和附属国国王，他的儿子、侄子、妻子和王公贵族的妻子们，他手下的朝臣、占星师、医士甚至猎鹰，都聚集在大厅里。大厅的地毯是色彩丰富的丝绸编织而成的，还镶着金边；天花板是用纯金雕刻的龙和凤；墙上有神灵和君王的图画，由发光的宝石镶嵌在金色的墙壁上。大汗和他的贵族们穿着织金的长袍，戴着镶有珍珠和宝石的金腰带，令人眼花缭乱。所有盛满香料酒和马奶酒的罐子都是金子做的，还有那成千上万的酒杯也是。

威武的皇帝高踞在众人之上，正妻站在他身边，他因优渥的生活和清新的空气而面颊红润，乌黑的眼睛因身旁堆满了众多美好事物而闪闪发光，这些东西已然超出了一个人的占有能力。下面坐着他的儿子、侄子、皇室亲属及家眷们，当然还有大汗的妾室。再往下是贵族和其他客人，按照他们的等级、地位和重要程度排列成适当的顺序。皇帝的斟酒人和侍从们都用丝巾裹着嘴和鼻孔，以防呼吸产生的污浊之气玷污了陛下享用的菜肴和酒品。每当大汗要喝酒的时候，壶鼓、小号、笛子和钹都会发出音乐，当他拿起杯子时，所有的会众都跪下，向皇帝深深叩首，之后他再开始喝酒。他每次喝酒都要举行同样的仪式，因为喝酒是一件伟大的事情，而真正创造世间伟大的平凡人却无人问津。

在丰盛的食物和充足的美酒前，人们不需要保持礼仪上的端庄和沉闷。这些身披金袍的显要人物中，许多人一开始的时候威严肃穆，酒过三巡后他们变得醉醺醺，走路也跌跌撞撞。进入宫殿时，人们是一定不能接触门槛的，但如果他们跌倒在神圣的门槛上，就会被搀扶到一旁。参与狂欢的人都十分尽兴。在那些参加盛宴纵情欢笑、佩戴珠宝的人群中，没有人愿意用自己拥有的一切，去换取道教、佛教或基督教圣徒的梦想。

那些向人们赞颂朴素生活的优点，警告奢侈生活的缺点，宣扬诱惑的罪恶是多么可怕的道德家们，他们将永远面对一个事实，即这个世界上的美好事物都是积极向善的。在萨沃纳罗拉那样一位热心传教士的鼓动下，人们时不时地在强烈的宗教情感下，把他们的香水、化妆品、珠宝和禁书扔进大火；否则，一个被压迫的中产阶级，会酸溜溜地嫉妒那些仅仅因为有贵族头衔而享有广泛、丰富和光鲜生活的人，会怒气冲冲地摔剧院大门，打开女人们的"锁链"，砸碎教堂的彩色玻璃；或者，无产者在乌托邦理论家灌输的思想中崛起，烧毁宏伟的宫殿，将金框镜子和精美瓷器摔成碎片，把精致华美的锦缎、充满诱人气味的香皂、干净的亚麻布，以及一切雅致的仪态和言语，一同拖入泥沼。但迟早，香皂、亚麻布、珠宝、化妆品和香水都会卷土重来，带有巫术的锁链又开始缠绕，剧院、宫殿、大教堂又会被重建，人类再一次安顿下来，从事着本应被视为其主业的事情——享受欢笑、乐趣和幸福。一位最伟大的现代思想家曾说过，如果世界更快乐，它会变得更好，而所有时代最伟大的先知都树立了极好的快乐榜样，但在与他们对立的人眼中，这些人就是嗜酒如命的贪吃鬼。道德家如果要做一些持久的事情，就应该把全部注意力集中在一个人的思想品质上。他所掌握或缺乏的物质财富，实际上所有的身外之物——根本不涉及这个至关重要的问题。如果让内心的灵魂变得正直、真实且充满诚意，奢侈就不会对他造成伤害，也不会使他痛苦。因为对于灵魂来说，尘世生活的富足或贫穷，欢乐或悲伤，就像是一缕缕阳光，而天空中的云彩要比它们大得多，需要二者的映衬来展现出它全部的美。保持心灵与永恒的和谐便是终极意义，而对于平庸的普通人来说，也许盛宴的欢乐要比禁食的苦行容易实现。尽管忽必烈比之前或以后的任何凡人都拥有更多的不义之财，似乎也不允许自己慷慨和仁慈的天性被完全抹杀。他那热情好客的宫廷里欢乐的气氛无疑有助于他保持愉快的心情，并防止他成为一个阴郁的恶霸，使控制整个国家命运的富翁们轻易堕落。在忽必烈的首都，每天有三万穷人可以从朝廷领到一份救济餐。他征收的羊毛、亚麻、棉花和丝绸，在军队的需要得到保障之后，剩下的会被加工成衣服供穷人使用——当然加工的过程也是强迫普通劳动者去做的，这是事实——每个工匠每周都要腾出一整天，为国家工作。但是，如果在一段时间内人们积蓄了太多不满，那么下一段时间就可能会轻松一些，少一些辛劳的煎熬；尽管二者都令人难以忍受，但煎熬显然更折磨人。

此外，一些特别贫穷的家庭从帝国的赏金中得到了一年所需的粮食供应。这些家庭每年都会送上几件华丽的金色长袍和腰带，供贵族们在节日的盛会上穿着。但对那些家庭来说，他们希望在新年那天收到漂亮的礼物作为回报。九九八十一匹白马，九九八十一颗珍贵的珍珠，九九八十一块金子，九九八十一匹丝绸，都是可以接受的礼物。"礼尚往来"是一个有用的原则。然而，这些贵族和满世界搜寻财富的人，作为许多人口重镇的管理者，却通过一次投票，让广大劳动者背上了如此沉重的负担，那是一种难以言喻的痛楚。

也许忽必烈比他的手下要好一些。征服了中原之后，他希望和平地享受在这里的生活，而不是过度压迫一个被压垮的民族，造成起义和叛乱，从而扰乱这种平静的生活。除了焚烧道教书籍和限制教徒宰杀动物作为食物的习俗外，他比腓特烈大帝更早地采取了明智的宽容，让每个人历尽磨难，找到自己的天堂之路。这种宽容很大程度上是一种政策，也与冷漠无关。它大抵是出于一种真诚的信念，那就是只要有尽可能多的牧师，尽可能多的祈祷、仪式和祷文——人们声称这样通常能够奏效——在神明的全能法庭上替一个人说情，必然会增加他的运气。因此，忽必烈急切地想从锡兰[①]得到佛陀的一颗白齿，就像耶路撒冷基督坟墓前燃烧的灯一样。他

[①] 今斯里兰卡。——译者注

邀请了罗马的僧侣，并迎来了一些藏地的僧人。也许这一过程并不是很神圣，但毫无疑问，他很有技巧地为自己带来了真正的影响。占星家、占卜师、巫师共有五千人，都由忽必烈出钱供养，组成了一支"通天"的军队，这毫无疑问是他所期望的，就像他征服地球一样。他的运气确实不错，也的确是一个很成功的人；在大众眼里，世俗的成功的确象征着神的恩惠，因此他们忍不住用近乎崇拜的目光来仰望他。

在忽必烈生日这一伟大的节日里，在寺庙、教堂、清真寺和犹太教堂里，僧侣、祭司、毛拉和拉比们，通过大量的吟诵、摇铃、点灯、烧香来引导他们各自的宗教团体进行献祭，并且都祈祷他们崇拜的神灵能保佑皇帝，赐予他长寿、健康和幸福。在宫殿的金色大厅里，全体会众都坐着，乐师们的歌声停止了，一位大祭司站起来，高声说："躬身致意。"所有的人一齐磕头，额头碰到了地面。然后祭司又说："愿上天保佑我们的上主皇帝，年年岁岁，欢乐幸福。"众人回应："上天保佑。"祭司又一次说："愿上天保佑他的帝国越来越繁荣昌盛，保佑他的臣民保持和平与善意，愿他的统治一切顺利。"众人都回应："上天保佑。"这一祷告重复了四次。

忽必烈的确长寿。1294年，当他八十岁的时候，死亡召唤他远离他所享受的一切辉煌。在漫长而悲伤的队伍中，他的遗体从元大都被带回到他的故土，带到一座神圣的山上，山坡上树木繁茂，大汗的一切都慢慢地消失在黑暗和尘土中。

在成吉思汗和蒙哥大汗（忽必烈之兄）的送葬过程中，车队在路上遇到的每一个不幸的人都会被处死，以便在另一个世界等待伟大的逝者。就这样，两万个灵魂颤抖着被送到了帝王的灵魂身边，后者仍然无情地抓住他棺外的臣民不放。希望僧侣们已经获得足够的影响力，以防止忽必烈的名字被烙印在他人民的记忆中；没有受害者的尖叫，而是真正悲伤的哭声；当他的灵车向北移至坟墓的阴影处时，伴随着同一挽歌的悲恸节奏，在他的灵车周围哭泣——他伟大的祖先也是在这样悲恸的挽歌中，被带离了光明、色彩和他在地球上的美好生活：

  从前你像猎鹰一样俯冲而下，现在有一辆隆隆的马车载着你离开。
  哦，我的国王！
  那时，您真的会离开您的妻儿和臣民吗？
  我的国王！
  您曾带领我们，骄傲如雄鹰。
  哦，我的国王！
  但现在您跌倒了，像一匹不羁的马驹。
  我的国王！

第五章

忽必烈是最后一个伟大的东方大汗。他的继任者似乎在各方面都不那么耀眼。在朝廷、在军队、在政府中,元朝的方方面面出现缓慢但明显的萎缩,就像一场退去的大洪水——需要对很多事情重新进行界定,就像洪水留下的泥沼中出现的青翠草地。城市生活带来对文明的需求,而不仅仅是以前鼓励的游牧、掠夺和养殖。儒家关于忠孝的书被翻译成蒙语。中国传统科举制度被重新确立。就连天坛的祭祀也恢复了。越来越多的汉人被允许担任级别较低的官员。

然而,琵琶上出现了一道裂痕。统治者和被统治者之间的真诚合作仍然没有实现,但没有这种合作,任何政府都不可能真正强大。一方面,要学的东西太多;另一方面,要原谅的东西太多。元朝统治者致力于打造一个高度文明的民族,在对光荣过去的回忆和对现实屈辱的辛酸里,需要在长期的政治教导中团结起来,他们无疑给自己安排了一项过于艰巨的任务,这不仅需要一个接一个的天才登上皇位,还要确保他们身在各个重要岗位肩负重任,只有这样才有可能实现这一任务。自然界的天才并不多,尤其在一个富丽堂皇的宫廷里,天才更为少见。严格的纪律也不是培养天才或杰出管理人才的合适土壤,即便它可以用来防止像大汗那样庞大且人员混杂的军队分裂成单一的武装分子。甚至几十年后,人们没有因那些纪律麻木退步,已实属幸运。而被大汗召来帮助他们管理被征服人民的僧侣,却被证明毫无用处,这仅仅意味着放任一群饥饿无知的狂热分子。他们的强权,以及由此而生的蛮横政权,深受人们憎恨,成为元王朝崩溃的原因之一。

然而,其衰落的决定性因素来自其内部。因为要想成功管理两千万聪明人,需要大量有能力、受过充分训练的人,而元朝无法培养出这些人。啃掉世界的大片土地是相对容易的,咀嚼和消化它们则完全是另一个问题——一个仅仅依靠意志力无法解决的问题,不管多么努力,组织得多么有序。因为它取决于一个民族的天赋和生命力等内在的、不可控制的因素,取决于一个民族的成就与世界精神总的前进路线相一致还是相对立。蒙古人的天才全然投入军事征服上。无论是在繁重的行政职责上,还是在精心耕种和有效培育已征服领土的资源上,他们都没有表现出任何才干。宫廷里的奢侈让人叹为观止。当上地方长官后的贵族们也不曾有任何想法,只有最大限度地享受奢侈生活。他们的脑子里满是酒精,从来没有想过明天;就像孩子们贪婪地大口吃着甜食,从来没有想过自己接下来会生什么病。更不用说忽必烈召集在朝廷的来自世界各地的乌合之众了,他们压根不会有那种诚实、认真、勤劳、聪明的作风,没有了这种风气,这个庞大帝国很快就会难以为继。

因此,大汗对帝国的统治依旧停留在武力统治阶段,这意味着他必须使他的军队保持良好的状态。但是,由于浪费、虚伪和无能，这只能下金蛋的鹅，产蛋能力正在迅速丧失。舰队支出被浪费在无用的探险上。商船支付的关税是公共收入中最重要的资产，而海盗开始成群结队地穿过商船的航线。愚昧和迷信被大肆鼓励，贫穷、丑闻、疾病和死亡接踵而至。洪水来了，饥荒来了，成千上万的人被夺去了生命。曾经耕种得很好的地方杂草丛生。从杂草中榨取不出分文利润。空无一人的港湾也无钱可赚。

暴乱频发，因为除了物资匮乏、疾病和剥削之外，还有奇怪的预兆——地震、彗星、日食，在那些日子里，这些事件就像现在报纸上的谎言一样刺激着人们的思想；真正的启蒙，即以正确的态度和观点看待事实和事件的能力，只是少数人的特权。

但民众心中的积怨，无论其来源在何处，对于统治者来说都是一种危险的力量。人们被禁止保留任何武器，这让摇摇欲坠的元王朝，在走向最后崩溃的前几年里放慢了速度。

妥懽帖睦尔皇帝让这几年变得十分糟糕，他把民意扔进了偏执和邪恶的混合体中。他浪费的不仅仅是岁月——岁月是永无止境的——而是他自己在尘世上的寿命，这些日子，无论是做好事还是做坏事，机会都非常有限。他有一项昂贵的计划，即送给皇后一张新床。成千上万的苦力被安排从事这项完全不必要且极不受欢迎的工作。

不满的声音越来越大。

但是，妥懽帖睦尔太忙了，听不见这种声音。他忙着在豪华的游船上做梦，忙着在后宫玩耍，忙着建造奇妙的机械计时器，上面的圣徒和天使列队标记着时间。

在通往首都的大路上，时间的标志不是那些镀金、珠光宝气的天神们，而是急促的马蹄声——帝国信使的脚步急促地落下，急促地喘息着，腰带上的铃铛叮当作响。它们不停地奔跑，急速地飞奔，以每天二百五十英里的速度接力，将从四面八方传来的小道儿消息传往元大都——两湖被叛军征服，江西被攻克，福建爆发了起义，广东沦陷，高丽陷入骚乱，河南危机四伏；每一位总督和将军都在疯狂呼吁增援、帮助和指示。但妥懽帖睦尔没有提供任何帮助。

神灵或许会有帮助，僧侣什么都不缺，神灵的恩赐使他们拥有巨大的财富。现在他们肯定能制造一些魔法来打败大汗的敌人。

于是，祷文变得响亮且冗长，一系列的祷告、游行、代求、吟诵成倍增多，折磨着那些听不见的菩萨；祭坛上堆满了祭品，灯火不停地燃烧，熏香越来越浓烈，萦绕在金佛周身，他无助地凝视着，既不会说话，也不能动弹——誓言、跪拜、咒骂、祝福，所有虔诚之心都不敢承认他们有多害怕。

占卜者们被问得团团转。他们给了人们希望，许下了承诺，这些承诺使人们信心满满地度过了几个星期，让人们的思想愉快地忽略那些气喘吁吁的信息传递带来的坏消息。直到有一天晚上，命运近在咫尺，妥懽帖睦尔做了一个可怕的噩梦，被瞬间惊醒。

他梦到一头长满钢铁獠牙的巨型野猪冲进了元大都，朝着人群四处乱撞，人们根本找不到避难所。天空中，太阳和血红色的月亮一起冲向死亡。

恐惧袭来，妥懽帖睦尔询问占卜师这个梦预示着什么。

答案是："失去这个帝国。"

这个答案令人失望。叛军正在逼近，是由一个叫朱元璋的汉人领导的。他以前曾出家当过和尚。

佛陀会保佑他吗？

如果神也会像人一样忘恩负义，那么抵抗又有什么用呢？

在漆黑的夜色中，象征好运的星星永远地落下了，妥懽帖睦尔离开了忽必烈辉煌的宫殿；离开了那些拥有圣徒和天使雕像的美妙钟表，标志着离别的时刻，像是要出发去飞行；离开了女人、珠宝、家具和配饰、金杯银盘、翡翠花瓶、丝绸地毯；离开了元大都有着昂贵的庙宇和布满裂缝的塔楼；离开了被夜露浸湿的平原，离开了中原，来到长城之外，确保自己与对手之间保有安全的遥远距离。第二年，距离变得无边无际。在蒙古古都哈勒和林，妥懽帖睦尔对生活的信心彻底破灭，他在那里倒下，离开了这个世界。

甚至在妥懽帖睦尔惊慌失措的逃亡之前，元朝的大部分部队已经放弃抵抗。有一些来自偏远地区的驻军仍继续战斗，只能暂时延缓叛军胜利的脚步。但是，为一个夜深人静之时一走了之的国王而战并不是一件鼓舞人心的事情。战斗已经结束了。很快，整个征服者民族都被成功地从中原驱逐，到了长城以外的草原上。大汗的军队，像一只咆哮的狮子进入中国，却以羔羊的姿态温顺地离去。蒙古帝国的军队纪律曾使这个帝国如此不可抵挡，而现在已经失去了它的价值。这些人为规定的严明纪律，导致这突如其来的失败。它完全违背了人的本能，意味着他的身体和灵魂完全屈服，所有这些暗示着希望、欲望、情感、特质、意见、同情、才能，全部屈服于一种外部力量。除了实现自己野心勃勃的目标外，这种力量不会假装利用人的身体和灵魂来做任何事，且经常有悖于人民的福祉。

军纪事实上是一剂良药。为了让人们不断地大口吞下这服药，它背后必须有一个非常令人信服的动机——要么是由像成吉思汗或拿破仑这样有感染力的人物激发出的盲目献身精神，他们有大量战利品作为支撑；或者是出于某种至高无上的需要，就像希腊人在第一次发动对波斯的战争那样，为拯救国家命运而采取严格统一的行动；或者是一种根深蒂固的国家权力意志，这种意志使成千上万的英国人自愿在海军服役，并忍受随之而来的一切艰难困苦和紧急情况。

十四世纪末的蒙古人并没有被这些念头所左右。身旁围绕着僧侣和妃嫔，玩着机械玩具的妥懽帖睦尔没有引人注目的个性，因为他并不具备形成这种个性的基本条件；他们的故土没有任何危险，他们的征服生涯始于对战利品的渴望，而不是对统治的渴望。中原大地被蒙古帝国近一个世纪的剥削榨干了，贸易被海盗破坏了，土地被洪水、地震和叛乱毁坏了，人们被祭司、官员和士兵的三重压榨激怒了，这样的国家并不像八十年前由宋王朝统治的繁荣、幸福、治理良好的国家那样，值得为之奋斗。毕竟，蒙古人之前过着粗放的游牧生活，偶尔对毗邻的土地进行突袭，掠夺对方世代创造的财富，完成自己的积累。

于是这些征服者再次把马头转向了北方，留下了布满荆棘的田野，被洗劫后的村庄，被长时间围困的破败城镇，空荡荡的仓库和闲置的作坊，从前成群结队忙碌的人如今只剩下憔悴，蜷缩在废墟后面，在垃圾堆中刨食；征服者留下的还有深深烙在人们心里的屈服，因为征服者将公民道德置于秘密团体、阴谋、暗算等不健康的氛围中；因为征服者教导人民把政府视为一种超越自身的、总是与人民相抵触的充满敌意的权力主体；因为征服者使一个快乐、善良、无畏的民族变得胆小、忧郁、多疑。征服者完成了历史使命，就像在无冰的海岸上为自己的不安寻找出路，这是一个多么了不起的评论啊！在完成这一"使命"的过程中，他们的统治像一个巨大的寄生虫一样传播开来，把它的千万条触角伸进了中国活生生的身体。

现在，全面胜利已成定局，中国的缔造者们有责任把散落在地上的一切民族力量，塑造成自力更生、生机勃勃、健康发展的状态。这绝非易事。

结束元朝统治花了十六年的时间（1352—1368年）。在片面的历史观中，十六年似乎很短。但对于生活在那段时间的人来说，这十六年中每一年的三百六十多天都显得遥遥无期；每天，胜利的报道、失败的谣言、进步的迹象、倒退的证据、希望、沮丧、幻觉和幻灭，以及伤亡者的悲惨接连传来——经历了一切跌宕起伏、光影交错的旷日持久的抗争，最终的问题依然不明朗，隐匿在众神的膝下。中国人的幸运在于，在那些最需要帮助的年代，他们被赋予一位天生的领袖，使他们免于把精力分散在当地的一些地方割据势力上。解放战争一开始，这些爱国者就出现了。其中一些人，如郭子兴，时隐时现，追随者满怀希望来到他的身边。

众人的力量渐渐汇聚到一个人身上，而那个人便是朱元璋。战争的残酷和不确定性使人类探索的心灵变得阴暗，而那时朱元璋的名字，就意味着希望、力量、信心和胜利，意味着摆脱恐惧、仇恨、愤怒和焦虑；在他的职业生涯中，有一段时期被称为"王"，但当时的中国人，比他们作为共和党的后代更具洞察力，知道"皇帝"才是唯一适合如此能干、如此无畏、如此成功的领导人头衔。上天把沉睡已久的庄严使命交给了睿智、善良、富有耐心的他手中，这是所有人最清楚、最明确的。

1368年，朱元璋称帝。他以洪武皇帝之名成为中国新王朝的开国者，并确切地称这一朝代为明朝，即光明、明亮之意。

他花了十六年，历经计划、行军、战斗、和解、破坏、创造，才坐上了龙椅。在此之前，他做了数年的内部准备，花了数年的时间寻找一个地方，在那里，一个人的生命就像美妙的礼物，可以充分发挥其才能。

朱元璋出生在农村，是一个贫苦的农民。他的父亲在地里干活，年复一年地辛勤劳作，但到头来，他穷得连买棺材的钱都不够。他的母亲，还有年长的亲戚也都死了。工人们死了，但工作仍然是固定且必须完成的，每天早晨太阳升起的意义就是喊接替者起床继续工作。但朱元璋不想工作。他想弄清楚那些看起来似乎毫无意义的事情，想找到那种莫名存在的神圣力量，认为那一定是爱的灵魂，尽管地球上的一切似乎是如此残酷无情。

他来到一个佛教寺院。

在那里他找到许多当时最需要的东西：食物、住所和闲暇时光，在那里他可以感受到是什么东西在他血脉中流淌，是什么尚不确定的雄心壮志搞得他喘不过气。

有时，当他仰望神龛中央巨大的菩萨时，雕像的金色轮廓似乎冲破了墙壁，流进了远处的天空，融入夕阳的光辉之中。因为有一个世界，超越了圣墙的范围，超越了寺院被动接受供养和农户超负荷的劳动——那是一个广阔的、活生生的、未经探索的世界，在那里，人们不用清洗和填满香炉，不用抖落祈祷毯上的浮土，不用掸去无声神像和祭坛上的灰尘。他们是怎样度过漫长时光的？

一个人到濒死之时就会知道。

老和尚警告他要提防邪恶的尘世和罪恶的诱惑。

这是一个管理不善的世界，似乎到处都是外来的统治者，当地人变得毫无特色、散发着邪恶气味，越来越多的人在寺院门口哀求每天的施舍，他们身上赤贫的顽疾越发深入骨髓，穿透皮肤和肮脏的破布，把溃疡的恶臭散发到白昼耀眼的光芒中。

他们在压迫自己的人面前卑躬屈膝，饥饿折磨了他们这么久，不让他们血脉畅通！为了能够医治、喂养他们，让他们把受伤的额头抬起来，必须把他们重新变成和他们祖先一样的坚强、勇敢的农民（没有这样的农民，任何国家都无法长久地生存下去），这无疑是一项工作，可以填补生命中美好的时光。朱元璋的命运，在经历了多年的积蓄之后，已足够强大、足够健康，可以尝试这项紧迫的任务。

每天重复的"唵嘛呢叭咪吽"，可以给人带来什么？只是又回到"唵嘛呢叭咪吽"这句话罢了，对他来说，反复嘟囔这句单调的话让他开始不耐烦。

"唵嘛呢叭咪吽"，一次次祈祷的话语，一支支燃烧的香火，能为这些无知、贫困的生物做些什么呢？他们被压榨得像垃圾一样，被赶出人类居住的范围。在这种情况下，人会感到一种可怕的欲望，想要抓住那些要为这一切负责的人，把这些人从曾经篡夺的高高的王座上推下来，因为这些人对权力的使用是如此邪恶。

突然，在黑龙年①的一天，一声呼喊战栗着响彻全国，也远远超越了穷人们集体的哀号。压抑了八十年的希望、梦想和计划，从低声细语变得响亮而大胆，逐渐变成喧嚣，变成一个正义、自由、恢复原状的命令。濠州，朱元璋家乡的首府，曾被入侵者夺取，现在成为第一个被夺回到本地人手中的城市。朱元璋很清楚，在这个地方他可以充分享用天时地利人和，通过最大限度的努力取得成就。

他从祈祷席上站了起来，放下念珠和香炉，离开了泛着金色微光、神灵庇佑的寺庙，放弃了寺内宁静安全的生活。微风吹过，小铃铛发出的声响让僧侣生涯如梦似幻，而外面刮着飓风，那是战争带来的巨大风暴。让那些和尚继续为极乐祈祷吧，而朱元璋的职责是工作和战斗。

他加入了叛军，只要胜利没有十足的把握，起义的便是叛军、土匪。叛军成功揭竿而起，起义的部分原因是真理和正义站在他们一边，但这显然不足以确保成功；而主要原因

---

① 或为一种民间的迷信说法。——译者注

是他们找到了一位伟大的领袖朱元璋,并效忠于他。朱元璋应该被人们铭记。他不仅结束了元朝罪恶的统治,而且从长期暴政和哀鸿遍野的废墟中重建了一个新社会,这样的社会中有勇敢的农民、巧手的工匠、诚实的商人、聪明的学者、有天赋的艺术家。事实上汉人,也包括大多数民族,如果不被一个过于肆无忌惮或无能的政府阻挠,都会本能地建设出这样的社会。

然而,对强大景象的渴望是如此强烈——这种渴望在无知和无耻的舆论氛围中迅速膨胀为一种恶习,这种恶习造成道德败坏和阴险狡诈,远远超过酗酒和吸食鸦片的旧恶习——以至于像成吉思汗和拿破仑这样大规模的破坏者在全世界广为人知,而明朝的缔造者朱元璋,在他自己国家之外几乎从未被听说。他那平和、忍耐、美好的恢复重建工作,竟然无法吸引公众的注意力,而战争和流血,以及因此带来的苦难留下的伤痕,却被写作、歌颂、铭记,仿佛它们真的是为了人类的荣耀。这不利于人类的集体判断。如果这样错误地给予褒奖不被坚定拒绝,人们的命运就不会得到任何永久性的改善。

当然,朱元璋追求的并不是名声,而是他的人民的幸福,人民的贫穷和隐忍使他有了实现解放的决心。他在这方面取得了巨大的成就。国民生活中积极的创造力得以复兴,也使得朱元璋的使命变得至高无上且正当合理。

他们在征服者压迫的阴影下畏缩了那么久，像一群被关在笼子里多年的鸟儿，现在突然放飞了，欢腾的歌声划过天空。有些人确实失去了翅膀全部的力量。在其他人眼里，禁锢已经使它疲倦，让它对积极性产生恐惧，从而走向衰落。人们回首了太多往事，想从中得到安慰和鼓励，而这片广阔无垠的自由图景让他们目不暇接。但真正伟大的人一定能无畏地面对未来。尽管明朝时期的许多知识和艺术作品都是怀旧的，并且倾向于详细描绘，甚至过于详细地描绘过去更为兴盛时期所设定的模型，但以美丽的方式重复美好的旧事物以及真实的事物，肯定比描绘那些虚假的、丑陋的东西要好得多，而且他们以前从不描绘虚假和丑陋。在这个受神明青睐的国度里，已经积累了很多美好的事物，也增添了很多新的美好。我们离明朝那些富足的日子那么近，仍然可以踩着他们编织的地毯，使用他们制作的杯子，触摸他们绣的丝绸，欣赏他们画的画，把玩他们雕刻的玉器和象牙——它们被雕刻得如此精美，就像白霜结成的精美花饰，太阳一照就会融化；最为重要的是，我们可以在他们建立的庙宇里祭拜，在伟大的陵墓旁幻想，那些帝王们在身后创造了巨大而奢华的空间，因为他们知道这象征着满载而归的胜利——我们当然要永远铭记感激之情，纪念那个使这一切成为可能的人，汉人最后一个伟大王朝的创始者：朱元璋。

第六章

　　元朝留下了一样东西——正是因为他们留下了一件如此美丽的东西,所以我们可以原谅他们的许多过错——那就是他们选择作为首都的地方。大汗们用朝廷汇集的财富建造、扩大、装饰这个城市,几乎可以说是他们缔造了我们今天称之为"北京"的元大都。他们不能把它带走,也没有时间将其摧毁。这一创造被保留到二十世纪,那个令人惊叹的世纪一开始曾被认为是最开明的时代,却也从金色的时间之沙里消失了。但南非和中国同时开启二十世纪时,在不到二十年的时间里,已经把死亡、毁灭和对人类最优秀美德的亵渎堆积得深不可测。十三世纪同样饱受战争、暴力和庞大军备的折磨。但在它远离混乱的停战期,确实出现了一些非常精致的建筑。值得注意的是,十三世纪制定了北京规划的总路线,这一计划一直延续至今。在蒙古统治者所选定的地点附近确实有一个城镇,这个城镇在他们到来之前的很长一段时间就已存在,有城墙和塔楼,还有一个国王的宫殿——那是一个小国,没有什么特别值得纪念的。在基督教诞生之前的几个世纪的阴霾中,有一个以北京为首都的燕国。"燕"是燕子的意思;在燕国历史开始的时刻,燕子的翅膀拍打着夏日的明媚,宫殿魅力非凡,过去的人们认为这座城市有着得天独厚的优势。

城镇发展重在选址,缜密的规划也必不可少,尤其在那样的年代,或许还要求助于神的启示,城镇所在的地方一定要有充足的水源;它还应具备集市的功能,让人们可以很方便地用这片富饶平原的收成交换北方游牧民族带来的毛皮和牲畜。城市被建立并逐渐繁荣起来,战争一度摧毁了它,和平又使它得以重建,直到又一次的战争把它交到成吉思汗的手中。强大的力量重击了这座城市,但不管当时造成什么样的破坏和掠夺,成吉思汗的后代——忽必烈都对其做了补偿,他在靠近契丹城①的地方建立了自己的首都。第一代明朝统治者定居在南京,而自这一段短暂的间歇之后,北京一直是中国的首都。几乎整个中国的历史,从元朝的中世纪时代到空虚的新时代,许多东西都在那里被书写——元朝的强权,明朝的信念和高雅,清朝的奢华和疯狂,机器驱动文明带来的具有侵略性的粗俗浅薄,革命者的煽动,灵感与愚昧,成功与失败,繁盛与衰落,都可以在这里的城墙、塔楼、宫殿、庙宇、宽阔的军事通道、尘土飞扬的小巷、堤岸与废墟中找

---

① 指辽中京。——译者注

到踪迹,它们藏在这个曾经的世界上最富有帝国的首都的喧嚣和孤寂中。绕着它宏伟的城墙走一圈,七个世纪的生动故事徐徐展开,一些重要的篇章不幸缺失,还有一些则完全消失。

过去的考场——汇集了一代又一代莘莘学子的贡院已经完全消失了,仿佛它们从未存在过。空荡荡的空间里聚集了一群乌鸦和跛脚的小狗,除了那脆弱的记忆,什么也没有,它昭示着整个中国古代思想体系的埋没。曾经有那么高尚和谐的思想诞生在这里。总有一天,它会复活,但不会系统地恢复,因为塑造它的社会条件永远不会完全恢复,但它会成为那些使人类摆脱尘嚣,使人类在黑暗中充满强大灵感的理想不可或缺的一部分。因为中国古代的许多思想都属于基础性的永恒真理,世界常常忽视并试图忘记这些真理。但当它被任性地抛诸脑后时,血流成河、伤痕累累,令人无法忍受;智慧遭到蔑视,骗子肆无忌惮的叫嚣声反而受到赞扬,被误认为那才是理性应遵循的唯一法则——然而此时,中国古代思想会不可避免地回归。

在埋葬着很多中国古籍的地方附近矗立着观象台,它对曾经的帝王来说十分重要,他们为其进行了慷慨的投资;在日食、彗星和行星运动中,帝王们看到了命运的轨迹。而现在,对观象台的拨款似乎已经减少到了几乎可以忽略不计的地步。低矮的建筑和长方形的小院给人贫穷的感觉,但是它们非常干净，仍然是一个安静而美丽的地方。从那里，可以看到巨大的星河在我们小小世界的上空盘旋，那里遥远且不可侵犯，清澈中泛着金色光芒。

大禹的母亲在流星中看到了它所拥有的神圣力量，它给了她最完美的礼物——第一个儿子。自那以后，当人们开始从身体狭隘的需求中觉醒，在解放的喜悦中为星星建起祭坛的时候，人类已经发生很大的改变。星星几乎保持不变。它们照射地球的角度也许会略微变化，仅此而已。也许，如果我们了解一切的话，那就是时间所带来的唯一真正变化，尽管我们不知道这一变化似乎是巨大的。在我们丰富的科学知识中，当人们第一次试图了解自己所处的世界时，我们俯视着，就像是从一个高傲的宝座上俯视着对知识的卑微探索。我们已经放弃了通过恒星来解读我们个人命运的荣辱，而积累了一些关于它们存在的确切事实；我们计算了它们的旋转速度和轨道，将组成它们的化学元素制成表格，测量它们的引力，但它们存在的内在奥秘远远超出我们的认知范围。我们能感觉到的，也仅仅是视觉角度的轻微变化。

在北京观象台建成之时，远古时代令人不解的迷信早已成为历史，对星星的简单崇拜已经被仔细观察它们的运动所补充和取代。这项任务被委托给真正的天文学家，即便占星术也是他们职能的一个重要分支。忽必烈偏爱外国人，让撒拉逊人掌管观象台；而清朝统治者把观象台交给基督教传教士。高高耸立于城墙之上的一个方形平台上,在天文学家的指导下制作的十二宫、星盘、六分仪依然在天际线的衬托下清晰可见。它们非常漂亮,是用青铜铸造的,被固定在白色大理石底座上,上面点缀着中国艺术家非常喜欢的山川、海浪和祥云等图案。欧洲科学的精确性与中国的装饰绝佳地融合在一起。二者大胆的结合让实质性的进步多了几分希望。然而,在统治欲望和对商业财富贪婪攫取的猛烈冲击下,在曾经充满信心和信任的地方播下猜疑、恐惧和仇恨,这无疑是一场巨大的灾难。这三种数学用具于义和团起义期间被德国人①盗走,当时每个人都随心所欲地拿走了自己想要的东西。空荡荡的展台看上去相当凄凉,但要知道,这些青铜器在他们流亡的路上得到了很好的照顾,总有一天,当北京比现在更有能力守护和珍惜它们的时候,回归或许可以实现。

但那一天还没有到来。②

忽视,还是忽视——这些在更强盛的时代遗留下来的美好和辉煌都被忽视了。但似乎忽视还不足以导致迅速腐朽,对那些古老纪念碑的破坏仍在继续。在城墙的一角,一半以上的砖石已经被拆掉,用于修建一些无用的环形铁路,这些铁路的收益将给外国租界的牟利者带来回报。在另一处,那

---

① 与史实有出入,实际上法国和德国各盗走 5 件。——译者注
② 法国和德国分别于 1902 年和 1921 年归还了从北京观象台盗走的青铜器。——译者注

些曾经色彩鲜艳的琉璃瓦片，已经被从国外进口的难以形容的可憎波纹铁板所取代。

贫穷、无知、忽视几乎贯穿了古城墙周围方圆十四英里的地方，这三个悲伤的词把它们的黑影投射在断断续续的人行道上，投射在开裂的石墙上，投射在破碎的石头上，投射在摇摇欲坠的护墙上，投射在倒塌的塔楼上，投射在灌木丛、野草堆上，甚至高大的柏树也在日益扩大的裂缝间拔地而起，加速结局的到来。

然而，如果这些道路能得到妥善维护，北京可以给她的市民提供不输世界其他任何首都的道路质量。因为清新空气中和阳光照耀下的那些宏伟的墙壁依然美丽，它们高高耸立在乡村和城市的街道边。景色是永恒的乐趣：西山的线条和色彩变幻莫测；一望无际的肥沃平原；冰封的运河上成群的满载欢乐的雪橇；骆驼商队把商品带进北京，又带着商品离开，骆驼背着沉重的担子，在遥远的路途上留下漫长又有耐性的脚步，商贩蓬乱的身影周围，有一种无法估量的空间感，充满灰尘、距离和孤独；四处散落着粉红色墙壁的庙宇，庙宇的大理石庭院中生长着一株株柏树；小山丘上散落着些许村庄；在丑陋而充满浓烟的火车站外，一座建筑在常青树组成的绿洲中闪闪发光——天坛祈年殿，一座在混乱、变革和亵渎中仍屹立不倒的圣殿。再往远处看，过去皇家狩猎场的绿瓦闪烁着光芒。而现在，用于输送无线电报的纤细电线杆杆在那里，汇集全世界的流言蜚语。人们不禁要问，古代中国那种原始本能，用祭祀的焚香以及琵琶、钟、鼓奏出的音乐可以从天上引来神秘的影响，总体上是否要比战场、议会或证券交易所的最新消息更有利于精神上的满足？然而，那些纤细的杆子确实指向上天，总有一天，它们可能会因和平且充满善意的信息而颤动，将这一信息传给一个接一个的国家，一个接一个的民族。

但那一天还没有到来。

人类面对着双重重压，一个是自身不可避免的需求，一个是政府施加的堆积如山的债务和税款；和平、善意、正义与仁爱可以控制和装饰思想、欲望和行为，而在这些被重新确立为一种信条之前，顶着重压的人们仍然需要打起十二分精神，为获得每天足够的口粮而艰难奋斗，根本无法腾出时间和精力。对绝大多数人来说，生活是一个痛苦的轮回，他们的一生都在灰色的屋顶下、灰色的小巷里、灰色的墙壁之间度过；偶尔穿插欢乐的间歇或灾难的降临，正如灰色的生活中偶尔闪现出白色或黑色一样。当然，绝大多数这样生活在北京的人并非仅仅是缺衣少食，而是极其贫穷。幸运的是，任凭他们的政客对国家事务如何管理不善，阳光仍然照耀着小小的庭院，欢快地渗透进狭窄的小巷，把许多灰色变成闪亮的金色。

伦敦和纽约的穷人不得不接受他们灰色的生活，笼罩着浓雾和阴云,这种灰色几乎变成黑色;刺骨的寒风和巨型工厂的烟尘吹进窗户,灌进他们的肺。他们没有西山的紫色薄雾,没有金光闪闪的天坛,也没有圣殿周围人人可见的柏树林,向众人表明神的土地有多么美好。难怪他们不再这么想了,除了涨工资以及减少日常工作时间,他们找不出什么让自己幸福的事。但是,财富和闲暇本身并不能提供一条幸福捷径;内心的和谐才是长久幸福的唯一基础——这是一种心灵上的和谐,想要达到这种境界,必须适应宇宙的辉煌与人类的相互理解之间跃动着的神圣力量。我们创造的蒸汽机和钢铁文明犯了一个非常严重的错误,蔑视了这些力量,认为这些力量与其关心的积累利润和赚取工资无关;他们相信,只要通畅的下水道和嘈杂的电车穿过每一条大道,每一个辛劳的人、乞丐或囚犯都有一定的生存空间,他们的肺能呼吸到足够的氧气,人类的健康发展就已经做得足够好。但人的生命不仅需要氧气,还应该时时刻刻被美好和圣洁包围。把艺术禁锢在乏味的学术氛围中,从不鼓励可爱的艺术魔杖进入工厂、办公室、发电站、工人的住所,这是自杀式的愚蠢行为。实用和美丽之间非自然的鸿沟已经对这二者造成严重伤害——在一些国家,艺术被彻底扼杀。在令人难以形容的沉闷阴暗的街道上,在巨型的储气罐、冒烟的烟囱、肮脏的废铁堆的阴影中,在所有这些令人失望的事物中,对光明和美丽的无法抑制的渴望,仍然在年轻人心中涌动,即便这种渴望在老年人心里已被完全扼杀，而不得不在灯火通明的橱窗里寻找食物。在众多现代化的首都中，柏林似乎是唯一一个以出色的建筑解决了这一问题的城市，它让仓库和公寓楼看起来十分有趣，激发了人们的想象力。

欧洲空洞的功利主义甚至感染了远东地区，渗透到北京使馆区大部分的新建筑中。但与当下的中国人相比，西方建筑师的罪恶却像雪一样纯白无瑕。从基督教传教士的风格、用于国际展览的场馆和省级旅游公司的二手风景，这些令人困惑的历史中，已经演变出一种新式中国风格，其自命不凡的丑陋令人咋舌。这种风格沉迷于没有任何杠杆或弹簧的拱门，沉迷于没有任何装饰价值的饰物，沉迷于不协调的比例，沉迷于与周围环境的冲突，沉迷于沉闷涂鸦和廉价气味的颜色——劣质材料、劣质工艺、劣质概念。那些精雕细琢、金光闪闪的木制品铺成的富丽堂皇的老店面，正在被普通的玻璃和相貌平平的交易台取代，这让人联想到破旧的街道和陈腐的商品。一些主要街道上的集市和剧院丑陋不堪。这种中西混杂的建筑风格已经渗透到紫禁城——昔日皇宫的周围。然而，中国古代建筑依旧美丽，只要稍加研究和照料，就可以适应所有现代的要求。并非所有的古代建筑风格都遭到遗弃。尽管经典范例每年都在减少，但它们仍然存在。

从城墙往下看，孔庙屋顶的华丽曲线依然令人赞叹，丹楹刻桷的牌楼和辟雍的黄色琉璃瓦闪烁着琥珀般的光芒，伫立在镜子般波光粼粼的水面上。在它的两边，竖立着白色的刻着经典铭文的石碑，在被人忽视的尘埃之下，是被深深地刻在大理石上的传世圣典。

附近还有喇嘛寺院宽敞的庭院，宏伟匀称的大厅和青铜器，代表着一种完全不同的思想秩序，那感觉有点像令人睡意蒙眬的冬日午后。塔式结构的精致屋顶和雕刻精美的阳台下坐落着一尊巨大的菩萨像。

鼓楼和钟楼也体现出另一种观念，它们曾经是元大都的中心，仍然让人一下子就想起中世纪的惊恐和远征。建造它们使用了许多坚硬的石头。好似两名蒙古的硬汉，走过那些被征服的艰苦岁月。钟楼和鼓楼被当作守望塔使用，用以监视下面不满的市民，监控他们起床和睡觉的时间。这些建筑上现在只剩下乌鸦、孤独的看护者和匆忙游客的偶尔凝视。人们曾经用精巧的漏壶、铿锵的钹声和鼓声忠实地标记时间，但时间已经远远地超越了他们。忽必烈的哨兵现在已消失得无影无踪。聚集在宫廷周围的忙碌人群都消失了，他们的后代被从白昼中抹去，或者漂流到其他地方，在遗弃的塔楼周围留下一片空旷的荒野。

在北京，有许许多多像这样被废弃的地方。

义和团的疯狂带来的惩罚、战乱，造成了严重后果，随后便是近一个世纪的无力统治以及外国侵略，它们无情地破坏了这座城市伟大的根基，耗尽了它的财富来源。数以百计的房屋倒塌或被毁，成千上万的居民死去或远走他乡。在城墙的坚硬外壳内，这个城市已经萎缩，缩小到不到原来的四分之三；城墙也在退却，被目前看来无法补救的衰败所侵蚀。

过去幸福岁月中宏伟宽阔的大道依然保留着，它们气势恢宏地从南面穿过一道道象征着胜利的大门，一直通向紫禁城的宫殿，天子威严地坐在龙椅上。人们计划为外国大使举行盛大的游行，这些大使队伍由皇家的大象、马匹、旗帜、音乐护送，带来昂贵的礼物——象牙、黄金、宝石、乌木和香料作为贡品——放在通往伟大王座的台阶上。

这些礼物来自缅甸、安南、东京、西藏以及西域。所有这些人都怀着同样的谦卑，把他们的贡品送到指定的地方。北京献出的贡品不会进入城市，而是被运出来——不是堂而皇之地、循序渐进地，沿着富裕且自治的人群排成一排的古老街道，而是悄悄地、隐匿地，装在不起眼的盒子和包裹里运出来，被扔进肮脏的外国制造的火车，运往被外国占领的港口，装上外商的船只，然后被送往世界另一边的国家。

从一个接受贡品的国家到一个对外纳税的国家，这是一个漫长的过程，一个惊人的变化。

这里面似乎有一种显而易见的寓意：为了避免屈辱，一个人不应该把屈辱强加给别人；那些压榨或希望压榨别人的人同时也冒着自己被压榨的风险。然而，真正的道德，即建立在现实生活实际基础上的道德，不是我们希望的在软弱和疲倦的时刻出现的那种道德，往往不能证实显而易见的事实。在一个国家或一个民族的生活中，有发展的阶段，也有衰退的时期，它们的节奏类似于海洋潮汐的涨落，树木汁液的流入和流出。一个在汹涌浪潮中成长的强大民族，像萌芽的植物一样扩张，穿过所有土壤寻找光明，它不应因此而受到责备。所有真正的道德，要求这种扩张应该通往健康发展的道路，应当有益于他人。毫无疑问，如果一个拥有强大精神和体力的民族凭借自己的劳动、智慧和诚实，在阳光的照耀下奋力拼搏，世界将会变得更好；如果它能从弱国那里获得贡品，作为交换，给予弱国充足的光、力量和能量，这个交易便不能说是不道德的。只有建立在不平等交换情况下的交易才是不道德的，一方只有索取，另一方只有给予。事实上，错误已经造成，在丧葬和灰烬中的赎罪悔改不仅仅是一个正当的报应，而且更重要的是，往往只有在忏悔的国家里才能恢复清醒的审判、对真理的热爱，以及对自己和他人不偏不倚的评价，而长期的权力和繁荣往往会使之衰弱。

可悲的是，当清朝统治者以为他们可以通过在中国对外国人的大规模屠杀，彻底摆脱已发展成严重危险的外国侵略时，他们并不知道，成功处理一个庞大帝国的各项事务的基本素质已经被削弱到何种程度。这只能解释为他们把身体和灵魂交给了一种幻觉，盲从之风席卷整个人群，使他们目不能视，耳不能听。盲从是母系社会无知的产物，父系社会要么产出极度贫穷和它带来的狂热希望,要么制造过度奢侈和过分自负,相反的极端往往产生相同的结果。不管中国的父权多么强大,中国人这种危险的盲从行为,在它持续的过程中,都是一种巨大的力量——即使是皇太后也同样如此,尽管她天生精明,却也毫不犹豫地相信"义和拳"背后的秘密仪式能防御子弹的传闻。防弹就能无敌,无敌就能粉碎外来的威胁——虎视眈眈的"九头蛇"。彻底改革对于清朝政府来说就变成了叛国的禁忌,但其实只要有技巧和耐心,这种改革是可以被保护的。对外国人的仇恨,用刀剑进行的战争,是每日的呐喊,也是每时每刻的信仰。杀戮是一把双刃剑,既可以杀戮外国人,也可以杀戮中国人,这难道不是真的吗?难道义和团真的刀枪不入吗?

历史总是以意想不到的方式重演。义和团狂热了十年之后,其他一些痴迷战争的国家虽然没有明确声称自己可以抵挡子弹,却有着与"义和拳"传闻极为相似的盲目,他们相信屠杀只能导致敌人的严重伤残,而不会伤害自己——他们自信能赢得压倒性的胜利,除了可憎的敌人,没有人会流血,而能使他们自己的后代免于毁灭的和平,则被称为叛国,所有想追求和平的人都必须为了自身安全陷于沉默中,屈从于当时的伟大力量——只会消灭敌人的战争。

想到这一切,人们不禁要问,有那么多的智者、圣人和先知指出了通往正义、公平和仁爱的道路——他们光辉的真理被刻在石头上，写在羊皮纸上，被复制了无数份，被人在成千上万的讲坛上布道，在数百万的学校里讲授，世世代代以来被奉为神圣的启示——为什么还会时不时出现整个民族都跌入精神盲从的深渊，这种情况使他们将自己的思想、感情和行动屈服于邪恶的愤怒、报复、不公正和自私的激情，这些激情本应在很久以前就被克服。造成如此巨大失误的原因似乎是，被取代的不一定是智慧，每一项伟大的遗产都必须先获得，然后才能真正拥有。除非每个人都勇敢又耐心地重新发现圣人和先知所宣布的伟大原则，用他们自己的生命之光点燃这些原则，用他们自己的血液加速这些原则的吸收，否则它们只不过就像干燥的种子一样，躺在人的大脑里，它所有的生长潜能、美好养分都被锁在一层坚硬的棕色外壳里，对它们所在的有机体没有任何好处。

放置而不是种植，灾祸的根源就在那里。

没有灵魂而又刻板的教育，即使是最纯粹的智力教育，比没有智慧也好不了多少，甚至可能更糟；因为这种教育因伪造的浮夸知识和环境而膨胀，否则人们或许会谦卑地承认他们还有很多东西要学。它用僵化的惯例束缚了主动性，淹没在修辞的泡沫中，对重要原则的把握只能在耳语或无言独处的直觉中显露出来。

当突然面对危险或诱惑时，那些被词句压得喘不过气来的人毫无防备。在强烈情绪的压力下，疯狂的恐慌、愤怒或猜测达到狂热的程度。如果人们能有效控制住自己的思想，所有这些崇高的原则都会使他们避免愚蠢的行为，将那些疯狂像秋风扫落叶般彻底甩掉。之后，一个没有受过教育的人赤裸裸地表现出他原始的野蛮、盲目和懦弱的姿态，如果他不是那么危险的话，那他便是个可怜的人，面对暴风雨大喊大叫、手舞足蹈，那磅礴使他沉醉，那喧嚣令他发狂，然后把他过热的脑袋撞向寂静的厄运之石。

一些人饱受文字之苦，缺少古人的智慧，依靠祖先的成就而不是依靠自己，幼稚地把自己的优越感当作一条全世界都该欣然接受的公理——他们必须接受这样的惩罚；停止观望，继续祈祷，只是为了逼迫神灵，要求迅速获得不应有的成功，而这样的要求会被神灵拒绝。

这就是"义和拳"和所有信任它的人受到的惩罚。现代的手枪和来复枪穿过义和团成员的身体，证明他们不过是凡人的血肉之躯；也穿过数百名无辜的人的身体，像往常一样，比用惩罚有罪的人更严厉的手段，惩罚无辜的人。许多的财物被义和团烧毁，也有许多被外国士兵肆意摧毁或破坏，人人都在大肆掠夺；朝廷的权威受到致命打击；人民对其旧神灵和旧规制的信仰被严重动摇。怀疑、不满、烦恼、骚动、不安，不分青红皂白的推翻和考虑不周的偷工减料，种种情绪在一个六神无主的国家里肆意蔓延，好似有个笼子隔绝着什么，笼内的猛禽像鸽子一样发出亲切的咕咕声，笼外的狼群则假装成忠实的牧羊犬。

这是一个悲惨的时代。

它将持续多久,将怎样结束,会带来卓越的复苏还是更沉重的衰败,这很难预测,因为这个国家各种各样的力量在不同的方向上角力。但不管发生什么,生命永远不朽,命运从不懈怠,今天的失败可以编织出明天的胜利——这一代人的愚蠢可以编织出下一代人的智慧。

冬日,中国北方的天空总是万里无云,太阳闪烁着无穷无尽的光芒,旧时的美丽与当代的丑陋、庙宇与宫殿、营房与堤岸,在同样的光芒下熠熠生辉。但太阳最喜欢在庙宇和宫殿上闪闪发光。这些光芒照在琉璃瓦屋顶、牌楼釉面砖和朱红色柱子上,好似半透明的镜子,加之大理石楼梯、庭院、露台耀眼的白色,光影无限交汇、放大、增强。

寺庙和宫殿极其相似。中国的世俗建筑和宗教建筑之间没有基督教国家那样的鸿沟,因为当中国人开始建造庙宇以崇拜浩瀚的精神世界时,当他们建造宫殿以认识到世俗权力的重要性时,他们从来没有想到宗教会成为每周都要按规矩穿上并脱下圣服的程序。住在宫殿里的天子也主持祭坛。没有教区教堂,但每一个大户人家都有祠堂,每一间穷门小户都有神龛,这意味着处处都信奉着神圣的思想,怀有崇敬和奉献的感情。正因为这一点,很难理解为什么中国经常被称为不信教的民族。宗教感情确实比它具象化的任何形式都要宽泛得多——事实上，对于那些不能触摸，却能感觉到的东西；不能看见，却能认识到的东西；不能听见，却能回答的东西；不能理解，却能阐释的东西，宗教无异于人类对这些事物的全部信仰。这就是人们对所谓的神圣、灵性、未知、非物质、上天，以及"道"的感知，这一切都是，而且不止这些，它们在生与死的流动中保持不变，在事件和事物的短暂停留里经久不衰，在被动的惰性中充满创造力，知晓一切、绝对耐心、绝对善良、绝对智慧、无所不能，在时空中永恒。因为它是无限的，而人类的智力是有限的，因此仅仅通过人体的思维器官工作，只能理解它的某些方面。每一个民族，每一个社会发展阶段，每一个宗教的创立者，都从无限的光辉中找出一个最能充分反映其真实内在的方面。一些优秀的知识分子，诸如莎士比亚、歌德、贝多芬那样"在上帝耳畔低语的人"，反映出永恒的许多方面。这使他们的工作富有深度且永垂不朽，使一代又一代人来寻求他们的指导、安慰并获得灵感。但即使是这些人，也不能把无穷的光辉全部带入尘世，作为统一口径和进行融合的指南。人类最早的宗教创始者更不可能做到这一点。

然而，对于一个民族未来的整体发展来说，最重要的是宗教的无限性吸引了人们的注意力，宇宙的法则无论是表面的还是本质的，黑暗的还是光明的，野蛮的还是温柔的，都吸引人们对其进行崇拜。

比如，早期的埃及人对强大、有力和破坏性强的事物印象最深。在一段时期内他们可能仍然是"野蛮人"，他们认为众神之间是相互战斗、彼此吞噬的。在他们发展的后期，光芒万丈的太阳圆盘出现，它蕴藏的永生力量，让他们心生敬畏，使更古老、更黑暗的邪教黯然失色；但公牛、狮子、鹰、鳄鱼，象征着凶残的力量，却在人们的想象中挥之不去，被描绘成了兽首神的形象，也有法老用一只手抓住一群囚犯的头发，用另一只手殴打他们的形象，这些都表现了人们对强大力量的兴趣。希腊人在激情和力量的游戏中认识到神性，在酒神们制造的狂热中，在他们热血的奥林匹亚人的爱恨情仇中描绘神性。因为他们首先是艺术家，而激情，作为产生艺术的环境中不可或缺的元素，对他们来说是至高无上的现实。

日耳曼部落生长在艰苦的环境中，那里的冬天漫长而黑暗，风暴席卷着海浪，薄雾笼罩着森林。日耳曼人需要坚韧的意志和强壮的身体才能生存，因此本能地崇拜战斗带来的成就感，为持久的耐力和战场上英勇的表现而骄傲自豪。在血迹斑斑的荒凉之外，在女武神瓦尔基里乌鸦般的黑色翅膀之外，他们把生命想象成一棵巨大的"世界之树"，扎根在神秘的宇宙深处。在那里，命运之神在黑暗中编织着众神和人类的时代之网，邪恶的力量蠢蠢欲动，随时扑杀光明之神巴尔德尔，他终因年轻俊美而饱受痛苦，直至被杀害，但他将在一个充满幸福和纯真的梦幻时代归来，消失在无法形容的朦胧黎明中。奥丁在世界之树的阴影下，聆听它们古老的摇曳低吟，他无所不知，聪明睿智，当战场上的乌鸦立于他的肩头之时，长矛的"饥饿感"才得以平息。对于在这样的激励下长大的人来说，想要生存下去，他们就必须变得坚强，抵抗攻击，英勇作战，这是正义、真实且被上帝所认可的。他们丝毫不能接受中国帝王的态度，当入侵的野蛮人想要占领中国人的家乡时，皇帝和人民只是平和地离开自己的家园，开始漫长地跋涉。同样情况下，挪威人的首领会奋然拿起武器，要么把入侵者赶出去，要么在战斗中死去。

但中国人在压力面前的顺从，对压倒一切事实的服从，同样是正义、真实且被上帝所认可的。两种观念都没有错，也都不完全正确。就像孔子阐释智慧一样，老子阐释灵魂，他教导古代中国人，顺其自然可以治愈邪恶。毫无疑问，这种理论时常应验。顺其自然也不是那么困难，因为总的来说大自然还是颇为仁慈的。而吸引中国人的正是无限的丰富内涵，尤其是天上的雨露和阳光，以及大地的丰饶和人类劳动之间的良性互动。

苍穹浩瀚的气度，在大海与陆地、山川与平原、沙漠与花园之间绵延闪耀，拨动中国人的心弦。土地辽阔且深沉，天地无声且缓慢，却拥有惊人的运转生产能力，它们依靠人来获得欣赏和理解，人类依靠它们来繁衍、养育、生存，使心灵和谐,构成一幅美好且令人欣慰的图景。人们认识到,只有农夫才能认识到神性,他们的工作、希望和欲望被深深地播种在田垄里,保持着和四季更迭一样的节奏,躺在大地平静的怀抱里,被朗朗晴空像热情的爱人一样包围并温暖着。他们看不到黎明中燃烧的太阳神阿波罗,看不到篝火旁闻乐起舞、吟唱歌颂的狂喜酒神,看不到在暴风骤雨下的旋涡中喘息的女武神;看不到暴躁刚烈的朱庇特,也看不到作为造物灵魂和顶峰的奥丁;但他们可以感觉到辐射、影响、庇佑、趋势、节奏,潮汐的涨落,潜在或显露的能量,因为那是宇宙伟大心脏的收缩和舒张。他们或许缺乏想象力,但洞察力很强。科学并没有在太阳的光环下发现光芒四射的阿波罗,也没有发现狂风中的女武神,但确实能证明大量的辐射、振动、相互作用弥漫在每一种物质的原子和生命纤维中。当然,当这些东西反映在古代中国人的头脑中时,并没有锐利的轮廓,清晰的细节,而当反映在现代科学的镜头中时,它们就会显现出来。神话和奇迹的光环,梦幻般的混乱笼罩着他们,尽管如此,中国的宗教也更接近现实,比世界上任何其他宗教都更远离拟人论。这使得中国宗教具有全面性与温和的理性,没有傲慢的狂热——这些东西超越了任何信仰或狭隘的民族宗教。

中国人比西方人更谦卑,因为中国人更为诚实,他们并没有把人作为宇宙形成的中心,以人自己的形象创造神;中国人把自己与那些巨大的精神和物质力量协调起来，这些力量就像天地一样完全包围着他们的生命。他们意识到自己是这个世界中的一个个独立实体，是一个个特定的时空点，通过记忆与过去相连，通过想象与未来相连，通过意识与现在相连；他们感到自己受到来自外界的巨大影响，这些经验一方面影响他们的身体，身体也能在这些东西上起作用，另一方面化成神秘的力量，这些力量以直觉、梦境、幻象席卷他们，在空中威严地注视着他们，通过星座变幻的节奏、季节的更替、生长和衰败的规律，以及命运中的时间顺序来与他们对话。中国的天、地、人三位一体，不管它是否符合一个终极的形而上学的真理，这无疑是符合人类意识的事实；而且他们不允许这些事实被神、天使和魔鬼的绚烂夺目所掩盖，也不允许像其他大多数民族那样，让那些被放大的凡人模糊自己对神性的看法——这是个了不起的成就。在中国本土的宗教中，确实存在着一种以人的形象作为所崇拜神灵的现象，以至于需要食物和饮品的供奉。他们要么是逝者的灵魂，要么是与逝者灵魂相似的形式，人们的想象自然不会完全从他们旧有的身体中完全剥离出来。但即使是这些形象，都是人为的影响，像影子一样，远非具象的人，加上翅膀、光环、动物头等等。

孔子认为沉迷于超自然的研究有很大害处，而远离鬼魂才是最明智的做法，他很可能表达出了中国人对超乎常人经验的事物的基本感情。这种感情被称为淡泊。更确切地说，它超越了作为艺术和诗歌的单纯附属品，直接进入它们最深处，是一种神秘的感觉，一种无边无际的感觉，一种无法用任何清晰图形表达出来的无限感觉，可以被表达得很准确，但又很不具体。

与神像林立的埃及庙宇相比，没有特殊形状的中式寺庙可能显得有些光秃秃，抑或与天主教堂相比，那里令人眼花缭乱的十字架、圣物盒和雕像，似乎让中式寺庙显得空空荡荡；但中国寺庙的简朴素净给人一种庄严的感觉，门廊和露台的比例也透着一种和谐，人类建筑与挺拔的树木和明亮的天空融为一体，创造出开阔的视野，使整个环境显得宁静而圣洁，这是许多豪华大教堂难以营造的感觉。

在所有这些寺庙中，最完美的便是祭天的寺庙。或许最完美的寺庙是人类对某种比自己短暂生命更高尚、更纯洁、更持久的东西的渴望，而且在地球上任何地方都是如此。

成片起伏的草地和挺拔的树木被小径、供列队行进的林荫道隔开，在这光线充足、气氛宁静的空间里，天子常常守夜，以便进行次日的隆重仪式；他在天地至尊面前三跪九叩，为其献上一头红色公牛的毛发和鲜血、绫罗绸缎、玉璧，但最重要的是，他对神灵所有珍贵的赠予表示感谢和崇拜，并祈求上天保佑他所有的子民。

还有音乐的伴奏——箜篌、笛子、弦琴、锣鼓，伴有钟声，配上欢快的和平赞歌，与芬芳的香火氤氲交融在凉爽的黎明光影中，夜晚的最后一轮星星在更强烈的白昼中黯然失色。仪式于日出前举行，在一个巨大的土丘上，由三层同心圆大理石组成的平台，由小到大、自上而下整齐地排列着，最下一层，直径有二百一十英尺，最上一层的直径也有九十英尺。根据某种我们无法理解的神秘原理，整个结构是由数字三和它的各种倍数组成，特别是用它的平方九来控制数量。最下面的露台有一百八十个栏杆，第二层一百零八个，第三层一百七十二个；九级台阶从一个圆圈通向另一个圆圈，这些光滑的台阶均为白色，在它们上方的正是空中飘浮的露珠、太阳闪烁的微光、星星金色的薄衣和月亮银白的微笑。在古代中国，遮盖祭坛会被认为是一种诅咒，会阻隔一切活力和繁荣的良性影响。

> 天子大社必受霜露风雨，以达天地之气也。
> 是故丧国之社屋之，不受天阳也。
> 薄社北牖，使阴明也。

在这些话中，我们很容易看到一些迷信或关于崇拜原始星体的回忆。但不要忘记，当人们被困在杂草丛生的城市的烟雾下，困在屋顶、墙壁和人行道之间，不再接触壮丽的天空，不再接触辽阔自由的大地时，他们对无限的感知将会恶化到完全消失的程度，只有从更健康的过去中拯救出来的传统才能维持无限的存在。

古代中国的纯真一如既往地引出着真理，尽管她表达真理的语言充满奇幻色彩。天坛线条优美，雕刻雅致，祭器造型和谐美观，环绕的琉璃瓦与大理石耀眼的白色形成鲜明对比，松柏翠绿而宁静，天空深邃蔚蓝——在所有这些事物中，有一种独特的真实感。它们一定是在深深地注视那位能够设计和建造如此宏伟工程的神明；统治者在一个民族眼中的形象必定光辉伟岸，才使他成为这样一座祭坛的大祭司。难怪他们首先要求统治者做他们的父亲，使人民爱他、敬畏他、忍耐他、顺服他，反过来统治者能保护他们的软弱，约束他们的愚昧，将无知的他们引向智慧的道路。因为在这里，在神圣的树林里，建筑物和地平线上，除了智慧、爱和崇拜之外，没有什么是重要的——这种爱并不能被满足，除非它能显示出其存在的根源——即某种狂热的崇拜；这种崇拜不言而喻，即使是最强大的人，在神灵不知疲倦的手中也不过是小孩子；这种智慧可以在每一种和谐的线条和色彩中，在每一片闪烁的树叶和它们中间流动的光芒里，听到神灵的低语，把它们与太阳伟大光芒的照射路径联系起来，这些光芒在深不可测的空间中神秘移动。

正是这种从浩瀚地平线上捕捉的光芒，在沿着三个完美无瑕的白色圆环曲线流动、飞溅和闪耀，这三个圆环被置于绿色和青蓝色的框架中，光线也在这里流动，但要柔和得多，因为它只与框架和饰物契合；用最迅速、最活泼、最具生命力的光，成功地点燃了无生命的石头和沉重的泥土，这使天坛如此美妙，如此令人满意，解决了如何用建筑表达人类对生命之源和造物之巅的崇拜。

人类对土地持久力量的感激之情同样完美地体现在先农坛上，其宽阔的围墙与天坛相映成趣。与天坛相比，先农坛外观线条相同，但规模较小；有随风波动的草地和青翠的树木，闪闪发光的琉璃瓦，常青的柏树，光滑的大理石，开放的祭坛。同样，这里看不到具体的形象，但在大块石头上凿刻着代表河流、海洋、山脉的图案。因为在这里，人们对大地的丰饶和伟大进行庄严的崇拜。这些表现形式仅仅是轮廓，在它们约定俗成的简洁性中几乎被简化为符号，但很明显源于同样的灵感，使得中国艺术家在最好的时期画出的河流和山脉如此奇异而美丽。

的确，从来没有别的艺术家对描绘山景有如此深刻的理解，中国人完全可以被认为是山景诠释大师，正如希腊雕塑家是公认的人体诠释大师一样。白雪皑皑的阿尔卑斯山，石楠花覆盖的高地，还有沐浴在峡湾明媚阳光下的悬崖，都被欧洲人画过。但是巨大山脉宏伟壮丽的弧线；大瀑布飞流直下，汇聚成河流并源源不断地涌向大海；令人恐惧的雪崩和悬崖；被暴风雨摧残后的森林，不屈不挠地存活;古老的松树通过根茎紧紧抓住岩石,"咬破"顽固坚硬的岩石,通向土壤中隐藏的养分;巨大的山峰拔地而起,从温暖的大气层延伸至平静的苍穹,而另一端便是月亮的边缘——在欧洲,所有这些伟大的东西都反映在尼采的《查拉图斯特拉如是说》中,反映在理查德·施特劳斯的音乐中。它们却被中国古代艺术家有力而迅捷的笔触渲染成完整的壮丽图景。欧洲画家只从中收集到粗糙的素描以及镜头下的零散碎片。

因为中国人痴迷于看山,中国人爱山、崇拜山,给它们起了诸如玉泉山、百花山之类的美名。中国人到山上朝圣,疲倦不堪时逃到深山之中,在那里隐居成为流浪诗人;他们把皇帝安葬在大山忧郁的阴影深处,为山鹰的凶猛锐利而欢欣鼓舞,为山间云彩的朦胧而哀伤;在山顶修建寺庙,在庙中供奉神圣的侍卫,守护着民族的摇篮;人们还围绕山脉编织神话、传说、梦想。因此,他们可以画出山的多重复杂性。山脉的丰富在悠长的回声中被唤醒,山脉的浩瀚在回声中引起深深的共鸣。

艺术家如果讨厌一样东西,会把它画成滑稽漫画;艺术家如果对一样东西没兴趣,就只是简单地勾勒出一个相似的外形。但如果他深深热爱一样东西,他心中渴望描绘的形象,就会将他血液中所有的欢乐、悸动和活力都集中到画作里;他把它描绘出来,这样别人在看到他作品的时候,就会学着像画家本人一样,去爱这样东西。在诗人和画家的指引下,古代的中国人热爱山、海、河,并因为热爱这些事物而感激地球母亲,因她的丰硕,也因她的慷慨。因此,他们用木头、瓦片在空地建造庙宇,专门用于供奉地球母亲——对自然的崇拜,是一种纯粹、神圣、直接而脱离事物真相的崇拜,没有任何病态说教的污点。卑鄙的异端邪说认为地球的美是一个陷阱,她的自然规律是一个悲伤的车轮,她慷慨大方的馈赠滋生了罪恶——但这些邪说从未成功地将中国的智慧从其古老而宏大的宗教中分离出去。

但是现在,这些都遭到了亵渎,这是比异端邪说更严重的威胁。因为信仰商业主义,在美丽广阔的地球上,根本没有任何值得尊敬的对象,仅仅是一片可以赚取利润和投资的土地,并计划将全人类拖入其织就的扼杀之网,迫使世界表面越来越多的土地进入其开发的轨道——"发展"是官方的快感。要想完成这一点,就必须摧毁广大土地的和平、美好和肥沃,让自由农民变成肮脏的雇用团伙。全国上下都陷入疯狂的互相残杀又有什么关系?只要能增加红利就行了!

对财神爷的崇拜中没有慷慨可言,对金牛的崇拜中没有怜悯可言;更残酷的是同类相食,这种最狡猾、最强大的可怕理念已经让人类的思想变得黑暗。它在城市迷人的奢华中孕育而成,就像它的祖先一样,成长在拥挤的营地里,刚从壮丽山峦中走出来便充满难以控制的愤怒。不尊重刻在石头上的神圣戒律，不相信良知中跳动的理想；账本是他们的信条，录音带上的语录是他们在祈祷时摸索的念珠。

没有为天堂建造的雄伟祭坛，没有为大地建造的恢宏庙宇，只有交易所、办公室——成千上万的办公室，用来登记狡猾的交易，审计巨大的资产负债表，那里没有明亮的阳光，没有弥漫在广阔田野上的芬芳，没有带着高山气息的清新空气。就像致命的麻风病一样，商业主义正在从一片海洋传播到另一片海洋，从一个极点传播到另一个极点，用大量机器制造的丑陋使一个又一个国家面目全非，用它的毒药污染一寸又一寸土地，用它无情奴役带来的耻辱，给一个又一个民族打上烙印。

有许多迹象表明，商业主义也传播到了中国，在中国人中赢得了软弱的皈依者，使他们对祖先如此崇高的精神漠不关心，用浅薄的理论来摧残他们对周围精神力量的敬畏、崇尚和感激。忽视寺院是有原因的，因为那里满是贪婪无能的僧侣；忽视城墙更是有许多借口，因为它们抵挡不了任何攻击。但是，没有任何理由和借口可以忽视像天坛和先农坛这样美丽动人、神圣无比的庙宇。对神圣悦目的绿色空间的需要，对所有精神力量的需要，从来没有像在这个思想不断发酵、价值不断变化、忽视变革的时代那样强烈——这个时代因吹嘘的噪声而失聪，因许多发明的光芒而炫目，它面临着迫在眉睫的危险，很可能会失去所有神圣的幻想。在神圣逐渐远去的地方,人类在富足的岁月里没有崇高伟大,在危难的时刻缺乏指引,在苦难的日子未被治愈。

但是年轻的中国对自己"新衣"的剪裁过于满意,过于缺乏使用权力的经验,没有太多的时间去考虑自己美妙的过往或充满威胁的未来。因此,其宏伟圣殿光亮的瓦片会滑落并摔碎,杂草会在人行道的白色石板之间生长,大理石栏杆会开裂脱落。天子不会每年在田里犁出第一道犁沟,以纪念神农大帝,象征统治者对人民劳动的关心。

孔庙的周围也弥漫着相似的伤感,那是一个充满活力的中国,以始终如一的奉献精神来保护的第三个圣殿。抛开它巨大的伦理意义不说,孔庙也是一座充满美好和宁静的建筑。琥珀色瓦片铺成的华丽屋顶置于复杂精巧的屋檐上,这些屋檐用蓝色和绿色绘制,令人想起绚丽的孔雀开屏。在庭院里,雕刻精美的白色纪念石碑衬托着缄默的翠绿柏树,据说这些柏树是约一千年前种下的。

通往主殿的神圣阶梯是一块巨大的大理石板,上面深深地刻着五条交错的龙。它们盘曲的身体强劲又柔韧,紧握的爪子,灵动的嘴,都被展现得惟妙惟肖。但在艺术上,最令人印象深刻的是巨大的亮红色柱子,分为四排,将大厅划分为若干个过道。大殿里所有的东西都是红色的——柱子、祭坛、灯笼、神龛、门、窗户等木制品——红色里带着淡淡的金色——鲜红、明亮、坚固而真实。

第六章

除了黄色以外,没有其他颜色能经得起如此奢华的考验。但是,红色温暖而欢乐,它胜利地宣告着在明媚阳光下快乐生活的意志。因此,将红色用在一座庙宇中令人非常愉悦,这座庙宇是为了纪念一个知晓生活伟大之处的人,因为他深知——人与生俱来的权利无比高尚。

这个圣殿里没有他的塑像,只有献给"大成至圣先师"的朱漆牌位。

这不是奉承,而是事实。

他是人类所在的星球上最优秀的大师,最伟大的模范,曾让一个民族紧紧追随。传教士们本能地感觉到,伟大的孔子使他们在中国的活动失去所有意义,他们尽最大努力把孔子的高大形象缩小到想象中的微小比例,并把他最令人反感的形象传播到国外,把他描绘成一个沉闷的形式主义者,在他眼里,没有什么比举行复杂的祭祀仪式更快乐;他们还把他描绘成一个学究,像他喜欢收藏的古籍一样干瘪,是公元前500年时缺乏变通的官僚思想的典型,被繁文缛节和对先前例行的奴性崇拜所包裹,而到了公元十九世纪中叶,也就是说,经过了二十三个世纪,中国的官场僵化了。传教士们举出这一点,作为孔子控制同胞的主要理由。似乎在任何时候,在任何地点,学究和形式主义者,必然属于寄生的、非生命的心智类型,能够在他们物质存在的轨道或官方部门的范围之外发挥影响。要记住,孔子不为官的时间远远多于为官的。他的追随者,在他充满艰辛和危险四处漂泊时,忠诚地跟随着他,他们不是依靠上级的善意来获得职业发展的下属,而是自由的人,他们到孔子这里来,除了得到道德智慧上的教诲和提升,其余什么都不要。单凭这一点,就足以证明他获得了鲜活而强大的知识阶层的拥护,这个阶层生产精神食粮,而不仅仅是空壳;他们给学生提供的是粮食,而不是石头。

还有一点也可以证明孔子教义的伟大:他的许多同龄人都嘲笑挖苦他,他却得到了越来越多后人的钦佩。现在,没有什么能经得起最无情的批评——时间,除非它有伟大的内在,体现人类成就的最大化;除非它有真实的内在,永远不会与人类不断积累的事实知识相矛盾;除非它有美的内在,充满平衡、和谐,达到一个平衡点,人类的忠诚在经历剧烈的波动,到达相反的极端之后,又会不可避免地回归到这个平衡点。孔子在游历四方时留下的印迹,清楚地表明他是一个既有博大温暖的感情,又有深邃过人的才智,且刚正不阿的人。

在一段时间内,孔子被描述成一个没有血统、没有财富、无足轻重的人。唯有苦难可以在一个有意识的生命和另一个有意识的生命之间,建立起最牢固的联系。孔子温柔地为盲人乐师引路。盲人内心激荡的灵魂向往伟大的外部世界,但二者之间似乎隔着一堵空白的墙,这墙上本应有一扇明亮的窗户。孔子极富同情心，心怀尊重，尽自己最大的努力，使盲人乐师脸上燃起幸福和感激的微笑。①

我们又一次看到，孔子忍受着绝望带来的无助感，这种感觉使健康的人在目睹生命流逝时感到羞愧；孔子伸出他那善良温暖的手，穿过格栅紧紧握住患病弟子伯牛的手，忍受着那痛苦而有力的抓握，伯牛因患麻风病而奄奄一息，可怕的斑点已无法被隐藏，痛苦的身躯已经陷入无法挽回的衰变。②

我们还看到，孔子悲痛万分，为失去颜渊而不知所措。颜渊是他的一个弟子，他把自己心中装满的爱和理解塑造成一个坚固的盾牌，挡在大师和孤独之间——孤独是所有高高在上的人注定的命运。

"噫，天丧予！天丧予！"孔子为此痛哭，不愿得到安慰。

因为他知道死亡是一个巨大而深不可测的谜，坟墓是一道裂痕，突然划破了看似坚实的生命之网，吞噬了年轻可爱的人，留下了惊愕颤抖的老人和寂静与黑暗，没有人会帮助生者来承受他们的悲痛。希望能使人产生幻觉和梦想，但孔子的诚实精神所表现出的非凡勇气，不会屈服于那诱人的把戏，假装把这些希望、梦想和愿景变成不可否认的现实，变成不容置疑的真理。

---

① 出自《论语·卫灵公》第四十一章。——译者注
② 出自《论语·雍也》第六章。——译者注

"未知生，焉知死？"

当他感到恐惧的神秘感向他逼近，感到与这片土地分离的阴影在他记忆的最深处，为他的思想和行动赋予意义时，悲伤降临到他身上。因为他爱这个生动多彩的世界，不是为了从中获得最大的快乐、财富或权力，而是为了在这里可以施展仁爱，获得光辉的正义宝石。他一生中所有的日子都致力于这两件事。为了仁爱和正义，他饱受贫穷和流放之苦，忍受着人们的嫉妒和恶毒，忍受着他们可怕的愚蠢；他用言语、行动和身体力行来教学和指导。现在他的日子就要结束了，可还有那么多的苦难没有得到补偿，那么多的不公没有得到解决，那么多的错误没有得到纠正。

只有五十年的心血啊！可他需要整整一百年。

与永恒相比，一百年的时光算什么？但他知道他没有那么多时间，他知道他的工作就像所有的人类工作一样，都将只留下一个碎片，没有人能全部完成。

因此，他心中充满挫败感和破灭感。他梦见自己坐在家中的梁柱间，面前摆着祭物，就是在死人面前献上的祭物。他明白了这个梦的意义，站起身来走到外面，他的手杖几乎从手中滑落，突然变得无力，对生活中熟悉事物的把握出奇地放松和无力。

孔子走过去，凝视着黎明，黎明预示着新一天的到来。他觉得自己不会再见到黎明，于是他像往常一样，自言自语地唱着:"泰山其颓乎?梁木其坏乎?哲人其萎乎?"

他面色死灰,心里充满死亡的悲伤,悄悄地回到家里。他对赶来的弟子子贡说:"赐!尔来何迟也?……而丘也殷人也。予畴昔之夜,梦坐奠于两楹之间。夫明王不兴,而天下其孰能宗予?予殆将死也。"

弟子们为他哀悼,为他恸哭,并将他安葬。弟子们依照他的教诲生活,把他的教诲像传家宝一样传下去,忠于他们的信仰。孔子一向非常谦虚,他低估了自己劳动的价值。他创造了比他想象中更有益的东西,远远超出了他自己时代的理解,创造了民族辉煌的未来,也许创造了全人类的未来。而现在,他受到了如此卑鄙的误解,人们迫切需要听到从过去深邃的平静中发出的强有力的真实声音。

那声音来自孔子,无上辉煌。如果魏国边城的长官能预见中国边界以外的情况,该有多好;如果那声音像一座大钟被高高挂起,超越我们市场的喧嚣、议会上的卑鄙、工厂的压迫,就可以向那唯一真正重要的事情发出呼唤:爱和善良!爱和善良!它能提醒人们,他们最宝贵的与生俱来的权利,不是拥有地球,而是美化地球;不是仇恨和毁灭,而是造福和建设。

孔子认为让世人效仿的,并非做一个圣人,退出平凡生活,进入一种人为的平静冥想;并非一个只是为了称得上非凡天才的身份,或者建立在巨大轮廓之上的超人,而是做一个简单、诚实、善良、自律的人，他的正义感要比勇气更强大，心中无所畏惧，只惧怕内心的负罪感；他会安抚老人，爱护、珍惜并尊重年轻人；他不惧怕孤独，不会让邪恶的思想冲昏头脑；他把不义之财和名望视作浮云；对道听途说的传闻不做任何评价，最讨厌骄傲、虚伪、好斗和贪婪；他是一个正直、善良、慷慨的人，每个人都可能成为那样的人，人们通常会以一种赋予感官享受的热情，来热爱高尚的品格，在平和宁静中找到他们所需要的一切，因为他们使自己的思想与在天、地、人之间的美妙旋律协调共振。

这是一个美好的理想，可能不是世界上最崇高的理想，却是一个可以遵循的理想——不把所有的欲望都打上罪恶的烙印，不忽视公民的责任，不在自以为是的宗教派别编织的沉闷笼子里使意志变得强硬，使耐心缺氧窒息。

孔子的伟大之处在于，他从不假扮成直接与神灵对话的使者，如果他的信息被拒绝，神是会生气的；他从不在人的上方画一个永恒的幸福天堂，引导他们向上努力；他也从不在人的脚下设一个炽热的地狱，教他们小心行事；他仅仅发现了人类自身最好的一面，他对仁爱的追求、他在善意中获得的喜悦、他对正义的渴望、他对理想的热切希望——他找到了这些，并把它们高高举起，创造出一个本应被创造的世界，清除使人堕落的贪婪压迫者，从产生仇恨、恐惧和残忍的权力欲望中解脱出来；在一个把同情和崇敬作为主旋律的世界里，每个人都能过上正义、高尚的生活，充分发挥身上所有的光明和美好，让卑鄙、暴力的人扭曲的灵魂因羞愧而消亡。这样的一个世界，难道不值得去创造吗？难道不值得绷紧每一根神经，将在纷争和自我吞噬的竞争中，被严重浪费和分散的所有人类的努力团结起来，最终在地球上实现这样一个世界吗？

但人的眼睛被蒙上了，耳朵也被遮住了。他们所关心的，并不是在神明的蓝天上敲响正义和善意的钟声。柜台上响着堆满金币的叮当声，淫荡的歌声，令人厌恶的媒体做出的头条新闻，这些都是他们"舞蹈"的伴奏；人类理想的智慧、仁爱、正直这三大美德，甚至像很久以前祭坛上香烛的灰烬，变得灰暗而冰冷。世界已经偏离正轨，并且也不愿再找回正确的道路。因为它让狼成为牧羊人，选出那些充满技巧但没有知识，充满偏见而没有原则，充满傲慢却没有勇气的人作为道德的向导。

孔子生活的时代，无论是上层人还是下层人，可能已经饱受贪婪、背叛和暴力的困扰；正如我们的蒸汽机和钢铁文明创造了蓬头垢面的无产者和幕后操纵的政客一样，在孔子的时代，至少对美好事物的信念并没有退缩成一个渺茫的希望。人们并没有看不起那些远低于他们认知水平的思想指导。他们仰望着高不可攀的心灵。现代人把巡回演说家和意见领袖放在哪里，就把学者和圣人放在哪里。

这是显著的差别。

现在，中国的先哲们似乎已经像古希伯来的先知一样，既是"喉舌"，又是舆论的引导者，他们完全可以独立于廉价的媒体，发展成为一支以口才著称的力量，一个任何政府都不敢忽视的自由堡垒。而他们也像希伯来先知一样，不受任何影响，也不追随任何人，只是通过自己的努力获得成就。而这些努力并不是为了获得更多的财富，使法律、政治和舆论变得腐败。他们专注于更有益的任务：洞察世界永恒的秩序，了解人性中的神圣感应具备的方式。这就是所谓的智慧，相比于纯粹的学问，它更接近圣洁，却兼有两者的本性。获得、传授，以及在有机会的时候运用这些智慧，是学者唯一需要关注和支持的。宗教与公共事务还没有分离，因此人们要求统治者在精神上和世俗上都要具备某种程度的伟大意义。

当然，人们常常会失望。但学者们与众不同，他们会为人们提供被认为是一种迫切需要的东西。他们对统治艺术进行了深入的研究，并与当前的政治保持密切联系，每当天子或他手下其中一个半独立的分封国将他们召集到朝廷时，他们通常会做好担任正式官员的准备。想必那些招募来的官员，其中的大多数才华和精神独立都超出所在家族圈子的人，但他们宁愿面对孤独和贫穷，也不会放弃对真理和恒久智慧的追求。

贫穷往往是真实存在的。许多智者只能住在小巷的茅舍里，外面的篱笆是竹子和荆棘，里面的门被灌木丛挡着，一天的微薄薪水只能维持两天的生活；但是，安贫乐道也是他们自我约束的一部分。这不正是哲学家的所作所为吗？"忠诚和正直是他们的头盔和外衣，宽宏大量是他们的庇护所，正义是他们的剑，仁爱是他们的旗帜，毅力是他们的盾牌。他们宁可面对死亡，也不愿违背自己的理想；与这些相比，玉石能算得上珍贵吗？黄金能买得到天道和谐吗？那和谐之中平衡又宁静；这一切都会降临到把仁爱当作居所，把正义当作道路的人身上；美德是唯一值得拥有的珍宝，温柔和善良是人性最深厚的根基，敬畏和原则是它赖以生长的肥沃土壤，谦卑是它的枝叶，豁达是它开出的美丽的花，慷慨是它结出的芳香果实……因此，学者不受外界光明或黑暗的困扰，只关心他们稳固的地位。"

这绝非易事，因为中国古代人对缜密周全有着深厚的热爱，能够锐利地洞察骗局，他们期望圣人用自己的一生为榜样，教会人们正义，而不是用雄辩的语言。要维持如此严格的标准，就非常需要孔子或老子的力量。很多人肯定都没有做到。但是，为了吸引公众的注意和认可，一个人必须致力于不倦的学习，训练自己，使自己保持始终如一的亲切态度和端庄举止，与内心高尚的性情相对应。人们期望皇帝从哲学家们中间选拔大臣，而这些哲学家只以他们纯洁的生活和崇高的原则著称，这是一种非常健康的社会状态。

另一点也可表明当时中国人的智力水平相当高，那就是这些良心的守护者不必因人们不服从他们的训诫，而设置超自然的惩罚。他们发现，只要两个简单的武器就足够了：第一是他们的真理格言，他们没有教条地维护自己的主张，但会耐心并仔细地证明真理；第二是古代伟大帝王和圣贤的光辉榜样。总之，当时的中国人对榜样的光环有着强烈的信仰，他们对人性的深刻认识使他们相信，绝大多数人本性都是合群的，因此必然会效仿自己的榜样，既不能接受也害怕独创的思想或独立的行动。他们也知道，真正进步的条件之一是心灵的矫正；所有具体的禁令都只是表面的泡沫，而不会使人的思想真正流向真诚和正义，以仁慈和正直作为内在的寄托。因此，他们努力说服他人，而不是哄骗或恐吓他人。

中国的哲学家从不措辞激烈地谴责，他们的词汇中从未闪现"不准"这种强烈的火光。他们比希伯来先知感受得少，但比他们知道得更多。他们不像这些从沙漠里走来的充满激情的诗人，以上帝的愤怒对半游牧民族进行威胁，或是以上帝的奖赏对半游牧民族做出承诺；中国的哲人是优雅的绅士，与一个民族共同进行推理，这个民族的文明已经足够古老，可以平静而自然地在他们的血液中流动。对于从死海周围炙热岩石上取下的启示录，精明的农民和有教养的贵族们会带着怀疑的微笑接受，而孔子必须把他的理论传授给农民和贵族。他从远古的历史中,从经久不衰的秩序中,从大自然的深邃宁静中,从人类心灵那无穷无尽而又亘古不变的记录中,萃取出自己的思想。他不是靠想象,而是靠听众的理智,他给予听众的不是神秘的宗教,而是实践的哲学。然而,这并不是现代大学的精确哲学。先贤们虽然用逻辑推理论证自己的原则,但他们教学的氛围是非科学的,是感性的,仁爱是他们最依赖的情感,可以把语言智慧转化为生活中的思想和行为,那是一种与生俱来的同情心,它使一个人理解并感受到另一个人的痛苦和快乐。孔子认为,仁爱是一条永远不能违背的原则:"己所不欲,勿施于人。"

孔子最著名的拥护者孟子写道:"仁,人之安宅也。"

仁,是人生最安适的住宅。

公元前四世纪的先贤墨子,与所有最高理想主义者的命运相同,甚至被追求同样目标的人误解。他在兼爱中看到了至高的善,那是人类努力的最高目标,是解救人类苦难唯一的良药。他教义的片段被保存下来。

> 仁人之所以为事者,必兴天下之利,除去天下之害,以此为事者也。

> 今若国之与国之相攻,家之与家之相篡,人之与人之相贼,君臣不惠忠,父子不慈孝,兄弟不和调,此则天下

之害也。

以不相爱生邪？

今诸侯独知爱其国，不爱人之国，是以不惮举其国，以攻人之国。今家主独知爱其家，而不爱人之家，是以不惮举其家，以篡人之家。

是故诸侯不相爱则必野战，家主不相爱则必相篡，人与人不相爱则必相贼。

天下之人皆不相爱，强必执弱，富必侮贫，贵必敖贱，诈必欺愚。

凡天下祸篡怨恨，其所以起者，以不相爱生也，是以仁者非之。

以兼相爱、交相利之法易之。

然而今天下之士君子曰："然！乃若兼则善矣。虽然，天下之难物于故也。"

天下之士君子特不识其利、辩其故也。今若夫攻城野战、杀身为名，此天下百姓之所皆难也。苟君说之，则士众能为之。

夫爱人者，人必从而爱之；利人者，人必从而利之；恶人者，人必从而恶之；害人者，人必从而害之。此何难之有？特上弗以为政、士不以为行故也。

今天下之士君子，忠实欲天下之富，而恶其贫；欲天下之治，而恶其乱，当兼相爱、交相利。

此圣王之法，天下之治道也，不可不务为也。

墨子自己一生都在努力，不知疲倦地宣扬教义："不可以不劝爱人者，此也。"

墨子的主张，将孔子及其追随者们的教义中遵循的信仰发挥到了极致：人天生善良，天生就有仁慈的本能，这种本能会使他对每一种展现给他的爱和慷慨做出回应。

中国先哲有比大多数现代思想家更优秀的品质，正是他们把注意力坚定地放在伦理道德上，而不是像今天流行的那样，放在社会的经济需要上。他们对大自然的观察虽然不够科学，却胜在亲近的距离使他们懂得，在体力、运动能力，为年轻一代寻找食物和住所的技巧，以及战斗能力等方面，人天生不如许多动物。人的优越性无法与最迅猛、最强大的动物相比，只能体现在道德层面上的自我约束；体现在善念上，它是一种本能，在它的驱使下，人们做出各种各样的善举，比如赡养老人、扶助孤儿和独居者以及照顾病人，甚至包括驯服动物。正是通过这两种恩赐——正义和仁爱，人们看到自己存在的意义和本质，完成自身的使命。只有依靠它们，我们才有希望建立一个幸福、强大、真正繁荣的社会；只有发展这些品质，我们才算得上遵守上天的光明法令；只有遵循这些指引，我们才可以沿着神圣、内在、和谐的道路前进。这个想法不仅是美好的，而且从根本上说也是实际的。人类抛弃了这种想法，在无节制的竞争中盲目地寻找自己的命运，在对可憎对手的无情打击中，在放纵野心和欲望的过程中，已经陷入一个充斥着噩梦般黑暗的、被忽视的贫民窟，陷入地狱般的血红色战场，陷入一种饥饿难耐的境地——这种饥饿让平静美好的生活陷入喧嚣、嘈杂和贪婪之中，这种永不停歇的负荷，只能带来一种结局，就是把困在这个轮回里，在极度违背自然规律的熔炉里，炙烤着的每一个可怜人，身上所有人性的表象都碾压得粉碎。

让我们一起聆听儒家古老智慧的警句。

> 好恶无节于内，知诱于外，不能反躬，天理灭矣。

> 王！何必曰利？亦有仁义而已矣。王曰："何以利吾国？"大夫曰："何以利吾家？"士庶人曰："何以利吾身？"上下交征利而国危矣。

苟为后义而先利，不夺不餍。

王亦曰仁义而已矣，何必曰利？

有人说孔子倾向于把这种仁爱缩小到他最喜欢的孝道美德上，行使孝道并没有超出家庭范畴。但他那个时代的家庭包含的圈子要大得多，"孝"一词的含义也远比其在欧洲的意义要丰富得多。

"孝悌之至，通于神明，光于四海，无所不通。诗云：自西自东，自南自北，无思不服。"显然，孝道代表着一种深沉而鼓舞人心的力量。孔子所知道的唯一一个国家实际上是氏族的延伸和相关部落的聚集。因此，儿子对父亲的爱与对君主的忠诚绝不是强迫的。随着国家的发展，它吸收了临近的和外来的野蛮人，就有必要用一个更宽泛的术语来称呼自己，并符合墨子的"兼爱"原则。耶稣基督对这一伟大原则的宣扬，也需要一个世界帝国作为其历史基础，即由最初因种族、语言和传统而彼此分离又重新融合产生的国家，往往是通过暴力进行的。在这样一个异质的复合体中，罗马凭借其强硬的物质主义只能给人留下表面上统一的印象，而兼爱法则的任务就是用内在的和谐使一个国家充满活力和美好。

中国古代智慧绝不奇怪，且基督教的最高教义本应与其相同。二者都来自对人性的深刻理解,以及对人类最美好发展所需之物的深刻理解。人性是其最根本的核心,无论是在时间还是空间上,都几乎没有什么变化。所以,在基督诞生六百年之前,老子就已说过:

> 是以圣人常善救人,故无弃人;常善救物,故无弃物,是谓袭明。
> 故善人者,不善人之师;不善人者,善人之资。

> 以德报怨。

> 善者,吾善之,不善者,吾亦善之,德善。
> 信者,吾信之,不信者,吾亦信之,德信。

老子就像佛陀和耶稣基督一样,看到的不是反击和报复,而是永恒的仁慈,是解决最紧迫和最困难的问题的真正办法,即消灭邪恶,结束痛苦和冲突。他痛恨纷争,因为纷争违背了那种深沉的宁静,违背了没有激情的平和,那种超越善与恶、生与死的终极统一,那种永恒创造的无限,无数事物从中出发,最后又回到原点,完成了个人的命运。有差异的个体,其存在也是一个起伏的过程,不断上升和下降,循环往复地运动,这个运动是不变的或自然的秩序,正如老子所说,这是生命的本质。

老子将一种绝对的、在天地出现之前不可思议的完美称为"道",但他说:"道可道,非常道;名可名,非常名。无名,天地之始,有名,万物之母。故常无欲,以观其妙,常有欲,以观其徼。此两者,同出而异名,同谓之玄,玄之又玄,众妙之门。"

玄学——玄学的开端,玄学的发展,玄学的趋势,玄学的瓦解——这就是吸引老子的事物。他甘愿献出生命去发现它,他甘愿面对孤独的死亡去追寻它。

孔子认为时代的弊病需要通过坚持集中精力以及积极改善道德来加以解决,而同时代的老子与他不同,认为这些弊病是由于过度的活跃造成的,最好的治愈方法是彻底回到一种原始状态——不知道、不渴望、不统治、不支配,和平、满足和仁慈的无政府状态。好的事物必然顺应自然,就像田野里的野百合,不必辛劳,也不必纺线。①

教导而不言语,成就而不强求,知晓却不观察,占有而不征服,进步而不激动,这是老子对人类行为的理想,认为这最符合天道,因为天道不战而胜,不宣召而使人顺服,让万物自成一体。

老子不是玄学的创始人,而是玄学最伟大的倡导者。

---

① 出自《马太福音》第六章。——译者注

玄学的起源可以追溯到半人半神的黄帝，也许更久远。这门学问长期以来都渴望了解实际上没有经历过的事情，但令人悲伤的是无法理解——玄学难道不是植根于人类大脑的结构中吗？

但老子把这种古老的玄学深化到人类思想的极致，他的天赋在未知深渊中追寻的道路，仍然像银河系的群星一样璀璨。他遵循人类近乎普遍的本能，把"道"这个终极的根源，这个极富创造性的、充满活力的驱动力，与人类道德的最高目标和指南，与上天确立的人类努力的基本方向联系起来。他在自然规律和秩序无边的宽容和波澜不惊中，为人类树立了一个恒久不变的榜样。

老子的一生鲜为人知。他的名字从那些使伟人变得平庸的闲谈轶事中脱颖而出。他于公元前604年左右出生在一个名叫曲仁里的村庄；后来成为周朝皇家档案馆的学者和管理员，住在首都洛邑，尽管当时的分封国逐渐独立，但天子仍然保留着较为强大的权力。天子每年会在天地庙宇举行两次正式祭祀仪式，祭坛清净而敞亮，就像一面镜子，收集空气和土壤的所有良性力量，祭坛四周广阔的土地也极为神圣，不会被微弱的冷漠或怀疑的气息所玷污。天子在明殿里接待帝国的王子们。宫殿的墙上生动地描绘了中原王国长久以来的历任统治者，从尧、舜、禹三位伟大的帝王依次展开。每一个庄严的人物旁都加上了或赞美或警示的话语，目光锐利的人应该可以解读出君王伟大的秘密。老子在这样鼓舞人心的环境中度过了许多收获颇丰的岁月。但在他生命的最后几年,老子向所有这些告别,并退居到周朝边界以外的无人之地。

也许正是在春天,老子开始了自己的朝圣之旅,当元气在大自然隐藏的无数纤维中涌动时,即使在圣人心中,也会产生一种莫名的不安;春天,山间弥漫着杜鹃花的芬芳,其珊瑚色和琥珀色的花瓣映衬着日落时分天空的绚丽色彩。燕子飞过天空,轻盈的身躯充满生命的欢乐。夜幕降临前,百灵鸟们从绿油油的田野里飞出来,唱响一天之中最后一支歌曲。这些田地从布满岩石的山脉边缘延伸到地平线最远端:这里一条蜿蜒小径,那里一条崎岖小路——在大树的阴影下,安葬着许多逝者;在开满鲜花的篱笆墙里,是生者的住所——有好人也有坏人,有富人也有穷人,有善良的母亲也有嗓音尖利的泼妇;有一条河,芦苇后面暗藏着渔网,水中映出整棵柳树,在天空的映衬下,柳树仿佛闪着柔和的亮光;水面闪闪发亮,缓缓向东流去,仿佛在无休止地寻找尚未升起的星星,以及还未到来的清晨。

远处,这座城市的城墙、高楼和红檐的庙宇已经融入我们抛弃的、从现世生活中挣脱出来的朦胧之中,而街道上的尘土仍然粘在老子的草鞋上。鱼皮鼓的声音警告市民,城门将马上关闭;人们在夜晚的黑暗中敲锣打鼓,驱赶恶灵。之后夜晚降临——除了洋溢着祥和、奇妙的沉静，以及繁星的微光，别无他物。

也许在那个告别的时刻，老子深情地想起了一个忠诚的朋友，那个朋友过去常常听他说话，和他谈话，那个朋友会想念第一次与他坐下来共进晚餐的情景。但与寻求真理的人结伴总是无济于事。因为伟大的思想只在孤独中成熟，所以应该渴望孤独吗？深山像一座巨大的石墙横亘在夕阳的光辉中，其深沉的声音挑战人们去发现古老岩石背后的事物——是这些诱惑他离开那种在珍贵竹简中思考带来的一成不变的安全和平静吗？难道仅仅是厌倦了细细研读人类研究过的史料，厌烦了他们支离破碎的光点，渴望超越苍白的倒影到达智慧的源头，在更接近天空的地方发现不朽生命的秘密吗？

老子追随着自己自由的意志去了——迫使他走的冲动比多年的习惯、比年老的疲倦更为强烈；当然，在愈加遥远的距离和愈加厚重的阴影完全模糊了这片黄昏中的富饶中国平原之前，老子伸出手来，为这片土地祈福，并将其永恒美丽的秘密作为他告别的礼物。

老子在进入未知之境前，曾在函谷关孤寂的边塞休息，与把守关口的关令尹喜相处了一段时间。尹喜劝老子把自己的思想写下来，这样他的智慧就不会在后世失传了。

在华夏文明最远端的哨所，在这个守护着遥远西部的山口，老子写下了《道德经》，成就了有史以来最精彩的绝唱。

他写下这本书后选择了继续前进——没有人知道他去了哪里,也没有人知道他在哪里去世——或许是某个隐居的小窝,或许是某个偏僻的居所,朴素的人们视他为上天的使者,把祭品带到那里献给他;或许他在途中突然因虚弱而去世。没有人能说得清。

但是,老子凭借他的绝笔之作获得了永生。

经历了几个世纪的洗礼,道家失去了老子赋予它的山岳之美。大众的本性就是要缩小其规模,毁谤其形象,因而众仙从光辉的山顶降临到平原的红尘之中。

因为总有激动人心的、神奇的、奇妙的诱惑,比朴素的真理更能取悦和安抚众人。

渐渐地,玄学被庸俗化,甚至成为法术。伟大而不朽的信仰本应超越个人有限的道德,本应通过深刻理解道的意义,全心全意服从道的规律,与无限的道融为一体,可这样的信仰也逐渐缩小并变得愈加粗野,成了对维持肉体长生不老灵药的徒劳追求。旧迷信和新迷信,半沉寂的部落神和新入侵的佛经和佛事,加之外来入侵者的迫害,把绝大多数有才智的和受过教育的人拉进儒教的圈子,将其发展成官方认可的宗教——所有这些不利的影响把道家拖累到现在的水平,与伟大的《道德经》相去甚远,就像登山宝训[①]与现代教堂之间的距离那样,甚至还要远。

---

① 出自《马太福音》第五至七章。——译者注

义和团运动发生后，中国许多的宗教机构陷入了一种贫困、半停滞的状态，有一些道观和寺院至今仍处于这种状态。

这些道教寺庙中最杰出的当属东岳庙，供奉"岱宗"，也就是山东的圣山——泰山。它与大多数中国庙宇和宫殿一样，构建在和谐的基础上——有大门、庭院，有外形精美的青铜器用来焚烧祭品，有巨大的龟趺驮着白色的石碑，还有常青的柏树在暮色中如梦似幻，这些柏树是几个世纪前种下的，那时的栽种者果然最懂艺术；庭院周围有隐秘的神龛，中间是大理石露台和红柱子组成的大厅，耀眼的瓦片铺满巨大的弧形屋顶。

像天坛这样的伟大圣殿都没有神像，而这个东岳庙却挤满各式各样的神灵——善良的、残忍的、美丽的、丑陋的、温柔的、骇人的……甚至还有一匹用黄铜巧妙铸成的，几乎是真实大小的神马。人们认为这匹马有精良的医术。人们把身上饱受病痛的部位对着马摩擦，认为这样疾病便可治愈，至少可以减轻痛苦。这只不幸的动物有一只眼睛被擦掉了一半，但由于成千上万虔诚的病人寻求这种治愈疾病的摩擦，它的眼睛闪闪发光。不由得让人想起罗马圣彼得铜像的脚趾，同样的迷信让成千上万的人亲吻他的脚，使其闪闪发光。

我们大多数人现在都更有常识，更相信经过科学测试的消毒药膏，而不是在公共场所来回摩擦，不管对象有多么神圣。然而，旧的错误中也有真理的成分，正如最新的科学道理中也有错误的可能一样。如果受难者有信心将折磨并使他窒息的痛苦，从个人生活的狭隘轨道中解脱出来，并将其与能给予他教导和提升的广泛宇宙法则和秩序联系起来，那么最大的痛苦将被治愈，悲伤将得以抚平。所以也许青铜马可以有助于缓解一些传导到它身上的，未经洗礼、未经教化的痛苦，至少带着绝对真诚的信任。

从艺术角度说，这是迄今为止最好的寺庙作品。其他雕像，主要是木头或石膏，设计普通、制作死板，显然可以追溯到一个特定时期，那时最初的灵感已经僵化成一个刻板的、了无生气的模具。

寺庙回廊设有六十五个大壁龛，放置了一群神、魔鬼、圣徒和罪人，模样着实不太好看，但也表现出当时盛行的关于未来奖惩的神圣计划。好人带着他们的玉石、珍珠和丝绸，最终腾云驾雾去往有福之地；恶人被凶神恶煞般的恶魔抓住，遭受各种折磨。显然，这里和其他地方一样，盛行的关于正义的理念，被复仇和残酷玷污，它只不过是一种新的不公正，一种新的更为严重的错误。分配这些不光彩的奖赏和报应的，是来自山里的留着胡子的长者。他可能是很久以前一位被众人崇拜的酋长，住在山上的碉堡里，他公正且慷慨，有力地统治着生活在周围的人。他的女儿——彩云公主——跟着他来到这座寺庙。她名字的韵律如同珠光闪闪的薄纱微微飘动,蕴含着清朗黎明的芬芳之美,闪耀着花瓣上点点露珠泛着的微光,那鲜艳的花朵生长在山间草甸上,那里从未被人类涉足。

但她已经在城市的烟尘中生活了很长一段时间。那些对她顶礼膜拜的贫困妇女,祈求的不是每天为日出的奇迹而欢欣鼓舞的力量,也不是为地球光明重生的喜悦悸动,而是外在环境中的某种具体礼物——生意上的好运、生个儿子、一份轻松的工作,还有一些转瞬即逝的东西,可以让她们暂时把幸福的小希望集中在身边。这也许是神灵最大的痛苦,几乎没有一个活着的人需要他们最好的东西;他们手中握满不朽的宝藏,而苦苦恳求她们的人只是伸手去拿面前的玩具。身处最宏伟神龛中的那位大神,似乎已经厌倦了人类无休止的徒劳祈祷,蜷缩到他宽大丝绸长袍的褶皱里,心无旁骛地思考那些无法估量的事物,而那些事物才是值得祈祷的。

他或许已经成佛,似乎那么遥远,那么超然,远离他金色宝座底端弥漫的烟雾,迷失在无限涅槃的幸福中,那是弱者无法达到的境界。他的巨大比例无疑是受到印度传统品味的启发,这一传统随着佛教一同传入中国。佛教还带来许多别的东西——这些东西的传入先于佛教。佛教使艺术、文学、哲学都进入其发挥影响的轨道;在某个时期内,那曾是最强大的力量,几乎无法抗拒。

在白塔寺里,祭坛是空的,也不见祭司们和朝圣者的身影。没有蜡烛,没有佛香,没有祭品,没有祈祷;红漆和镀金纷纷剥落,乌鸦围绕高耸的佛塔解决它们的爱与争端;树木在光滑的大理石石板之间拔地而起,白塔是喇嘛教的坟冢,装有两千座香泥小塔、二十粒珍贵的舍利戒珠和五部使众人免受邪恶之害的经书。事实上,这里确实曾经吸引了不少强壮的人远离活跃的生活,成为神圣的祭司——从一个接一个的皇帝和一代又一代的信徒狂热的崇拜中,获得丰厚的捐赠。现在谁在乎他们呢?所有的权力都关乎信仰。

在如今剩下的神圣庭院里,人们设立集市来满足普通人的家庭需求——他们极度的谦卑里蕴藏了坚不可摧的力量——扫帚、梳子、剪刀、勺子、刷子、成堆的花生、易碎的玩具、便宜的玻璃饰品,陈列在巨大的大理石龟趺基座周围,基座上的石碑刻有精美的碑文,但现在没人花心思去解读它。

大佛,被人们完全遗忘,哀伤地坐在那里,与他的十八罗汉一起——已经逝去两千多年;大佛静静地凝视着,仿佛等待着某些回声,那些曾在他面前表达炙热信仰和祈祷的回声,又似乎在思量现在为何周围聚满灰尘、朦胧和遗忘。

不过大佛至少还有屋顶的庇护。即使这样,也辜负了五塔寺那些不幸的圣徒们,他们自认为能影响的天空,却降下冰冷的霜雨、冰雹和雪暴,将他们的幻想击碎,直到佛像几乎只剩下木制的骨架;人们举起瘦骨嶙峋的手臂,默默责备无情的上天，并没有真正保佑他们。

只有让寺庙得名的宝塔仍然矗立在巨大的底座上，它的侧面装饰着一排排冥想的佛像。虽然金像已经消失，而圣殿也是为了这些小雕像而建的，但整个建筑还算完整。这些金像是印度送给永乐皇帝的礼物，当时北京的宫廷对亚洲各国的国王来说，就像一块巨大的磁铁，好似今天的圣詹姆斯宫一样。他们从炎热的印度河平原、寒冷的蒙古草原、巍峨的藏区群山来到北京。为了招待藏族喇嘛和蒙古贵族，康熙皇帝在北京城的北墙外一两英里处修建了黄寺。乾隆加建了一座精美的大理石佛塔，用以纪念一位1780年在这里圆寂的大喇嘛。

现在，纪念馆和寺庙，为活佛和其他贵宾设计的宏伟建筑群，只要及时进行几次修整，就能拯救一切。然而，没有人会费心去执行。剩下的僧侣们，怀着无能的宿命论，承受着物质和心灵双重贫困的打击，看着美丽的建筑在他们眼前消失——过去二十年来，他们的眼神因注视着这么多灾难、这么多可怕的事情而变得迟钝。现在，一切似乎都已注定。大理石舍利塔上精致的雕刻残缺不全，台阶被砸得粉碎；东方神殿的朱红漆柱弯曲变形；雕刻华丽的大型穹顶，连同它所有闪亮的瓦片，被扔进了杂草和荆棘之中，这一切令人无助而绝望，除了巨大的献身精神，无法将其修复。而这似乎比它成为庙宇之前还要荒凉。

现代翻版的信仰，当下的信念，也终将会逝去；未来的某一天，它将因不停地寻找令人失望的事物而筋疲力尽。命运将把"繁华已尽"写在无畏战舰上，就像它今天在阳光普照的北京，把这悲伤的文字写在美丽的庙宇间一样；那些庙宇早已轰然倒塌，变成一堆毫无意义的石头。

第七章

　　博物馆是美好事物的墓地。我们可以透过玻璃箱看到它们——那也是它们的"棺材"。

　　日常生活必需品越来越多,但并没有进入博物馆;只有一些碎片,淹没在如今的浪潮里,找不到属于自己的位置;只有一些人双手留下的痕迹,在不断疏远的距离中消失;只有一些残存的东西,从难以理解的、神秘的、遥远的事物中被保留下来。

　　因此,我们应该带着崇敬的心情走进博物馆,所有从我们称之为"生命"的运动中消失的东西,都进入了我们称之为"死亡"的静止状态。我们应该怀着哀悼的心情来看待这些曾被埋藏的宝藏,因为生命中那些美好的东西,它们的离去使我们的心承受着无法弥补的损失带来的剧痛。

　　中国很多美丽的事物都藏身于博物馆。伟大的皇帝坐过的龙椅,他们谦卑祈祷的金制神像,他们遇到危险时使用的武器,以及惬意时光里的小装饰品。那些青铜器如此巨大,似乎铸造了永恒,祭器上的腌肉或未煮熟的米供奉给祖先的灵魂，祭祀用的酒杯中倒出黑色的酒，以纪念不朽的存在——这些事物所装饰的祭坛、放置它们的庙宇、它们秉持的信念已经破灭，生命对它们来说已没有什么用处，于是把它们变成防腐的古董，放在分类的目录里，用密封的玻璃箱作为它们的"棺材"。碗、花瓶、盘子、景泰蓝和天青石色的香水盒、绿色的孔雀石和碧玉，这些事物变成各式各样的图案：从古色古香的五雷符到后来更柔和的蔓藤花纹；梅花、波涛起伏的云朵、随风吹动的芦苇交相辉映；成群的巨龙无休止地追逐黑夜中闪闪发光的夜明珠；鹳、鸭和蝙蝠展翅飞翔；还有紫水晶葡萄、珊瑚石榴、粉晶桃树构成的小型花园，玛瑙、玉髓和碧玺假山；皇帝和高级官员使用的各种宝石雕刻的印章，水晶、玉石和象牙制成的鼻烟壶，宝石镜子、彩扇、图案繁复的刺绣品——这些都是富丽堂皇的奢侈品，以前的人们需要这些可爱的小物件来娱乐、陪伴自己的闲暇时光，而如今它们被贬黜到贫穷和衰弱之中，被人典当、出售，卖给外国人。这些饰品被从幽静精致的壁龛中剥下——这些壁龛隐藏在地下迷宫和最深处的神秘房间里——被破坏，被掠夺，暴露在众多庸俗无知的目光下，辗转在不诚实的商人和贪婪的收藏家之间；这些不再夺目的"孤儿"，除了"死"去，还能做些什么呢？它们会因为可以在博物馆得到暂时的喘息而感到欣慰吗？有人想象出一个场景：当所有的房门都关上时，只有一两个昏昏欲睡的看门人在昏暗的房间里走来走去，窃窃私语的声音传来传去，这些美丽的遗物曾为绚烂的时刻增光添彩，而现在这些荣耀都会幽灵般地复活。奇怪的倒影从玻璃深处升起，掠过曾反射出诱人微笑的黯淡表面。彩绘的扇子慢慢扇动，仿佛有一双带着香味的手在挥动它。原来的主人离开了他们遥远的坟墓，再一次穿上了华丽的皇家长袍，它们曾被挂在黑暗中了无生气的木桩上。这些长袍做工一流、华丽辉煌，它们会把空虚的灵魂从坟墓里拉回来。这些长袍用最重的锦缎制成，织工十分完美——花朵上镶嵌着珍珠，叶子上钩着银线，还用金纽扣、粉色贝壳珊瑚或半透明象牙串的精致拼接加以点缀。显然，这些袍子属于崇拜王权的时代，当它在阳光的照耀下移动时，华丽、慷慨、卓越的感觉，使大众眼花缭乱，饱受人们拥戴，是正义、力量、稳定的象征；它不需要在医院的病床上或慈善义卖的摊位上乞求零星的人气，也不需要在议会大厅、报社、职业放贷人的密室里屈尊和讨好。华丽的礼袍只能在君主的宫廷里穿着，在那里人民敬畏权力，因为权力远远高于他们自身的狡猾和诱惑；神圣的天命赋予的权威，不是依据多数人愚蠢的投票累积得来的——大多数人在国家的控制下无能为力，受制于一个随意操纵他们的秘密团伙，团伙里的人喜欢排挤他人和拖人下水，因为这比缓慢而费力地向上爬更容易，也更能满足其报复性的虚荣心。

中国人对自由的呼声感到兴奋，他们还没有发现，那些提出自由的人可能只是为了自己的利益,并借此推动他们的腐败计划;他们渴望高效率的政府,却没有意识到令人沮丧的事实,即议会和民选内阁也会像专制政权一样失败。中国人冲入革命的浪潮,这场革命被许多人称赞为巨大的成功。它的首要目的似乎是使廉价、不合身的衣服成为普遍流行的时尚,当然不是为了穿衣的艺术。出于某种神秘的原因,人们认为这更符合从皇帝到总统的转变——从天选之子到美元之子的转变。"自由、平等、博爱"还没有失去当初它们出生在血泊和泥沼中时,抬起头颅对油腻帽子和单调衣服的品位。

华丽的锦缎绣花长袍——花上缀着珍珠,配上小金扣,衬着粉色贝壳珊瑚或半透明的象牙——显得过于鲜艳和美丽。它们被关进博物馆,软弱无力而空荡荡地挂在那里,像狂欢节的盛装,躺在四旬斋①遗物的灰烬中一样。

在同一个房间里,还展出了波旁王朝赠予清朝皇室的礼物,波旁王朝的辉煌首先受到权力下移的危害,这一进程本该给世界带来更多的幸福,却只带去更多的丑闻。在这些礼物中,有一把枪由耶稣会传教士从路易十五统治的法国带到乾隆统治的中国;耶稣会传教士最早到达北京,与火器的引进和制造有关,因此他们从一开始就代表了信奉基督教的西欧对处理远东事务的旨意。这把枪上装饰着迷人的雕刻卷轴,

---

① 一般指大斋节,是基督教的斋戒节期。——译者注

虽然它的目的是毁灭，但它仍然是一件美丽的物品。只有当毁灭和统治的冲动越来越大，越来越强烈，无法忍受任何其他念头的时候，装饰的痕迹才会最终消失，这时美的观念也就完全消失了。效率是使拿破仑主义走向至高无上的手段，它成了痴迷于征服地球的人们心中唯一的目标，这一目标在欧洲君主的统治下才刚刚开始，而欧洲君主将这一欧洲独有的智慧传到了中国。这是一个新奇且令人惊喜的事物。然而，在其他方面，清朝和波旁王朝的艺术也有一定的相似性——起源环境相似，其表达和服务的动机也很相似。波旁王朝的艺术是珠宝商和工匠们，为取悦有钱顾客挑剔的优雅品味而发展起来的一门艺术；那是一门壁龛的艺术，是一门属于美丽宠儿的艺术，是一门优雅、奢华和不负责任的休闲艺术；它明显地屈从于耶稣会传教士的传统审美。这门艺术倾向于把珍贵的宝石和昂贵的珠宝装在已经抛光、凿制和上釉的表面，而这些表面已经超出了艺术的完美程度；这门艺术的装饰方案，往往会因为过多地收集过往朝代的思想而受到困扰，因为其所在的年代缺乏原创灵感，不再拥有承载广阔未来的力量。当一个国家把如此多的注意力放在细小的装饰品上时，它离解体的日子也就不远了。

这些闪闪发光的小玩意儿变成了造型精美的彩陶碗和花瓶，正如单纯的彩虹般的泡泡变成某种深邃的、终极的、持久的事物一样。在这些琥珀色或风信子色的瓷器中始终存在一种旋律,那就是无比美丽的事物创造的永恒,没有任何线条来破坏它们完美的和谐,没有任何停顿来破坏它们音符的节奏。一些梦幻的紫罗兰、薰衣草、蓝色的火焰,点缀在淡淡的天蓝色丝绸上,还有几个开心果绿色和血红色的罐子。它们的美具有简洁、直接的表现力,代表着各个时代艺术的最高水平。

这些东西不仅仅是遗留的文物。任何思想或生活方式的改变都不能取代它们的完整性;任何新的经验都无法为其增光添彩;任何观点的改变都不能从中带走任何东西。

创造出如此可爱事物的人是一群呆板的学究,他们拘泥于毫无意义的仪式和空洞的词句——如果有人这样想,就表明他对具备创造性艺术的条件相当无知。如果一个人不具备对和谐自然的敏锐感知,不具备热情、冲动、慷慨但坚韧、勇敢的气质,面对各式各样的变化不具备相当的敏感度,那么他就不可能在这方面取得成功。创造性的艺术家需要在日常生活以外的环境中寻找某种灵感,也需要很大程度的个人意志,这足以让学究们为这种持续的社会存在而颤抖。

除了在秦始皇短暂的暴政下,这些基本条件在中国存在的时间远比其他任何国家都要长,程度远比其他任何国家都要深。因此,中国艺术是世界上最具活力、最丰富的艺术。只要能够经受住现代工业日益强大的力量所带来的极其严重的威胁,中国艺术可以达到真正的复兴,迎来一个伟大的复兴时期，并发展成一个光辉的榜样，使人们认识到在无良竞争的精神支配下，在大型工厂里用机器进行大规模生产已经发展成一种狂热，对人类的健康和幸福构成威胁，需要以行会或家庭团体的手工艺品的复活来抵消这种狂热，将这些手工艺品大量引入那些比机器制造业效果更好的行业。没有别的东西能为人类的创造力提供如此令人满意的出路。而没有这样的出路，和谐发展是绝对不可能实现的。那些无情的、不加考虑的镇压已经让整个人类筋疲力尽，每天都把数百万人削弱到停滞的水平，这些人是疲惫的、头脑浅薄的、几乎全无人性的奴隶和监工，他们麻木不仁，他们的成长受限于一个巨大的、没有灵魂的系统，其致命的单调、不自然的条件从小便抓住了他们，慢慢地把他们磨成齿轮，为巨大、坚硬而完全无法理解的物体运转而感到无助。手工艺的思想道德教育是多么不一样啊！它不会把男人、女人和孩子从他们的家庭中撕裂出来；它使家庭生活多样化，而不是毁灭它；它把单纯的机械工变成了艺术家——对于这些人来说，工作不是诅咒，而是祝福；不是只在贫穷的鞭笞下才屈服的外在纪律，而是回应内心冲动的一种重要活动，对自我表达的本能需求。手工艺思想让人们用眼睛看，用心灵感受，用想象力来锻炼自己；训练他们坚定目标，吃苦耐劳，以做好工作为荣，一切都靠自己的意志，而不是靠经理和工头制定的规章制度。它使人们寻找并发现，他们的主要回报不是从资金紧缺的公司中得到的现金工资，而是创造美好事物的喜悦，这种喜悦让工人们在眼前的泡沫破裂和溶解之后，哪怕很久，也能用梦想和个性的光芒照亮后代未来的路。

工人们这种幸福感和诚实感不断增加，反映在他们辛勤劳动的成果中，即使有缺陷和不完美的地方，也不至于极度糟糕，没有那种批发产品所特有的、沉闷的、缺乏任何思想或情感的重复平庸。如果一种制度唯一的信仰就是投资资本追求的迅速而丰厚的回报，那么任何一家工厂，任何一台机器，都无法通过这样的制度来加速其最大的生产能力，从而创造出像中国古老瓷器和漆器一样的永恒之美——这些瓷器和漆器所蕴含的美是如此持久，但中国政治和经济独立的缺失，使它们变成了博物馆的展品。无限的耐心和孜孜不倦的技巧融入这些展品的制作中，尤其是漆器的制作。在一个精心准备的木材基础上，光滑得像天鹅绒一般，明艳的物质铺展开来，一点点添加上去，直到它像年轮一样缓慢和稳定，和橡木一样深思熟虑——橡木不会匆忙，因为它能够经得起漫长岁月的洗礼。中国工匠与时间为伴，坦然地接受岁月的加持，而不是像美国佬那样，神经质地与时间进行狂热的抗争。没有急于求成所产生的速成但易腐的表面效果，没有任何会削弱组织稳定性和凝聚力的喧嚣。最后，当工匠手中的坚硬材料变得像石头一样坚固，它就会被打磨、加工、雕刻成迷人的中国风景画——摇曳的竹子、高耸的松树，针头每分每秒都在被用自然的技巧和耐心雕刻着；高大的芦苇在水中伫立，桥梁跨越曲线优美的河流；人类不再被认为是狡猾的征服者，而是自然母亲最成熟的果实和最亲爱的孩子；农民耕种着有限的土地，少女在织布机上编织，学者在卷轴上钻研；村民扛着一捆捆柴火；渔夫坐在小船上，徘徊在这宁静的劳动画面中，没有被汽笛的尖叫声、工厂的钟声、两只单翼鸟清脆的鸣叫声打断——这是忠诚和爱的诗意象征。

漆器是深红色的盛宴，珐琅是蓝色的胜利交响乐。景泰蓝用青铜或黄铜烧制而成，用细细的金属丝勾勒出图案，是王座、屏风、真人大小的仙鹤和花瓶的装饰物。这些蓝色的器具，颜色最浅的是绿松石色，颜色最深的是天青石色。只有一个生活在万里无云的天空下，靠近波涛汹涌的蔚蓝海洋的民族，才能掌握色彩音阶中最可爱的音符，才能学会将整个音域里的全音、半音、主调、所有的大小调融合成如此完美的和声。当太阳照在这些帝国的宝藏上，奏响它们的多重共鸣，它们似乎超越了个体，把各自的美丽融合成一种无与伦比的光芒。

它们似乎都很怀念那曾经的奢华生活，那些挥霍无度的时光，使北京的宫廷拥有世界上独一无二的辉煌。现在，在一座冰冷而神圣的博物馆里，灯光已经熄灭，里面的艺术也得到了安息。技艺上的成就，色彩上的圆润，线条上的优雅，或许再也无法超越了。我们必须庆幸的是，在达到完美之前，死亡的丧钟还没有敲响。

这些杰作中有许多可以追溯到辉煌的乾隆时代。在乾隆曾经工作过的宫殿里展出这些作品再合适不过了。乾隆皇帝这一伟大存在的一部分仍然在那里流连，在他辉煌的灵感中创造的所有这些奇妙的事物——瓷器、漆器、象牙、珐琅的光辉中永存。它们让他的名声传遍全世界。他用剑征服的国家都已把他遗忘，因为那些国家只会在征服者面前战栗；但在对易碎茶器由衷的赞美中，在对珐琅器至诚的赞许中，"乾隆"这个名字仍然被人们提及。

他是思想丰富而心胸开阔的人，诞生在罕见而珍贵的时期，他照亮了整个时代，就像星星在浩瀚无垠的夜空中被点燃，泛起片片金光。他是一个诗人，他拥有诗人的宽广视野，能够赋予这些视野以实质和形式。他用他那富有创造力的双手，把满族和汉族的士兵打造成无敌的军队，使他统治的疆域宽广而强大；他用艺术家和建设者的力量，精心规划并建造的宏伟纪念碑，使国家的面貌更加美丽；他用工匠和商人的力量，使人民富裕；他用学者的力量，把过去成熟的智慧编成宏伟的百科全书。

也许他对臣民有些苛求了。他那天才的方式会把灵感的力量投射到遥远的未来，把几代人的心血汇集在一起，展现在一幅恢宏的画卷上。

或许在乾隆之后不久，降临在中国身上的倦怠仅仅是因为他无法估量地超越了他所统治的民族，没有他那令人振奋的指引，他为这些民族开辟的道路显得太陡峭、太艰难。因为人们还没有足够长的时间从毁灭明朝的内战中恢复过来，也没有从被清朝征服的屈辱中恢复过来，无法积累足够的生命力，使一个民族不能通过自身的努力继续前行，也没有伟大统治者进行天才构想或发起强大计划。清朝统治者的军事效率和对政权的野心为他们赢得了特权和剥削阶级的地位，但同时这也是削弱他们的力量。

尽管乾隆未能巩固中国伟大的根基，但他带给中国六十年的辉煌、荣耀和繁荣，即使在辉煌的十八世纪，这一成就也令人炫目，有着如此丰富的大师思想和艺术杰作。只有像乾隆这样具有伟大人格的人，才足以填满紫禁城的宫殿；宫殿本身宏伟又美丽，似乎在呼唤超凡的一代人肆意地生活在一个兴盛时代的欢乐之中。

故宫部分线路源自元朝的汗八里，但其主要灵感仍来自中原文化。为了平衡和充分衬托建筑的庄重，丰富的色彩设计，华丽的门廊、庭院和亭台被分组和排列，人们大胆地利用广阔的空旷空间，这种想法源于普遍存在的本能，这是优秀中国艺术的特征之一。这一点在中国人的绘画中表现得尤为明显，在画中，大片空白的空间常常被有意地引入绘画的有限主题中，也可以追溯到他们对青铜器、花瓶的分组方式；甚至反映在中国人布置房间的方式上。无论是源于他们清新的气氛、广袤的平原、壮丽的山脉、宽阔的河流,还是他们心灵的某种基本品质,他们那非凡的空间感,无疑使他们的艺术免于向过度拥挤和压迫发展。城市狭小的环境使欧洲的艺术受到冲击——从帕特农神庙、巴拉汀伯爵宫殿,到哥特式大教堂和纽约的摩天大楼。

曾是三个强大王朝(元朝、明朝和清朝)皇宫的紫禁城①,里面没有拥挤的地方,宽敞的通道通往宏伟的大门,高墙绵延数英里,清澈的河水穿过广阔的庭院,桥上和河边是精心雕刻的耀眼的白色大理石,宽阔的台阶通向太和殿、中和殿、保和殿的王座,宏伟的大厅华丽而高贵,前面是巨大的暗色青铜祭品,仿佛这里居住着极其庄严而强大的神灵。

雄伟是紫禁城的主旋律,宫殿也本该如此;但它也有要塞的力量,它的瞭望塔有着近乎危险的垂直角度,巨大的墙壁上有着三重拱门——中央大门高大且沉重,镶有黄铜钉的门只为迎接帝国的胜利、感恩和巨大成就的游行而敞开。

这些游行的盛况现在已不复存在,在侵略军扬起的尘土下,在内乱搅动的泥泞中,它们失去希望,消失在视线中。1900 年 8 月 15 日晚,慈禧太后离开北京时并没有走协和门,义和团的狂热分子当时已经被枪炮击退,取而代之的是八国联军的侵占。

---

① 紫禁城被惯常以为是明清两朝的皇宫,但随着考古工作的深入,发现元朝皇宫大内的位置亦与紫禁城高度重叠。——译者注

凌晨三点，也就是寅时，宁静的夜晚开始消逝，即将到来的一天，或许不是明亮的黎明，而是沉闷的倦怠和痛苦的回归。

整个城市的南部都在敌人的手中——他们的营火之光点缀着黑暗，他们的号角声时不时地伴着尖锐的警告声打破沉默。

慈禧太后最忠心的侍从都和她在一起，还有那个不幸的名义上的光绪皇帝，他趁还来得及的时候宣布改革，就因为他比慈禧目光更长远，却差点被慈禧杀死。

如果慈禧没有想到此时此刻的危险，她一定比以往任何时候都更痛恨光绪，因为她篡夺的领导权受到灾难的谴责，而这个灾难比最仓促的改革计划所带来的灾难更大。

那些一语成谶的人通常不会在黑暗的时刻受到宠爱，因为他们会转过身来说："我早就告诉过你了。"

他什么也没说。也许他什么也感觉不到——除了这种迅速而秘密的逃离带来的令人烦恼的厌倦以外，什么都感受不到——这种厌倦，对他来说完全无用。他有什么理由逃避命运？很久以前命运对他做了最坏的事情。他的肉体的确得以幸免，但他的精神却只给他留下巨大的痛苦。

在那拥挤的宫廷里，只有珍妃对光绪最忠心，而她也在队伍里——她是那么的不幸。

不，这只是一群受惊的人逃跑时坐的简陋马车队，没有任何的随行队伍；在他们逃跑的过程和选择躲避的场所中没有任何皇室的影子,为了伪装他们穿上不合身的破旧衣服。慈禧一定对自己的外表感到奇怪,她的丝绸和珠宝藏在一个中国农妇蓝色的粗布棉衣下面,以远离那些狡诈之人的眼睛。这也没有使情况好转,因为她没有预见到她为使中国摆脱外国人的压迫而鼓励的疯狂计划,以及这种计划带来的悲惨但不可避免的结局,这是最应该受到责备的,绝不仅仅是失败那么简单。外国人没有被驱逐;他们现在就在她身后,像巨人一样强壮,像蝗虫一样密集,渴望复仇;与那些可恶的外国鬼子在一起,人身安全只能维持几个小时——也许只有几分钟——没人知道。

因此,慈禧不得不逃离自己的宫殿,任由它被洗劫和掠夺;也许它会被纵火焚烧,就像几年前英法联军洗劫和烧毁圆明园一样;她在黎明的阴暗中艰难地逃跑,置身于所有的恐惧和苦难中,这不过是可怜的权宜之计,充斥着猎物的恐惧和狡猾——但她一生都是个猎手啊!她所有的希望都破灭了,自尊心受到沉重打击,只剩下她顽固的执念、火爆的脾气和受伤的虚荣心。

慈禧因怀疑自己的聪明才智而感到羞耻,对自己遭受如此惊人的欺骗而感到愤怒,断然拒绝了珍妃的恳求——不选择仓皇而逃,不抛弃人民,不表现出恐惧,至少让皇帝继续面对八国联军造成的最坏后果——那是珍妃的请愿,她用谦卑的语言表达,因为慈禧是皇太后,对其家人的生活拥有不受约束的权力。然而，珍妃作为一个恳求者，是光绪唯一的妃子，是真正的皇后，拥有皇室的精神，知道那些逃离苦难的人会经历更多的审判和磨难，在危险的时刻，除了勇气之外别无选择。而太后伪装成农民，一心只为自己的安全着想，这是一种奴隶精神，她的权力意志被反对者激怒，发展成盲目的报复。

这是她重新找回那摇摇欲坠的自尊的机会。这里有一个人跪在她面前，她可以向这个人发泄自己全部的不满，表明她还有发布命令、让别人臣服的权力，可以在她帝国盛怒的鞭笞下使某人变得聪明，可以粉碎一些有意识、有生命而敏感的东西而不受惩罚。这会使她恢复掌控的感觉，这种掌控的力量正威胁着要抛弃她，让她的随从们对她的伟大重新建立起一种适当的敬畏，否则，这种敬畏随时都可能消失。她穿着那些做工不好、不合身的衣服，一点也不觉得自己了不起。也许这会把她内心深处的恐惧感驱除出来，注入另一个人的心中——那个人也是她一直憎恨的人。不幸的珍妃啊！

她的直率，她那热心公益的勇气，她对傀儡皇帝无私的忠诚，不是太后那种不折不扣的世俗观点所能理解的品质；对大多数人来说，他们所不理解的是怀疑、害怕和厌恶的东西，尤其这些东西使他们模糊地意识到自己道德的卑微。慈禧在一个可怜的、愚蠢的、怯懦的朝廷上赢得权力，在这个决定性的时刻，她像蛇一般迅捷地弹射出来。她要杀死那个胆大妄为的家伙,珍妃竟敢在别人没有要求时提出建议。慈禧也许在想:"她认为她会因为离开皇宫受到侮辱但不被惩罚吗?这个忘恩负义的可怜虫,她应该为自己的傲慢付出代价——把她扔到最近的井里,因为已经没有时间安排更详细的事情了。"

就这样结束了。在这个温暖的夏夜渐渐消逝的时候——联军的哨兵们在把守着那个遥远的地方;好人和正义的人睡着了,甚至在梦中也没有动静;渐渐消逝的星星无动于衷,猫头鹰和蝙蝠以及其他的夜行者忙于自己捕食——可怕的不公正行为被付诸实践,只是为了暂时抚慰一个女人受伤的虚荣心,她把自己篡夺的王位带入悲痛和耻辱之中。

对于实施这一罪行的太监来说,对太后的恐惧,服从她最凶残的命令,不可避免地成为他的第二天性。光绪企图抗议、恳求,但太后支配的意志力却完全粉碎了他的精神。他的声音里没有不可抗拒的力量,他的呼吁背后没有任何威胁的因素。他的声音,就像一只讨厌但无害的昆虫发出的嗡嗡声,可以被无视。而这个可怜皇帝的残躯败体,看到他所爱和信任的人被拖走、被淹死,却没有振作起来,将生命置于这场博弈中;他没有站起来,打倒那个臭名昭著的老妇人。尽管如此,这种可怕的印象在光绪余生的日子里一直萦绕在他的脑海里,这是真的,他只有短短几年的时间了;但他最后的行动之一,是找出他认为最为罪大恶极的太监,这个太监是第一个向皇太后抹黑珍妃的人。因此，他可能用复仇的一线希望照亮了存在的意义。否则，他生命的终点几乎和整个过程一样灰暗而悲惨，而珍妃高贵的精神很可能早已超越这等渺小，让正义成为一种力量和伟大的现实，并不是为庸俗的复仇热情覆上的伪装。但是，一种顽强而隐秘的报复，就像一些用奇怪的扭曲记忆涂鸦成古老而有力的护身符——那是光绪在极端的屈辱中，唯一能保持自尊的支柱。好运没有给他勇气，厄运没有教会他仁慈。所以他失败地死去了，正如他失败地生活一样。死亡的阴影一直是光绪的日常伴侣，那种阴影是每个角落里令人毛骨悚然的恐惧，藏在每一次对太监的威胁中，藏在每一次嘲弄的微笑中，藏在每一次妃子的闷闷不乐中；这种阴影几乎进入了人的意识中，当全部事实降临到他身上时，他不明白他应该振作起来，他不明白这是一个独特的处境，就像面对一个从命运神秘的深处走出的访客。

但他那双无力的手从来不知道如何把机会揉成一种强有力的、持久的东西——这双手让机会从紧张的手指间溜走，让机会在狂风暴雨中，在铺天盖地的尘埃中，被驱赶离开他身边。然而，他的同情心足够温暖，他的智力足够强大，在改革思想渗透到其他族人混沌无知的头脑中之前的几年，他就意识到改革的迫切需要。他所缺乏的是对人和事物采取正确措施的先天精明，以及对实际方法和手段的后天经验。他身上也没有那种极具意志力的后备力量,而没有这种意志力,就几乎不可能战胜好似马蜂窝般的敌人。任何新的想法、任何改革的尝试,都不可避免地激起人们的反对情绪,这是必然的,不是因为人们认为旧事物好,而是因为人们习惯了旧事物。跨越困难、超越逆境、驱赶敌人、推进自己计划的韧性,要么从来就没有产生,要么已经在他体内破碎,因为他童年时期不幸夹在两位太后的斗争中,一种强烈敏感的天性遭受到随意的对待。这两位太后,一位像慈母般随和,另一位则机警、专横,一心只想着自己的私欲。但后者赢了,令光绪陷入万劫不复的境地。

那位慈母般的东太后去世了,或者说,是因为吃下了她野心勃勃的同僚送来的糕点而死去。如果命运更仁慈一些,让向善的势力茁壮成长,而不是把它们置于邪恶势力的影响之下,中国现在可能正走在回归伟大、繁荣和独立的道路上。但因为一个男人的软弱,一个女人的强硬,天堂的大门许多年都没有为中国打开了。一开始是这样,到最后还是这样。

改革的法令像四月的花朵一样浓密、生长迅速,但一切都还是那么脆弱。光绪完全独立统治的荣耀只持续了一百天——比拿破仑在厄尔巴岛和滑铁卢之间的一百天要冠冕堂皇,当时这头老战狮试图用他松动的牙齿夺回自己的猎物——但仍然只有微不足道的一百天。世界也许可以在七天内创造完毕,但七天无论如何也不能完成改革——即使是以接近创造世界的速度都不行；如果是真正的改革，而不仅仅是纸上谈兵和虔诚的决议，就无法在这么短的时间内完成。

一百天过去了，光绪带来的变革，他的独立，他的自由，甚至他的生命——都结束了。

光绪既没有安抚太后，也没有削弱太后的权力。在确定城堡的位置之前，他就开始建造自己美丽的城堡了。因此，这些城堡仍是空中楼阁，它们在事实的强光下被摔成碎片，把他的一生埋在废墟的重压之下。

太后不相信改革。1898年不是个适合改革的年代。她更加青睐陈旧的腐败方式。

1900年8月以后，严重的腐败导致军队的沦陷，迫使慈禧太后屈辱地流亡，于是她改变了自己的观点。但她从来没有因为国家的利益和需要形成自己的观点，个人舒适与否是她唯一能理解的观点。因为她并不是一个高尚的、有远见卓识的人，她所拥有的自信，是目标和极度自私的统一体，给人一种强有力的、全能的印象，无疑比敏感和温柔之人的犹豫不决更令人印象深刻。

况且光绪非常敏感，在一个需要最迅速决断和最坚决行动的危机时期，他承受了所有性格缺陷造成的高度紧张。

慈禧太后从颐和园快乐的隐居所跳出来，谴责光绪支持的法令对保守主义造成危害。而面对慈禧专门针对自己的打击，光绪无助地瘫倒在她面前，无法用自己的智慧进行任何还击。面对无情的自我主张和英勇殉道之间的选择,他选择接受监禁,选择签署法令,将自己的权力移交至慈禧手中,选择被削弱成一个愚蠢的受害者。那是一个悲伤的、微缩的身影。他轻率地承担了重大的改革任务,结果证明,改革的担子对他的肩膀来说实在太重了。这个重担压垮了他,使他余下岁月都在艰难的道路上匍匐而行,无果而终。

当他所有认知的微小火焰完全熄灭时,他根本无人问津。太医假装要来帮忙,之后又走了。对他健康状况的询问只是按照礼节规定的通常顺序和次数来进行,没有用爱和希望召唤他回来,没有人热心地照顾他、安慰他。在一间没有欢乐、没有爱、被忽视的房间里,光绪虚弱而痛苦,他抛下了曾伤害过他的生活。据报道,慈禧太后没有流下一滴眼泪。也许她很高兴能摆脱那种顺从幻影般的存在。但她的快乐是短暂的。

1908年11月14日下午五点,光绪以一种黯淡无光、软弱无能的姿态驾崩;第二天下午三点,慈禧驾崩,她的死隆重而令人印象深刻——五十年来,这个女人一直把四亿人的命运掌握在她的手中,这种死法配得上她的身份。总的来说,慈禧经历的是一段动荡的时期。英法入侵,使她惊慌失措地从北京的紫禁城逃至北部的热河行宫;太平天国起义让整个国家遭受灼烧般的剧痛,清政府从中却什么也没学到;对日战争把中国的软弱从少数人持有的怀疑,变成一种对所有人都再明显不过的事实；慈禧的侄子——光绪皇帝发起的百日维新，义和团的灾难，日俄战争让她的祖宅成为外国军队的阅兵场和战场，尽管如此，中国仍宣布中立，这在二十世纪早期可能被认为是正确的；她的地位受到动摇，需要克服嫉妒和敌意——她经历了这一切，在大部分事件中获得了胜利，并掌握了一门咒语，让自己的生命和权力从坐轿子的时代一直延续到使用驳船、铁路、轮船、电报和电话的年代；从穿着如画中古代民族服饰的高雅时期，延续到穿着巴黎时尚服饰的荒诞时期；从植根于遥远过去的简单父权制世界，延续到植根于对渴望变化、充满未知且不停复杂运动的世界。

有人称她为伟大的太后，但只有引导王朝走向进步和安全才是真正的伟大，而实际上，她对家庭狭隘的偏见，致命的坚持，加速了王朝的崩溃，只有打开眼界才能挽救这一局面；失败似乎隐藏了所有朝代的祸根，天命总会从这些王朝手中消失。她享受着以自我为中心的幸福，本人名声太大，不能忍受革命宣传带来的任何风险，她可能不太关心死后会发生什么。"身后之事，与我何干！"这一直是皇室最喜欢的座右铭。

她通过暗中谋划、精心布局并杀害他人，获得了至高无上的权力；得到权力之后，她就开始尽情享受了。她没有继承儒家的旧观念——认为君主是人民的父亲，如果君主有义务履行、维护天意，就必须给予人民全部的爱和关怀；而现代的治国理论——认为统治者是人民的公仆，必须面临随时下台的痛苦，并在这种状态中有效地治理国家——这些都没有使她感到良心不安。

她维护宦官制度，纵容总管安德海、李莲英的敲诈和越权干政，虽然她也充分认识到，不止一个王朝因为这些老鼠和狐狸而遭到破坏，最终走向灭亡；有他们在，官府中不可能实现诚实和正常的工作，但是这两个太监都是技术娴熟、忠心耿耿的贴身仆人——除他们以外，慈禧谁也看不上。

让一个黄口小儿坐上龙椅，这样慈禧和她家族的权力就可以无限期地延续下去。为了强化海军力量而急需的一大笔钱，通过各种间接手段，落到慈禧手里，用在修葺颐和园这件事情上。

然而，在第二件事上，如果人们能看到战舰造成的不可估量的破坏，建造战舰花费的巨大成本；如果人们把战舰生命的短暂和邪恶，与在避暑山庄里一个妩媚女人长久的美丽相比，会责怪她吗？她值得称赞吗？她的动机是自私的，但尽管如此，相比于那些情绪激动的爱国海军队伍里的将领和士兵们，她在比较事物价值方面依然更为精明。她对享受当下抱有一种激进的信念，并成功地使她生命中的许多时刻变得自认为明亮而美丽。

慈禧，这位威严的太后，没有在教会杂志和爱国报纸的引导下长大，并没有被高尚的言辞改变了本能，脱离痴迷享乐的劣根性。她在色彩鲜艳的亭台楼阁、大理石平台、美丽的花园里忘乎所以地度过了许多充满阳光和欢笑的时光，这些花园从清澈的湖光山色中升起，一直延伸到万寿山的顶峰。她面带微笑的明亮肖像挂在那里，在一座祭坛上披着代表皇室的黄绸，祭坛上通常摆放着一堆高高的烛台、花瓶和香炉。这并不是一幅优秀的画作，它充满了由于缺乏洞察力而产生的粗糙效果，没有在潜意识中构建与所描绘主题的亲密关系，没有这种亲密关系，就不可能画出真正的肖像画。很明显，画家和模特之间没有任何精神交流，人们不禁要问：明明已经身在顾恺之诞生的国度，为什么还要到美国去寻找艺术家呢？

但艺术方面良好的洞察力并不是慈禧的特殊天赋。她建造的大理石石舫更像是一个投射到湖中的微型码头，船的上面是一个木质结构，展现出的粗糙和低俗就像巴黎大道上的咖啡馆。然而，就在附近，大理石桥上有一座迷人的小亭子，映照在湖水的涟漪中，仿佛是某个可爱仙女的居所。这里还有铜器——沉浸在自己宁静世界中的铜牛、半山腰的佛龛、香瓶、真人大小的仙鹤——还有花饰陶瓷拱门，以及巨大的、雕刻精美的大理石牌匾，这些美丽的东西可以追溯到乾隆的伟大时代，那时中国的艺术还没有被劣等的欧洲样式影响。

尽管如此，颐和园根本不应该作为一件艺术品被评判，而只应该是生活的点滴，一种女性生活的点滴，用砖瓦和灰泥诠释出的女性气质。

大多数现代首都都有整块的平板玻璃和纪念性建筑,专门用于迎合女性的口味;几乎所有的教堂以及多数剧院,赚的都是女性的钱。在北京则恰恰相反,即使在革命和大张旗鼓地自由宣传之后,女性的元素也十分匮乏,如果它确实存在的话,似乎处于非常隐秘的境地。即使是刚刚从太平洋彼岸登陆的有着强烈自信的女富豪们,在中国也显得笨拙而不合时宜,并且不自觉地想为入侵式的存在而道歉。

但在北京西郊的昆明湖南岸,中国的女性气质已经打破束缚,而且由于长期的压抑而显得更加丰富和美丽,其变幻莫测的优雅带来的欢乐和漫不经心的美所产生的魅力覆盖了整个山坡。

这种女性气质,在山坡上来回蜿蜒,形成一条没有尽头的通道,透过许多造型奇特的窗户——树叶形的、三叶形的、水瓶形的、方形的、圆形的、椭圆形的——向外窥视阳光和湖水,并把漂亮的小亭子和覆盖着层层叠叠闪闪发光瓦片的屋顶连接起来。那里的窗户也是各式各样的,玻璃上装饰着花、鸟和蝴蝶,上面点缀着优美而生动的色彩。这种女性气质,沿着湖面的涟漪轻柔起伏,即使是波浪的低语和暴虐的狂风也影响不了这份轻柔宁静,它在爱幻想的恋人脚步之间蜿蜒而行,在幽暗黄昏时的远古柏树上形成一道弧线。它隐藏在迷宫般的神秘小径中,蜿蜒在假山周围,或突然从假山中潜入不稳定的黑暗中，最终消失在满是钟乳石的假山中，消失在户外灿烂阳光下温暖的暮色中。它在美妙交织的户外和室内生活中嬉戏，在有遮蔽的庭院里嬉戏，在有安全屏障的游廊上嬉戏，这些走廊通向一间间迷人的房间，房间里有雕刻的木制镶板，装点着更多的彩绘花卉、鸟类和蝴蝶。庭院的每一个角落都有茉莉花、桃花和牡丹花，它们长在巨大的铜制或瓷器花盆里，而透过圆形或椭圆形的通道，阳光下的人们可以窥视到其他同样令人愉快的庭院。中间是一条小溪，流过打磨精致的大理石桥；更高处有一段又一段的台阶，还有一堵巨大的墙，支撑着供奉佛陀的圆形大厅。

这些一定是在人们一时的闲情逸致下建成的。当女性气质以如此不受约束的方式展示在神龛周围时，佛陀定会被吓得不轻。这片为仙女、公主、女神，或是为以上三者而创设的梦幻之地，并不是由一个庄严的禁欲之神掌管，而是由一个欢笑着的幸福之神，某个小仙女或爱神来守护着。空气中弥漫着盎然的春意，血液中涌动着青春的热情，二者得以完美地交融。

所有的景色尽收眼底。人们渴望有一位像弗拉戈纳尔那样的大画家来描绘这一切。这些闪闪发光的露台，这些精致的亭子、芳香的花园、美丽的宫廷中的贵妇，她们穿着绣花鞋，穿着精心缝制的，绣有花鸟蝴蝶的丝绸衣裙，戴着斑斓的珍珠和透明的细丝串成的项链，她们那丝滑的黑发，缀着金玉发簪，戴着簪花头饰——对人们来说，这些都似曾相识，在多年以前明媚的阳光和夏夜的月光下，在推杯换盏的欢声笑语中。也许茶里偶尔会有一些香料，这些香料比茉莉花或荷花的花瓣更无害，但这是罕见的例外。按照规矩，精致的瓷器应放在金漆或银制的盘子里，而茶水甜美的味道来自与生俱来的优雅，风度翩翩的智趣，以及出身和教养良好的女性高贵的举止，她们是这个民族中最迷人的成就，这样的地位还不曾被质疑。

现在，这些贵妇们侍奉的太后已经驾崩，她的王朝已被推翻，死亡、废黜以及愈加阴暗的世界辜负了她们所在时代的许多光明和美丽。没有什么是永恒的，尤其是死亡。可能还会有奇怪的复活，令人惊奇的宣福礼①，以及那些被谴责、被废除的东西。

光明与美丽——以及产生它们的爱——现在非常需要这些事物，因为那些陷入盲目愤怒的古老国家，还有那些不道德而轻浮的新兴国家，都一心要把他们自称崇拜的慈悲和博爱之神钉在十字架上。

但即便如此，在这个完全商业化的时代普遍骚动的愚蠢和邪恶中，光明、美丽和爱仍比黑暗更强大，比死亡更伟大。谁能把它们驱逐？谁能把它们驱逐到大自然的最深处？它们

---

① 天主教会追封已故之人的一种仪式。——译者注

在阳光的照耀下熠熠生辉，在如镜的湖面上翩翩起舞，在慈禧的避暑山庄里，耀眼的大理石和瓦片闪闪发光；在畅春园的每一个绿色的角落、每一个盛开的花坛上，都充满光明、美丽和爱；当人类的理性觉醒时，这些永远不能被抛弃的花园必然修建至全国各地，任何城镇、市场、村庄都不能离开它们而存在。

现在，人们想要伴随着热烈的欢呼和掌声，把花园变成一片死尸遍地的荒野，每天只要花不到七百万英镑就可以完成这项任务。当仁义发展成为恶毒和贪婪，成为人类行动的驱动力时，这一点就能实现。据说，人类的生活从花园开始。人类的生活必须坚持它已被遗忘的、与生俱来的权利，回到伊甸园；在那里，不会有人举起反对的手，造物主在凉爽的夜晚漫步。

花园正等待着生命的召唤。蔚蓝的天空中有足够的阳光，大地的土壤中有足够的养料，人类的臂膀间有足够的勇气来推动变革——人们如此迫切地需要这种变革，需要从最狡猾的集团对地球的掠夺，回归到智者的教导，在天堂的指引，大地的恩赐，人类的需求、责任和荣耀之间达到和谐的平衡。

过去的智慧、未来的光明、现在的渴望——在一些受欢迎的地方，在一些珍贵的时刻，这些事物都汇聚在一起。它们似乎照亮了这幅奇妙画卷的每一个角落，在这个帝国仙境的露台上，让人中了咒语一般，目瞪口呆，热切渴望。一个时代的结束,一个新纪元的开始,以奇异的方式交织在中国北方广袤的平原上,几个世纪以来逝去的几代人的坟墓周围,盛夏明亮鲜艳,绿意盎然;村舍里满是快乐的、身穿蓝衣的孩子们,他们闲适地坐在庙宇废墟里——这片不朽的平原像大海一样宽阔而平坦,它环绕着北京这个美丽的中国首都,这座城市在荒凉中显得格外壮丽,中古时期的城墙在现代飘荡的黑色烟尘中显得灰暗而破旧,但仍然笔直。走近一些看,有的山顶上有金光闪闪的宝塔;有的山上有寺院,半掩在伟岸的松树翠影中;有的山上有橡树林;有的山上百花齐放;在远处,群山勾勒出的浮动轮廓,映衬着阳光下蔚蓝的天空;群山沐浴在玫瑰色的雾霭中,把人类的视野封闭在永恒的挑战里,只有希望和信念的道路——对世界最基本的善念,对生命中永恒青春的信念,除此之外毫无出路。希望和信念,嘲笑我们不断变化的是非准则,降低我们的自夸,消除我们的疑虑,抹去我们小小的得意,消减我们徒劳的遗憾,以一种温暖的现实造就期待的幻象和回忆的幽灵,而这一现实超越了二者;希望和信念,从无限丰富中不断带来新鲜的、不可预见的、美妙的事物。

走近中国·作家文丛

《北京笔谭》 亚历山德拉·埃瑟德雷德·格兰瑟姆
《镜观中国》 路易斯·拉卢瓦
《中国屏风上》 毛姆
《开放的中华》 老尼克
《远东行记》 克洛德·法莱尔
《盛唐之恋》 乔治·苏里耶·德·莫朗
《中国书简》 维克多·谢阁兰
《中国和中国人》 奥古斯特·博尔热
《一个中国人在中国的遭遇》 儒勒·凡尔纳
《18世纪法国视野中的中国》 亨利·考狄
……

走近中国·学者文库

《悲秋》 郁白
《为己之学》 狄百瑞
《牡丹之辉》 雷米·马修
《李白的生平与诗作》 阿瑟·韦利
《法国文学与中国文化》 岱旺
《当代中国文学的高峰》 明兴礼
《中国古代的节庆与歌谣》 马塞尔·葛兰言
《1866—1906年中国士大夫游历泰西日记摘选》 雷威安
《巴黎东方语言学院百年汉语教学论集（1840—1945）》
　　　　　　　　　　　　　白吉尔、安必诺
……